Querida Emu

Con todo cariño te envío este recuerdo y una vez más todo mi agradecimiento a ti y a toda la familia. Feliz Nochebuena y un muy buen 1998

Cariñosamente

Marta

23.12.97.

LA AMANTE DEL RESTAURADOR

MARIA ESTHER DE MIGUEL

La amante del Restaurador

PLANETA

Diseño de cubierta: Mario Blanco
Diseño de interior: Alejandro Ulloa

Quinta edición: mayo de 1997
© 1993, María Esther de Miguel

Derechos exclusivos de edición en castellano
reservados para todo el mundo:
© 1993, Editorial Planeta Argentina S.A.I.C.
Independencia 1668, Buenos Aires
© 1993, Grupo Editorial Planeta

ISBN 950-742-337-X

Hecho el depósito que prevé la ley 11.723
Impreso en la Argentina

Ninguna parte de esta publicación, incluido el diseño de la cubierta, puede ser reproducida, almacenada o transmitida en manera alguna ni por ningún medio, ya sea eléctrico, químico, mecánico, óptico, de grabación o de fotocopia, sin permiso previo del editor.

*A María Sáenz Quesada
porque me la presentó a Juanita Sosa.*

ESTATUA I

Soy un degollado

Y EN EL FINAL DEL CORREDOR *oscuro como tormenta brava una señora, señora Dolores escuché que la llamaban con voz de cuchicheo, y por una nervadura de luz vi sus ropas de dama y por una ranura de entendimiento comprendí: cumplía sus deberes benéficos. Muy bien, me dije ¿y ahora? y entonces escuché el apellido y era apellido de salvajón, como hubiera dicho don Juan Manuel, porque era el de aquél que le estuvo haciendo la contra durante años, buscando socios de aquí para allá, en Buenos Aires y en el Entrerríos y después en Corrientes y de Corrientes al Norte, como judío errante sembrador de odio para al final terminar de mala muerte en Jujuy, cuando salía de la casa de una querida, un agujero en la frente y la vida escapándosele a borbotones y la podredumbre consumiendo su carne en medio de la huida (cosa nunca vista; un difunto en huida). Los soldados tuvieron que concluir mondándole los huesos a orillas de un río, porque los pobres traslaticios guerreros no podían con tanto olor a carroña y terminaron de faenarlo hasta dejar limpita la osamenta, que embolsaron y pusieron sobre una cabalgadura y así marcharon; cloc-cloc sonaban los huesos de Juan Lavalle, porque lo único que quedaba de Juan Lavalle era un puñadito de huesos y ese ruido de huesos en el silencio de los cerros norteños, mientras don Juan Manuel seguía vivo, fuerte y lindo, aunque en tierra que ya no era su tierra ; pero por cierto es mejor estar vivo aunque lejos y no difunto en tierra de uno, como usted, don Juan Lavalle, en quien yo pensé cuando escuché el nombre de esa señora,* señora Dolores Lavalle de Lavalle, *escuché y me dije ¿será la hija del salvajón esa dama tan paqueta? cuando vi sus ojos mirándome como con lástima mientras preguntaba a la enfermera ¿Y esta pobrecita quién es? y la enfermera le dijo ¿por qué no se lo pregunta a ella? Sabe hablar muy bien y entonces, muy atenta, la señora me dijo:* Señora ¿cómo se llama usted?, *con voz fina y gesto amable me lo preguntó porque se veía que era persona muy educada y a mi me hubiera gustado contestarle, porque yo también soy dama de buenos modales, que trato asiduo tuve con embajadores y gente de cortes europeas, aunque ahora tenga tanta mala sangre adentro y mis pensamientos vuelen como pájaros que toman rumbos distintos. Me hubiera gustado contestarle, quede claro, pero estaba haciendo una de mis estatuas, que al final es el único entretenimiento que me queda, y cuando estoy en eso no puedo hablar, no puedo moverme, no puedo respirar, sólo puedo dejar mi cabeza vagando en el pasado y quedarme inmovilizada en la figura que ha tomado mi cuerpo en ese tiempo interminable y suspendido al cual trepo.*

Yo estaba haciendo la estatua del degollado Castelli, que fue el primer degollado que vi en mi vida y que me cuesta bastante conseguir porque tengo que voltear la cabeza para un lado y el cuerpo para el otro y lograr la separación con chal ajeno y contorsiones propias; pero de tanto ejercitarme me sale bastante bien, aunque hacía mucho tiempo que la había visto allá, en la plaza de Dolores, donde nos llevó mi padre, que era coronel gracias a la astucia que tuvo para hacerse necesario antes de decidir morirse, mejor dicho, antes de que una bala decidiera por él. Mi papá fue por cuestión de trabajo y llevó a la familia porque era trabajo para largo, dadas las circunstancias, que eran las de una revolución hecha por la gente del sur, en la que estaba metido el tal Pedro Castelli, lugareño difunteado por las fuerzas del orden, es decir, por las del Restaurador, y el servicio que debía cumplir mi papá no era de guerra pero casi: tenía que cuidar la cabeza de Castelli, que estaba en la Plaza y en alto mástil, porque era allí donde debía permanecer y no en camposanto según corresponde a todo cristiano, pero no a un desalmado traidor, y la orden de don Prudencio Ortiz de Rosas, que era orden del Gobernador, fue terminante: Usted, don Hilario Sosa no se me mueva de este poblado de mierda que anda con ganas de enterrar la cabeza del degenerado unitario. *Yo me acuerdo bien de todo y me acuerdo porque tendría unos doce años y los pechitos comenzaban a reventarse debajo de mi cami-*

sa y mi primera sangre de mujer me empapó las pantorrillas de húmedo y el ánimo de susto en el viaje. No es nada, *me dijo mi mamá que de esas cosas sabía:* pero de ahora en adelante ya sos mujer y tenés que cuidarte ¿De qué? le pregunté asombrada. Desto que es lo principal, *me dijo señalando mi cucucha mientras me enseñaba a amañarme con el traperío correspondiente detrás de unos matorrales donde ella esgrimió su femenina docencia y yo mi primera desdicha por ser mujer. Y será por ese inicio, el de mi sangre menstrual justito cuando fui a conocer degollado, que desde entonces la tristeza se me junta con la sangre del mes. Al principio fue trabajosa la misión del coronel Sosa porque la gente del pueblo quería expropiar la cabeza del renegado para enterrarla; las mujeres, sobre todo, se empeñaban en lo del enterramiento, pero bastó que dos damas quedaran mancas, una de la mano izquierda y otra de la derecha, para acabar con tanto malvado intento. Patente tengo los decires de la gente: que al hombre le habían cortado la cabeza y que la cabeza después de algunos visajes como mover los ojos y fruncir muy airado los labios, se había quedado en reposo, mirando quien sabe qué, pero que el cuerpo había seguido vivo, plaf plaf a los saltos, como gateando por el suelo pero al modo de las ranas, que no es el de acristianado y que después, cuando estuvo quieta, ya al hombre no se lo veía porque sólo se veía enchastre de heridas y cuajarones y ese cuerpo aquietado fue a parar quién sabe a dónde; pero la cabeza por la orden de arriba que les tengo señalada, permaneció en lo alto, pura carroña, tremolando al viento el pelo oscuro y las hilachas de carne que el agua fue decolorando y el viento sureño arrastrando y que la gente ya ni miraba más que por cuestión de asco, por pura vergüenza, y así se estuvo la cabeza de don Pedro Castelli un año y otro y otro y vaya a saber cuántos hasta que se disolvió en la nada y quedó sólo la historia, pero nosotros ya no estuvimos para ver el final, porque para ese tiempo el coronel Sosa se había muerto y mi madre me llevó a Palermo para que acompañara a Manuelita y cuando me llevó me dijo:* vos naciste del lado en que las tortitas tienen azúcar. Yo, entonces, creía que así era y entonces le dije: qué suerte, mamá. *Todo esto hubiera querido decirle a la señora de Lavalle, pero estaba en trance de estatua, además de que ya tengo el oído más bien hecho al silencio, y medio siglo de vida encima y soy un amasijo de pasiones desquiciadas y los nervios a la intemperie y puro borboteo mi voz, encerrada como estoy en este lugar de muros altos y caras asquerosas que quieren endulzar con las tocas de algunas monjas o las visitas de ciertas damas como ésta de la Sociedad de Beneficencia que estoy mirando partir por el largo corredor, oscuro como tormenta que se viene, oronda como barco de velas desplegadas, la voz perversa diciendo condolida:* pobrecita, las cosas que habrá visto en Palermo para quedar así. *Y claro que vi cosas en Palermo y que puedo traerles noticias de aquél tiempo, pero no quiero, para que no me suceda lo de Camila O'Gorman, pobrecita; aunque a ella le pasó lo que le pasó no porque se fuera de lengua sino de amores, con pasión sacrílega que tenía olor a incienso y a vela de altar, no era amor como el mío, con fragancia a jabón perfumado y tinta de escribiente, porque el hombre del nombre que no puedo pronunciar, para nada se movía entre paisanos de mano pesada o cuchilleros de Santos Lugares, sino que era personaje de libros y manuscritos, de folios y de imprenta y en su mano sólo sostenía, a veces, el cabo de plata de un rebenque y, siempre, un nido de caricias que apenas me veían echaban a volar y por eso cuando su figura planea en mi turbada memoria todo se anula, el frenesí me invade, se me vuelca en la sangre tanto fuego inaguantable que exploto, y yo ya no soy yo, soy este jadeo y esta baba que cae de mi boca,* Juanita cerrá la boca, *escucho que me ordenan, pero no puedo, imposible, dejo caer mis aguas y mis mocos, mis humores se acaloran, se arremolinan en mis vísceras fuegos del mundo entero, masa ígnea soy, un río de lava comienza a recorrerme, mis manos buscan contenerlo, extenderlo, encauzarlo, llevarlo al centro de mí misma, al plumón de mi esencia, en el intento se mueven como locas, así, así, más rápido, quiero ayudarme a ser feliz, a mi manera y sin verga de hombre ; soy cera derretida, soy vaivén y balanceo, péndulo soy, vertiginosa me siento, olfateo el deleite, no controlo ni babas ni lágrimas ni humores ni este líquido que me está empapando, trino de gozo, ya, ya, ya está. Llegó el placer y su chasquido, la ola se expande, me redime de penas, ausencias y tormentos, vibro en el aire y en eso estoy cuando escucho a la enfermera, cara de bruja, ojos de víbora, voz de serrucho, que me sacude, me pega, me grita*: Pero acabe con esto, Juanita Sosa, qué vergüenza, haciendo porquerías usted, tan luego usted, que fue la edecanita de Manuela Rosas. *Y entonces lloro porque sé que todo ha sido falso.*

Uno
CHOCOLATEADA CON DIFUNTO

—MIRÁLA: unos años atrás una criada. Y ahora del bracete con lo mejor de la sociedad federal.
—Quién te ha visto y quién te ve —respondió una voz que no pudo identificar.

Juanita Sosa, oculta detrás de un biombo, hacía como que no escuchaba, pero escuchaba. Joven, de rostro agraciado y mirada oscura y profunda, no pudo evitar un gesto de fastidio y otro furtivo a fin de apreciar a quiénes correspondían los despectivos comentarios. Había recalado en ese lugar cuando buscaba un descansito reparador. Proclive al parloteo y a la interpretación, se había quedado exhausta, razón por la cual hizo mutis por el foro. En ese mutis le llegó la primera vocecita, más bien chillona, que reconoció como de Domitila Larrazábal, ocupándose de ella. La imaginó, hermosa y alegre, su abundante pelo claro apenas contenido en bucles y cintajos, a los que era tan afecta, expulsando su chismoso comentario como quien lanza un estornudo. Y como quien lanza un estornudo, cubriéndose la boca con la mano, repleta de anillos y de pecas. Porque Domitila era rubia y pecosa. También era alegre, aunque bastante desbocada. Pruebas al canto.

Hasta el frágil escondrijo de Juanita llegó el aroma en expansión del chocolate, tintineo de cucharitas sobre porcelana y exclamaciones. Supuso mohines y gestos. ¿Alguien saldría en su defensa? Ni quiso saberlo y se alejó. Lejos de Palermo y sin Manuela, todavía se sentía más bien insegura. Necesitaba su respaldo como recién llegada que era. Pero esa tarde había tenido que ir con las otras a la chocolateada de los Cortés, en tanto la Niña atendía asuntos que no admitían prórroga en la Gobernación. Ella había estado brillante. Pero ¿quién aguanta una muchacha nueva con tanto éxito? No esas mujercitas, que defendían su lugar en Palermo y en el entorno de Manuela.

La estocada le dolió en el alma a Juanita. Pero se las aguantó. Aunque le hubiera gustado decirles ¿yo criada? ¿Yo, hija de un buen federal, que llegó a coronel por sus servicios a la Causa y porque a tiempo supo cambiar los arreos que tenía en su chacra, por un trabuco y un cuchillo que aprendió a usar en empresa militar, que es servicio de patria? ¿Yo, criada, la hija de don Hilario Sosa, que tuvo una desgracia, la de que cierta bala peregrina lo alcanzara tan distraído que el pobre se quedó de pie, sostenido tanto por su valor como por la sorpresa, y hubo que darle un empellón para que se cayera? ¿Yo, criada, la hija de María Olmos, la muchacha más linda del barrio de la Merced, que padeció un traspiés en su vida, por cuestión de guerra y de sentimientos, razón por la cual le tocó a ella, a Juanita, nacer sólo Olmos, desprolijidad enmendada por el cura de la misma Merced, que en cuanto pudo la convirtió en Sosa?

Enredada en sus recuerdos, Juanita prefirió callarse la boca y seguir en lo suyo. Divertirse. Y ganar su lugar en esa corte que rodeaba a Manuela, en la cual su Madre la había injertado. Para que supiera cómo funcionaba el mundo, le había dicho: el mundo de los que mandan. Y buscara su acomodo.

—¿Cuál acomodo, Madre? —le había preguntado ella, la víspera de la partida, agotadas ambas con las cuestiones del traslado, despeinadas y jadeantes, porque les quedaba poco tiempo.

—El del casamiento, que es el único acomodo para la mujer —le contestó poniendo en su rostro una mirada decidida y azul y, en el suyo, el pañuelito con que enjugó la transpiración provocada por tanto trajín.

Era su idea fija. Como para no, con lo que le había pasado, solterita y con la panza llena. Pero para Juanita alimentaba un destino distinto al de mamá nutricia de vasta prole. O de bordadora de señoras ricas, confinada a pasar su vida sobre encajes y sedas, alfileres en la boca, agujas en las manos, tristeza en los ojos y una piedra en el corazón. O de maestra de párvulos revoltosos a los cuales, al final, se termina amando porque ah, los niños, pero con el almita reseca por tanta vida ajena en la que uno se involucra sin gratificaciones. Demasiado linda esa hija para caer en destino tan gris. Y excesivamente dada a bromas y pillerías. ¿Acaso la Madre podía borrar de su mente aquellas palabras de una vecina, de porte pechugón y voz altisonante, dichas cuando la creía distraída, a una comadre del entorno: *lástima los Sosa: tienen a esa Juanita que no sólo será pobre sino bandida ¿Quién se la va a llevar?*

Porque Juanita había sido célebre en el barrio. De chica siempre oficiando de jefe, trepaba a los árboles y en los días de lluvia salía a cazar sapos al zanjón y a chapalear en el agua y en el verano y la canícula buscaba pescados en las toscas del río y mariposas en el baldío abierto frente a su casa, que era un hueco en el cual aparecían, por las noches, fantasmas de estirpe diversa. Por ejemplo, una mujer a la cual, por cuestión de amores, le habían rebanado la nariz y un hombre con dos cabezas pero sólo tres ojos, del cual uno, el del medio, enviaba rayos en lugar de mirada.

Por eso, cuando a Juanita se le empezaron a poner los pechitos de punta, Madre, viuda y con antecedentes personales que la ponían en guardia, quiso retenerla en casa. Amenguar tanta callejera andanza colectiva. Hasta llamó en su auxilio al cura. Todo en vano. Decidió, entonces, hablarle claro: *Juanita nunca mires a los hombres. Juanita cuidate de los varones. Juanita, mirá que lo único que quieren es esto que tenés aquí.*

Juanita impresionadísima. Entendió la gravedad del asunto y prefirió el otro bando: el de las mujeres. Descubrir el placer de algunos toqueteos entre amigas fue casi tocar el cielo. Eso no conllevaba peligros. Al menos madre nada le había advertido. El cura sí. Pero ¿quién le hace caso a un cura, para colmo viejo y que de mujeres no entiende nada porque ni se ha casado?

Madre sí que pensaba en el casamiento.

—Yo no sé por qué, pero me parece que cada vez son más las muchachas que buscan esposos que los hombres que buscan mujeres para casarse —reflexionó aquella tarde.

—¿Le parece, Madre? —le preguntó Juanita, más excitada por la novedad del cambio que por la escasez anunciada por Madre, mientras distribuía sus ropas en el baúl a punto de partir con ella hacia Palermo.

—Estoy segura. Lo que no sé es si eso pasa porque cada vez hay más manfloros —y la buena señora de Sosa, levemente sonrojada, se arregló el pelo para disimular el incordio por haber dejado escapar la palabreja—. O porque con tanta degollina hay muchas bajas en las filas de candidatos.

Y aunque esto lo dijo en voz disminuida, se arrepintió igual, con alarma contenida. Esta vez no por el escándalo, sino por el peligro.

Pues bien: el deseo de Madre ya se había cumplido. Estaba en Palermo y, ese día, como está dicho, con la bandada de bulliciosas damiselas de Manuela (pero en esa ocasión sin Manuela), se había trasladado a la chocolateada de los Cortés. La casa quedaba en pleno centro de la ciudad, a la vuelta misma de la casa del Gobernador, sobre Perú. Era una de las casonas más importantes de la Buenos Aires, aunque no tanto como la aristocrática mansión de los Riglos, desde cuyos balcones, en las fiestas patrias, la Niña y sus amigas contemplaban los derroteros luminosos que los cohetes abrían sobre el cielo de la ciudad y el estruendo de las bombas que estallaban en sus oídos, entre gritos y exclamaciones de admiración.

Pues bien: en plena inocente tertulia había sido la estocada de Domitila Larrazábal. Qué rabia. Y qué lástima, porque Domitila era una de las muchachas que más le gustaba del grupo.

Decidida a no acusar el impacto, Juanita abandonó el propicio cobijo del biombo y se reunió con las demás. Tomó un refresco y se quedó, de pie, en silencio, escuchando la voz que desde el rincón que arracimaba a las niñas cerca del piano y de la música, cantaba:

*Las pastoras, mis fieles amigas
me sahumaron con malva y poleo...*

Así se estuvieron hasta que alguien dijo:
—Qué tarde se hace.
El coro se elevó:
—Oh, sí, ya es hora de irse.

Y entonces una recogió chales y bolsos. Varias llamaron a sus correspondientes morenas, entretenidas en las dependencias de servicios. Otras, las que vivían más lejos, buscaron sus coches y cocheros. Quienes eran del barrio no hicieron muchos preparativos: se irían caminando. Pero todas comenzaron la ronda de besuqueos y arrumacos de despedida con el consiguiente remolino final.

Quien primero apresuró adioses y partida, fue Domitila Larrazábal. Cuando se acercó a ella, Juanita no pudo con su genio:

—Estuviste mal —le dijo.
—¿En qué? —le preguntó, apresurada, haciéndose la desentendida.
—Vos sabés. Ya hablaremos.
Domitila Larrazábal comprendió que Juanita había escuchado su comentario. Qué lástima. Era de buen corazón pero atropellada y se había ido de boca.
—Disculpáme. Sí, ya hablaremos. Ahora estoy apurada —dijo y estampó un sonoro beso en la arrebolada mejilla de Juanita.

Cualquiera se daba cuenta del apurón de Domitila y algunas entendían en el por qué: tenía un enamorado con el cual jugaban a hacerse los encontradizos. Creían en el amor y en los sutiles encantos del azar. El le hacía la pasada por casa y balcón; ella se asomaba tras los visillos o las rejas. Domitila, por interpósita persona (criada o criado) le avisaba por donde andaría. Daniel Larrosa (así se llamaba el candidato), aparecía como quien acepta un regalo del destino. Esa tarde, él le había dicho: *te encontraré a la salida de lo de Cortés*.

Domitila esperaba ese momento. Se apresuró, entonces. Con impaciencia de enamorada abandonó al redil de las muchachas parlanchinas y a una Juanita que quedaba con el corazón aligerado: ya llegarían las explicaciones. Estaba dispuesta a dejar pasar por alto situaciones que tuvieran que ver con su vida pasada. La otra, por su parte, marchó hacia la calle con su criada y el bullicio dejado atrás siguió rodando tras ella. Presurosos sus menudos pasos, atravesó el salón carmesí que proclamaba fidelidad al régimen. La antesala donde, calzada entre los brazos de un sillón, debió saludar a la centenaria abuela de la dueña de casa. El patio, cubierto de baldosas y plantas, algunas de las cuales trepaban por el muro lindero. Y llegó, acompañada entonces por el viejo mayordomo de los Cortés, plegado a su marcha, un manojo de llaves en la mano y amplia sonrisa en el oscuro rostro, a la puerta cancel, primero; a la de calle, enseguida.

A la puerta de calle, que el moreno mayordomo de la casa, el inevitable manojo de llaves en la mano, estaba a punto de abrir. Que ya abrió.

En cuanto la abrió, fue el aquelarre.

¿Por qué? Porque vieron lo que vieron: el cuerpo de un hombre extendido sobre la vereda. Un río de sangre manaba de ese cuerpo. Y las señales de un agravio violento y pertinaz estaban, patentes, en las ropas revueltas, en el sombrero caído y enchastrado. En los papeles, que el hombre probablemente llevaba en su cartera y que entonces permanecían desparramados sin decoro por doquier. Ante las puertas mismas de lo de los Cortés.

La gente del barrio, que ya estaba silencioso porque se había hecho tarde; y las muchachas, que no habían terminado el jolgorio de las despedidas en los cuartos interiores; y el negro mayordomo que, del susto, dejó que las llaves cayeran de su mano al piso embaldosado, donde siguieron tintineando, escucharon el alarido que resonó con estridencia apocalíptica cuando la linterna del negrito encargado de iluminar el camino vertió el haz de su luz sobre el rostro del hombre asesinado.

El grito fue de Domitila Larrazábal.

El cuerpo era de Carlos Larrosa.

Los que pudieron ver porque estaban con ella o llegaron en seguida —en seguida del grito y de la baraúnda— la vieron, derribada por la fatiga del dolor, sobre la vereda de la casa de los Cortés, casi en el umbral mismo de la casa de los Cortés, abrazada a ese cuerpo desangrado que a la luz de los faroles mostraba el rojo canal por donde se le había ido la vida. El escándalo parecía mucho mayor porque esa no era hora para muertos de tal muerte: el sol apenas si había terminado de ocultarse y el Angelus de cantarse. Pero Carlos Larrosa, el pretendiente de Domitila Larrazábal, estaba muerto igual. A deshora y de muerte violenta.

¿Qué había pasado? Nadie lo sabía. Menos que nadie ese manojo de muchachas asomadas al espanto con sus caritas de cielo y sus vestidos de fiesta. Y esos vecinos arrebatados a la modorra de la hora previa al recogimiento y al descanso.

Alguien, tras una reja, murmuró:

—A este mozo lo vi pasar varias veces por la puerta.

Otro, en el remolino que se había formado, aventuró:

—Muchas pasadas cerquita de la casa del Gobernador. Cosas así se prestan para la confusión. No es la primera vez.

—Perturban a los guardias tales paseitos. Y guardia perturbado, mala cosa.

—Esto sucedía antes; en el cuarenta, pasaba. Pero ahora...

Ahora medio país está disperso en el destierro por el delito de opinar. Ahora la otra mitad está obligada a llevar la divisa colorada. Ahora se levantan aires nuevos por el lado del litoral. Ahora estamos en las vísperas: esto no fue dicho en voz alta. Circuló solamente por la cabeza de un joven que se había acercado al grupo. Venía del Café de Malcos, donde había estado reunido con unos amigos. Marchaba, camino a su casa, cuando se topó con el muerto y las muchachas y el aquelarre. Se acercó para ayudar. Pero poco pudo hacer. Ya la policía estaba llevando el cuerpo hacia el depósito a fin de comprobar lo que todos estaban viendo: muerto por degollina, el hombre. Ya un médico sacaba a Domitila Larrazábal del lento oleaje del desmayo que la había arrebatado. Ya parientes y comedidos acompañaban hacia los carruajes o hacia sus casas cercanas a las desoladas niñas de la alta burguesía federal que ese atardecer, por avieso destino, debieron toparse con semejante espectáculo. El joven sólo pudo verificar la magnitud del drama, suponer los bramidos de la pelea, si es que la hubo. Si todo no había sido mero encono cobrado a traición. O cruento equívoco.

Joven, extremadamente delgado, de pelo enmarañado, tez pálida y provisto de grandes ojos negros, entristecidos por entonces, desaparecida su habitual sonrisa de un rostro en el cual cierto rictus de desesperación no lograba apaciguarse, Juan Carlos Moretti, escribiente de S.E. el señor Restaurador y conocido mozo de la alta sociedad, apetecido por más de una niña casadera, iba a marcharse. Pero se detuvo. Acababa de descubrir, en el acongojado grupo, arrebozada en su chal, pálida y temblorosa, recostada contra la pared como buscando en la pared sustento, a Juanita Sosa.

Se acercó. La había conocido no hacía mucho en Palermo. Entonces, era pura castañuela. Ahora, una criatura que ha tocado fondo.

—Vamos. La acompaño —le dijo, perentorio, ofreciendo el brazo a una demudada Juanita, mármol su cara y enrojecidos sus ojos—. Vamos. El escenario de un crimen no es sitio adecuado para una dama.

Tuvo que sostenerla primero, que empujarla después, con suavidad, como quien enseña a caminar a un niño. El aliento del incipiente otoño los envolvió a los dos. La calle estaba oscura. El tenue resplandor de los faroles no lograba aventar la lobreguez de una ciudad que parecía irreal. También a Juanita le estaban pareciendo irreales las brillantes y misteriosas expectativas promovidas en su ánimo por Palermo y por Madre. Moretti, como si hubiera comprendido el ritmo de un pensamiento que parecía girar con el vaivén de las hojas que el viento llevaba, murmuró:

—Animo, Juanita.

Ambos marcharon hacia la cercana casa del Gobernador, donde la Sosa debía encontrarse con Manuelita. Al otro día, las dos estarían nuevamente instaladas en Palermo. Después de la chocolateada en casa de los Cortés. Que había terminado con difunto.

Dos

EL GOBERNADOR SE TIRA UN LANCE

CUANDO DON JUAN MANUEL llega a su dormitorio, corre un biombo y entonces aparece Eugenia, morena, jovencísima. Tiene un rostro bello y manso, pero su sonrisa es triste y quizá melancólica. No importa la hora a la cual llegue el Gobernador. Por lo común, son las dos o tres de la madrugada: su régimen laboral es así. Ella le sirve la comida. Primero la prueba. Le acerca el vaso de sangría, o de carlón. Primero lo prueba. Le lía su cigarro. El cigarro no lo prueba: sería muy raro que por esa vía se atentase contra la preciosa vida del Gobernador. Mientras él come, Eugenia contesta a sus preguntas; si es que pregunta. Más inclinada al silencio que al parloteo, sólo en ocasiones, por su cuenta, se anima a iniciar alguna conversación. Hazañas de los hijos, por supuesto. Son seis. Pero si Eugenia lo ve con poco ánimo de hablar, se sienta en el borde de la cama y, mientras él da cuenta de alimentos y bebida, se entrega a su pasatiempo favorito: arrancar de su cabellera oscura largas hebras de pelo que va extendiendo sobre el regazo: una, dos, tres. Rosas la mira y a veces sonríe y a veces carajea: no ha podido quitarle la costumbre. Costumbre de mujer clandestina que así mata las largas horas de un tiempo hueco. Por algo él la apoda *la Cautiva*.

El propio padre se la había entregado en custodia a la Eugenia, cuando estaba boqueando por asunto de muerte eminente. Como albacea y tutor se la confió, junto a su otro hijo y a la casa en que vivían. Rosas cuidó de la casa. A Vicente lo destinó al servicio de las armas, como correspondía al hijo de un coronel. A Eugenia, al de doña Encarnación. Y también al suyo propio. La muchacha atendió dulce y responsablemente a la patrona en la larga enfermedad que debió aguantar. Al patrón le prestó servicios especiales: aun antes de que doña Encarnación se difunteara, quedó embarazada de quien pronto sería viudo. Tenía trece años.

Muerta la esposa, Eugenia, discretamente, ocupó su cama. ¿Puede acaso un hombrón de cuarenta y cinco años, sanote y buen mozo, estar sin compartir su colchón? Manuelita comprendió la situación. Los demás guardaron discreto silencio. Palermo se fue poblando de *castritos*, como los llamaba la gente, porque la Eugenia era una Castro y el Gobernador no concedió la gracia de su apellido a esa prole. El apellido sólo para los hijos de la Ezcurra. Discrimina el señor Gobernador: los legítimos acá (aunque a su legítimo Juan, con apellido y todo, lo tiene recluido en la estancia). Los otros, los castritos, allá. La Historia lo está mirando al señor Rosas. Se debe a ella y al patrimonio familiar, que no se puede disminuir con frondosas herencias.

Pero esa noche el Gobernador demora el momento de marchar hacia el descanso y la mujer. Esa noche el gobernador está especialmente nervioso. Diez minutos antes se retiró de su despacho el coronel Gabino Corral, el hombre que estuvo de guardia en su casa cuando ocurrió el asesinato la noche anterior. Corral era un morochón fornido, estampa tremebunda y ojos bovinos y turbios como barrial; entonces más oscuros y elusivos porque el hombre estaba avergonzado.

—Usted ha cometido un acto totalmente inútil. ¿Cómo pudo equivocarse de semejante manera?

Tantea explicaciones Gabino Corral, dando vuelta al sombrero entre sus manos toscas (dos pesados pájaros que apenas se mueven), los ojos volteados hacia adentro, como buscando apoyo en algo que no encuentra. Lo hace en su entrecortado idioma de chúcaro: que ellos tenían noticias de que don Diógenes Urquiza andaba en entrevistas comprometidas, le dice. Que el hombre se estaba viendo con algunos sospechosos salvajones, a escondidas y a menudo, le asegura. Que S.E. sabe cómo se debe atender a cualquier denuncia o dato por más incierto que parezca, máxime cuando para nada sonaba inexacto, como en ese caso: al mentado Diógenes lo habían visto, y no precisamente en el San Carlos, donde él dice que está estudiando por disposición del de Entre Ríos. Que esa tardecita, apenas oscureció, un hombre empezó a cruzar por la vereda de enfrente a la casa de S.E.

Que el hombre pasó una vez y otra y otra y se hacía el desentendido y miraba para ningún lado, pero persistía en su paso distraído, y que cuando uno, uno de los que estaban en la guardia, claro, dijo: *Pero si ese fulano es Diógenes Urquiza* y algún otro lo confirmó, él y los demás se dieron cuenta de que podían hacer cualquier cosa menos dejarlo pasar. Y entonces fueron y lo interpelaron y el hombre arisquió.

—Y usté sabe, señor Gobernador, cómo son esas cosas. Cuando se quiso acordar, el hombre estaba en el suelo y su ánima en el otro mundo.

—Y yo y mi gobierno en este lío de la gran puta. Mirá que han sido palanganas. Tanto cuidarme para dar una imagen de paz y tranquilidad en la ciudad, y me vienen con esto. Con esta carnicería —rubricó, dando un golpe en la mesa, por si el otro no se había enterado de su furia.

En ocasiones el Gobernador concede a sus hombres tratamiento de amigos. Pero esa noche está indignado:

—Hacen barbaridades y después dicen que son órdenes mías. Habrase visto —su mano juega con un secante que ha tomado del escritorio. Su mirada echa chispas; la del otro no sabe dónde meterse.

El brigadier Juan Manuel de Rosas es hombre fornido, un poco retacón ahora, cuando está engordando por tanta falta de ejercicio, desde que aprendió a gobernar el país no montado en su caballo sino desde atrás de un escritorio. Tiene unos ojos azules que muestran el color del cielo, cuando el cielo está claro. Si su dueño se esfuerza, adquieren intensa luminosidad hipnótica. Sus labios, breves y apretados, pueden parecer inexistentes, pero al sonreír no sólo se hacen visibles sino que descubren dientes poderosos y una cara jovial, sorprendentemente amuchachada. Más cuando se le da por hacer bromas. Aunque el Eusebio, su bufón, dijo alguna vez: *cuando al Gobernador se le da por reír, hay que temblar.*

Pero el señor Gobernador, de pie frente al coronel Gabino Corral y a su escritorio, tenía, entonces, la sonrisa escondida y los ojos encapotados. Alborotado el pelo, siempre rubio y cortón, coronaba una cabeza bien proporcionada. Desde hacía un tiempo, se le había dado por dejar caer al costado una onda, encrespada y con algunos mechoncitos grises que constantemente echa para atrás, como quien aventa un mosquito. Esta noche el disgusto del Gobernador, para nada fugaz, multiplica sus manotones.

—Pero no era Diógenes Urquiza, carajo. Era el novio de la muchacha de Larrazábal, de Domitila, la amiga de Manuelita ¿Se da cuenta de la barbaridad que han cometido? El novio de la niña asesinado casi frente a la misma casa del Gobernador. A la vuelta, en el zaguán de una familia de conspicuos federales, como son los Costa. Y es a la misma novia a la que le toca encontrarlo. ¿Qué me dice, carajo?

—Que fue una confusión espantosa, señor Gobernador —contesta el interpelado sacudiendo su grasienta melena como contagiado por el tic de su señor.

—Que alguien tendrá que pagar —tronó S.E.

—Estoy dispuesto, señor Gobernador.

—Pero déjese de joder, Coronel. Castigarlo a usted es acusar a mis propias fuerzas de seguridad. Y estos no son momentos para echar a sembrar dudas —titubea levemente el Gobernador. Y decide:— Esto lo pagará el mismo desgraciado. Total ya está muerto.

Gabino Corral lo miró con ojos en los que estaba todo el asombro del mundo. Sin entender nada, por cierto.

—Coronel: ya que ha sido usted tan bruto como para caer en esa lamentable confusión, a ver si se despabila y me inventa algunos datos. Elementos de prueba, digo. Al jovencito ése, al Larrosa, hay que hacerlo aparecer mezclado en alguna cuestión comprometida —dijo el Gobernador y comenzó a pasear a grandes trancos por la sala, como si para pensar necesitara del movimiento—. Veamos: estaba a punto de marcharse a la otra banda. O frecuentaba malas compañías. O andaba en cosas de espionaje. Pero necesito pruebas: nada de acusaciones en el aire. Pruebas: papeles, confidentes, denuncias. ¿Entiende?

—Entiendo ¿Y a Diógenes Urquiza, qué?

—Y dale con Diógenes Urquiza. A Diógenes Urquiza me lo sigue de cerca, pero sin chistar. No hay que levantar la perdiz. La perdiz la tienen que levantar ellos. El Entrerriano, digo. Si no es un cagón, como los otros.

El coronel Gabino Corral, después de la entrevista se fue, con aire compungido y notorio paréntesis de su matonismo habitual, tan encorvada cabeza y mentón sobre el pecho que sólo le quedaba visible la grasienta melena. ¿Habría caído en desgracia? En sus oídos repiqueteaba la severa reprimenda. También el último alarido del muerto equivocado, el que no había sido don Diógenes Urquiza. Antes de montar el caballo, verificó la existencia de su puñal en la cintura.

Comenzaron a llegar amenazadores rugidos del cielo. Linda tormenta se estaba preparando. Pero el Gobernador, que aún permanecía detrás de su escritorio, no les hizo caso. El sabueso que Rosas llevaba adentro y que le había permitido descubrir a tiempo tantas señales a lo largo de su vida y de su gobierno, le anunciaba otras tormentas, además de ésa que estaba proclamando el firmamento. Por el lado del Entrerríos escuchaba esos rugidos. De la provincia de Urquiza y del país de los brasileños le llegaban. Si la corazonada le resultaba cierta, los próximos encontronazos vendrían de por allí. Y con cualquier excusa. Por eso, qué lástima lo que pasó. Justo entonces, cuando todo parecía estar tranquilo. Cuando los jodones habían hecho rancho afuera y los de adentro ni abrían la boca. Justo entonces, cuando ya creía que podía aflojar ese sistema alimentado con el miedo que había sido su estrategia, el imbécil de Corral y su gente no encontraron nada mejor que descargarse con ese asesinato por meras sospechas. Habráse visto mayor zoncera.

En eso se escuchó la zarabanda de los cielos que el agobiante calor anterior había hecho presumir. Decir que rompió a llover es poco; comenzaron a caer baldazos de agua y el firmamento se volvió fogarada ígnea. Don Juan Manuel miró el pesado reloj de madera que desde la encalada pared enviaba su monótono tic tac. Las cinco. Linda noche y lindo disgusto. La noche se estaba yendo. ¿Y el disgusto?

Pero ya era hora de abandonar tarea y preocupaciones. Momento de ir a la cama y Eugenia. Hizo una seña al criado que permanecía en la puerta. El criado entró y apagó las lámparas. Todas menos una. Con ella en sus manos fue a abrir camino al Gobernador. Pero él se lo impidió. La luz distorsionó su figura: parecía más alta y negra. Casi un fantasma grotesco.

—Dejáme solo nomás. Cerrá y andáte a dormir unas horitas. Yo me arreglo.

Al Gobernador no le gustaba que se supiera por dónde andaba. Menos (ya estuviera en la Quinta o en la ciudad), en qué habitación dormía. Por eso, rotaba. Algunos decían que estaba en varias casas al mismo tiempo. Una exageración: en todos lados, sólo Dios.

La estrafalaria arquitectura de Palermo, hecha de numerosas construcciones que se habían ido adosando según exigencias de necesidad y ánimo patronal, le permitía, en ocasiones como ésa, salir de su despacho y marchar a sus habitaciones privadas sin tener que soportar inclemencias de tiempo o espiones. En eso está, el señor Gobernador, avanzando en la penumbra, porque ha apagado el candil.

Cruza cuartos y atraviesa pasillos —muchos disimulados, que él solo conoce— y espía hacia afuera, por alguna ventana, para controlar las modalidades de la tormenta en curso. De pronto se detiene. En un rincón ha descubierto una gata con su reciente cría, y aunque escasa es la atención gatuna que recibe, sonríe el señor Gobernador: ni eso se le ha escapado. Es el primer enterado del aumento poblacional de Palermo.

Pero algo llama su atención. La habitación frente a la cual pasa está entreabierta. En la bruma del amanecer que entra por alguna ventana oculta a sus ojos, vislumbra, de espaldas y a contraluz, la silueta de una mujer. ¿Quién será? ¿Manuela? No a esa hora.

Don Juan Manuel es el dueño de esa casa, de ese lugar, de ese país. Don Juan Manuel abre la puerta. Y entra.

El lugar es un cuarto de costura abandonado donde Manuelita y sus amigas se encuentran en ocasiones para disfrazarse o preparar sus fiestas. Juanita Sosa descubrió que el sitio permanece casi siempre vacío: lo aprovecha para ensayar sus estatuas. O simplemente para ir a pensar: aunque Palermo es muy grande, difícil resulta encontrar un espacio donde poder permanecer sin revoloteo ajeno.

De modo que allí está la muchacha. Se despertó tempranísimo, empujada por el insomnio. Desde la muerte del pretendiente de Domitila Larrazábal, la corte de Manuela anda muy nerviosa. Ella, de manera particular. Esa mañana, segura de que ya no podría volver a dormir, prefirió levantarse y buscar amparo en ese lugar inaccesible para todos: la llave sólo la comparte con Manuelita. Ahora está apoyada en el borde de la ventana. Claro el vestido sobre su cuerpo, una cinta roja anudando el pelo sin recoger, mira hacia uno de los patios posteriores donde da la habitación. Su mano, asombrosamente delgada, ha levantado la cortina y los ojos oscuros y dulcemente melancólicos curiosean afuera. La lluvia ha amenguado pero no el calor. Observa un carruaje que entra, relucientes los caballos por efecto del chaparrón y el sudor por la repechada última que han debido afrontar antes de arribar a las casas. Juanita se detiene en el relumbrón de los arneses y el girar de las ruedas sobre los ejes. ¿Así giran y giran los días de nuestras vidas? Así.

De modo que en sus meditaciones está cuando siente algo como un zarpazo: insólito pellizcón en las nalgas, primero. Y en seguida la mano entrometida que aprieta sus ojos, oficiando de venda. Y una voz aflautada, remedo de mascarita, preguntando, con palabras contenidas de risa pero signadas por la prepotencia.

—¿Quién soy?

Precisamente esa pregunta se la está haciendo Juanita. ¿Quién ha entrado así, como gato silencioso, con la cautela suficiente para anular hasta el murmullo de la respiración, pues de otro modo su oído, siempre alerta, lo hubiera escuchado? ¿Quién? Nada delató la ajena presencia. Ningún dato descubre ahora identidad alguna. Furiosa, encrespada como gallo de riña por semejante intromisión, es un resorte que salta. Una de sus manos amarra la que le clausura los ojos, en tanto siente que la mano intrusa, como adelantando intenciones, troca el pellizco en manoseo hasta que, por fuerza de jadeo y vaivén, de resistencia y ataque, las suyas tienen que darse por vencidas Quedan atascadas, inertes.

Pese al intenso forcejeo, Juanita seguía de espaldas: no había podido darse vuelta. Estando así, siente de pronto en su trasero, entre tantas adversas y repugnantes sensaciones, una más: el turgente miembro del agresor que la está sobando. Pero el desconocido ha apoyado las manos sobre sus hombros y esa maniobra le permite a ella zafarse y dar vuelta cuerpo y cara para sacarse esa porquería de encima y entonces ve lo que ve y escucha lo que escucha.

—¡Qué linda que sos, Juanita!

El señor Gobernador la está mirando, muerto de risa, con su mejor aire jovial y amuchachado.

Terca la muchacha. Una tigresa.

—Señor —ha murmurado, confundida a más no poder, mientras compone sus ropas, desordenadas en el forcejeo y anuda nuevamente la cinta roja del pelo.

Ajena a los ardores gubernamentales, a Juanita se le empantanan las palabras en la boca. Confundida, atosigada por la sorpresa, no sabe cómo reaccionar frente a ese elemento que inserta rumbo inesperado en la distante relación mantenida hasta entonces con el padre de Manuelita. De pronto, la cara falsamente inocentona del hombre le recuerda que el Brigadier acostumbra a sorprender a los demás con hechos insólitos, a fin de divertirse. ¿Acaso la misma Manuelita no fue víctima, en más de una ocasión, como cuando se le da por acusarla ante otros de mantener relaciones sucias con su novio?

Se distiende levemente la muchacha y ese movimiento imperceptible llama a engaño a Su Excelencia que vuelve a sus trece: toma con prepotencia la mano de la muchacha y se la aprieta, en tanto introduce la suya en el hueco de la blusa ajena, buscando intimidad no otorgada por beneplácito, sino arrebatada por imperio del mandón e, incapaz de superar tanto olor a mujer y calorcito de piel, comienza sus aprestos de macho decidido a darse el gusto.

Juanita, en el infierno. Descolocada a más no poder, se acuerda de los santos y los invoca con premura (ella, tan poco amiga de intercambios piadosos). Presente se le hacen los consejos de Madre y hasta aquella descabellada historia de la beata que en extremo de violación consiguió de la Virgen insólito milagro: que de su femenino rostro brotara barba tan espesa como para que el agresor huyera, espantado ante esa inesperada proliferación capilar que la niña, agradecida, sacudió con donaire una vez pasado el susto y antes de que mentada barba se hiciera humo.

Pero, aún en medio de su turbación, Juanita es lúcida: eso acontecía antes, en tiempos de milagros. ¿Y ahora? ¿Cómo defender ese tesoro, el único suyo, según advertencia de Madre? La necesidad tiene cara de iluminación. Juanita tuvo la suya.

—¿Y Manuelita? —gritó.

El nombre fue enunciación y súplica.

Rosas lo acató.

Se detuvo la mano del Gobernador que había estado acaloradamente intimando con su piel. Se detuvo también el corazón de Juanita: le pareció que el mundo estaba a punto de detenerse. Pero no. Todo era muy simple: había habido una batalla y don Juan Manuel la perdió.

A cualquiera le cuesta perder. Más si uno es Brigadier. Pero el Brigadier se la aguantó. Eso sí: puso cara de niño al cual se le sustrae la piedra con que quiso romper algo. La miró como si quisiera morderla. Y con paso rotundo y sobrador salió dando un portazo.

Pero antes, le dio una fuerte palmada en las ancas y le dijo:

—Esta vez te escapaste, Edecanita.

Juanita salió detrás. Sin portazo, pero con la nariz levantada y en remolino de polleras. Con el dudoso mérito de haber defendido su virginidad. Como quería Madre.

Cuando llegó a su cuarto, lloró. ¿Por miedo? ¿Porque imaginó al Brigadier en brazos de Eugenia, después de haber corrido el biombo, después de haberse metido en su cama, después de haber acariciado a la barragana, haciendo con ella lo que no pudo con Juanita? ¿Porque tuvo la oportunidad de saber cómo era *aquello* y no se animó? ¿Porque pudo haber desbancado a la Castro y se echó atrás? Las mujeres a veces lloran y no saben por qué. Dicen que Santa Genoveva lloraba por sus pecados, y tanto, que constantemente debía cambiarse de blusa (según relato maternal). Juanita tuvo que cambiar de pañuelo. Para poder seguir llorando.

Había dejado de llover. Afuera, escoltas coloradas cuidaban la seguridad de Palermo.

ESTATUA II

Soy Manuelita

EN OCASIONES *me pregunto qué haría yo sin las estatuas en este antro de aburrimiento en que estoy confinada y ni quiero pensarlo porque me veo comiéndome las uñas, arrancándome el pelo, dando mis alaridos como miro a las otras, pero por suerte, tengo mis estatuas y con ellas entretengo mis ocios y a veces hasta a otros entretengo porque desde chica tuve como quien dice inclinación para hacerlas, sobre todo cuando estaba nerviosa, mi mamá me decía* quedáte quieta, nena, *pero yo no podía con mi genio, que era ser de ánimo siempre movedizo, movimiento continuo me decían, hasta que descubrió que sólo dejaba de bailotear cuando se me daba por las estatuas, ese juego de niños en el cual me hice casi profesional: una manta en la cabeza, las manos juntas, volteretas y zás, con los ojos correspondientemente vueltos al cielo, era una virgencita, o una lavandera, si me ponía un almohadón en el culo y grandes trapos en las tetas o una dama conspicua con algún sombrero lleno de moños y los guantes correspondientes. Qué entretenido, horas podía pasar así, y llevé la moda a Palermo un día cuando estábamos tristes porque habían llegado noticias de esas requetecomentadas en la ciudad pero ausentes en Palermo: que a fulano lo degollaron, que cerca de lo de Mendeville habían entregado el pasaporte para el otro mundo a un grupo que intentaba pasar a la otra banda del río, que en la Recova apareció un vendedor* sandías, sandías *y eran cabezas de unitarios y cosas así y nosotras decíamos:* si eso pasó por algo será, mire si todo un gobernador va a andar dando orden de matar así porque sí, *razón por la que a veces hacíamos como que no nos enterábamos de nada, como que no sabíamos que los otros sabían y santas paces,* pero en ocasiones las miradas se cruzaban, se advertía que sí se sabía lo que se sabía y había que disimular y eso era feo y así nos pasó aquella tarde, tristonas estábamos porque alguien había soplado: parece que los mazorqueros empezaron de nuevo con el violín y el violón, *del susto enmudecimos, pero yo tuve ánimo para decir:* vamos a distraernos, queridas, hagamos estatuas *y así comenzamos, hasta Rosas venía a vernos;* estas niñas, *decía cuando venía, sobre todo después de alguna jornada de muchos expedientes o cuando el embrollo del bloqueo, que fue cuando le dio por embellecer a Palermo, aunque sólo consiguió armar fenomenal desorden* cortina de humo, *decían los enemigos,* tanto arreglito *pero no era por eso, no, Palermo era un palacio para esa Sultana, como la llamaban los extranjeros a la que cantaban todos los poetas:*

Bella y tierna Manuelita
Flor de hermosa primavera
Beldad de gracia infinita
en cuya frente bendita
no hay una sombra siquiera.

Porque ahora no se la puede ni nombrar, pero entonces, cuánto la mimaban. Por eso me gusta hacer su estatua hoy, cuando ya no está, porque está en Londres, cuidando a esos "terreritos" que dicen que ha tenido y que yo ni conozco, ahora cuando está convertida en mujer muy igual a tantas, tan esposada con un funcionario, tan destino común, ella que supo ser la Princesita de las Pampas y por eso me gusta hacerla embarazada, con su panza grandota, y me sale bastante bien; por lo menos, los médicos aquí se rieron mucho la primera vez que la hice y hasta ahora, cada tanto me piden, a ver, Manuelita y su terrerito, *y yo, voltereta y zas, instalo delante de todos a Manuelita y su panza mientras ella allá lejos lloriquea, según me contaron, por la herencia de las tías que aquí se le están muriendo y a las que debe pedigüeñar para no quedar fuera de la lista. Antes también me gustaba hacer la del Brigadier, y al dar la voltereta cantaba:* ¡Sepa el mundo que existe el Gran Rosas / Fiel baluarte de nuestra nación!, *pero era una estatua dificilísima: tenía que poner la cara de nobleza que él tenía y adquirir su prestancia para lo cual me ayudaba con una gorra de general o con una corona de laureles, como vi en un libro, porque ése es el adorno que corresponde a los héroes y Rosas era un héroe, lo decían casi todos menos los unitarios, argentinos venidos a menos, desde Angelis a los extranjeros lo decían, y esos lienzos que se sacaban en manifestaciones o fiestas, y que eran contraseñas de batalla que venía bien enseñar al pueblo y que decían verdades como éstas:* "Federación, muro argentino", "Luz federal encendida", *y otros que me encantaban hasta que el hombre cuyo nombre no puedo pronunciar me dijo que eran pura morondanga y entonces las dejé de lado aunque la estatua de Manuelita, esa sí, todavía tengo ganas de hacerla porque hacerla es un modo de recordarla y eso me gusta y si no llego a estar* muycont *no sigo* muytris.

Tres

EL PARTIDO HA COMENZADO

EL SOL CAE A PLOMO sobre la ciudad. Javier entra en la iglesia. San Francisco está en penumbra y casi desierta. Algunas mujeres desgranan las cuentas de sus rosarios, silenciosas. Una vieja trajina en el altar principal, lidiando con floreros y manteles. Javier permanece un momento de pie. Luego se sienta. El sombrero, que llevó puesto y se quitó al entrar, está en su mano y pronto en el banco. El, silencioso, mira hacia el frente. ¿Está rezando? Quizá. Como le ocurre siempre que entra a una iglesia, siente la sensación de alguna tierra perdida. Pero ¿cuál? En París añoraba la del Río de la Plata. En el Río de la Plata, piensa en París. Quizá su nostalgia se remonta hacia algo más lejano, diluido en el pasado. O quizá en el mañana. La mirada de Javier sigue fija en el altar. Qué árido sería ese centro convergente de arquitectura y boato sin las ofrendas florales que esa mujer desconocida arregla y otros desconocidos, quizá humildes y probablemente desdichados, previeron para su decoro. ¿Reza Javier? ¿Quién lo sabe? No él. El piensa ¿qué es rezar? ¿Conversar con Dios? ¿Simplemente escuchar? En su corazón resuenan el eco de antiguas liturgias en *St. Julien le Pauvre* donde, con su madre y Josefina, la hermana, iban a pedir por la patria. Ahora está en la patria. Pero tampoco es feliz. La ausencia del terruño, primero; la de su familia, después (como si ambos amores no pudieran unirse), han hecho de Javier un hombre si no perturbado, distraído.

Después de un rato sale de la iglesia como quien se decide a abandonar la paz. Al dejar su banco, se olvida del sombrero.

Cuando llega a la puerta, se lo alcanza un señor. El señor estaba frente a una imagen de la Virgen en esas cosas de piedad. Javier ni cuenta se había dado de la presencia silenciosa y devota.

—Joven, se olvidaba usted su sombrero —le dice entregándoselo, con parquedad.

—Ah, sí... qué cabeza la mía. Muchas gracias —responde, en idéntico estilo, un distraído Javier.

Aunque han hablado en voz baja, algunas de las mujeres miran qué sucede. Ven cómo Javier toma su sombrero, cómo saluda atentamente al otro caballero, cómo se va. De lo que ninguna se da cuenta, es de que el sombrero que cada uno se lleva, aunque igual al del otro, ya no es el suyo. Javier parte con el del comedido. Quien, a su vez, se lleva el de Javier.

El intercambio sombrereril ha sido perfecto.

Detrás de Javier Insiarte, pero no inmediatamente, sale el anónimo caballero. Su bastón en una mano. Y, en la otra, el sombrero. En el pecho, por cierto, la divisa federal. Apenas llega a la puerta, pone el pie en el atrio y el sombrero donde corresponde: en su cabeza. El hombre tiene sentido del humor. *En estos tiempos en que tantos pierden su cabeza, yo no puedo perder la mía,* se dice. E imagina un interlocutor preguntón: *¿Por qué? ¿Porque con la cabeza le va la vida?* Y su respuesta: *No, porque con la cabeza va el sombrero.* Y en él, debajo de la seda gris que en gusanillo colorado dice *Viva la Santa Federación. Mueran los salvajes unitarios,* los planos de la quinta de Palermo. Y otras informaciones.

Vivo el mozo Insiarte, piensa el señor alto y elegante, divisa federal en la solapa. El señor alto y elegante, divisa federal en la solapa, es Diógenes Urquiza, el hijo de Justo José, el de Entrerríos. Sonríe el señor Diógenes Urquiza. Y toma el rumbo de la calle de los Representantes. El bastón en la mano, el sombrero en la cabeza. Como corresponde.

El mozo Insiarte, por su parte, se aleja lentamente, calle abajo, camino a casa de la tía abuela Eloísa, donde está viviendo desde que vino de París. Marcha contento. Todo salió a la perfección. Con diferencia de pocos días, partieron dos emisarios con los correspondientes mensajes. El plan marcha.

Todo había comenzado cinco días atrás, cuando apareció la tía

Eloísa, precisamente, con el sobre traído por un chacarero inglés que venía del campo. El sobre estaba abierto, por lo cual Javier —y la tía que en seguida quiso curiosear—, comprendieron que de nada importante podría tratarse. Y así fue: adentro había una hermosa litografía de la Iglesia de San Francisco. Y un breve mensaje: *Señor Insiarte, para la colección de su hermanita Josefina.* La firma era la de un pasajero que había viajado con Javier en el mismo barco. Por cierto, traía también la fecha correspondiente.

—Qué bueno... El hombre cumplió —certificó Javier en voz alta.

—¿Qué? —averiguó la tía, quién, demás de curiosa, era gorda a más no poder: cualquiera podía suponer que, sin pies, se trasladaría igual. Rodando.

Javier le explicó pacientemente: durante el viaje, en alguna conversación intrascendente, de esas con las cuales se busca acortar el largo tiempo del mar, él le había comentado al tal señor que su hermanita coleccionaba postales. Sobre todo, le encantaban las litografías, tan de moda.

—En París, usted sabe, tía, Ingres y Vernet reproducen todo cuanto se les pone delante de los ojos. Cuando Josefina se enteró de que aquí, en Buenos Aires, Bacle y otros litógrafos (los de la calle Federación, usted los conoce), dibujan muy bien las bellezas de las porteñas y hacen muy buenas "vistas" ciudadanas, no pudo con su genio. Me pidió que le mandara todas las que pudiera. Pues bien, hermanito *comme il faut*, estoy tratando de darle el gusto. Ya le envié un paquete en el *América del Sur*. Estuve tentado de mandarle algunas de Pervilain, ese de la calle Reconquista que no hace más que poner crímenes y degollinas en sus litografías. Pero me abstuve.

Se espantó la tía Eloísa. Aunque federal y de familia federal, emparentada con los Anchorena e íntima de María Josefa Ezcurra, no era para nada amiga de procederes violentos.

—Por Dios, hijo: esas no son cosas para una niña. Son adornos para pulperías y almacenes de suburbio.

—No se las mandé, tía. Estuve tentado, le dije. —Y agregó como al descuido:— Volviendo a mi amigo del barco: cuando supo el espíritu coleccionista en que ha caído Josefina, me prometió colaborar en la empresa de mantener contenta a la niña. El hombre cumplió —remató Javier señalando la tarjeta recibida.

Marchó entonces a ver al peón que la había traído. La tía Eloísa lo había ubicado en la cocina con la orden de que se le sirviera algo fresco. Javier se encontró con un muchachón rubio y pecoso, quemado por los soles del campo, la cara sepultada bajo la capa de polvo recogida en el camino. Un sombrero aludo daba vueltas y vueltas en sus manos. Hablaba un español pasable pero, tímido, apenas si levantaba los ojos del suelo.

El hombre estaba descalzo. Contó que esa noche, cuando llegó, para no caer tan tarde a la casa del señor Insiarte, había esperado el alba en un rincón de la Recova. Arrebujado en su poncho (colorado, por cierto, comprobó Javier), durmió unas horitas. Como tenía un panadizo en un pie, se había quitado las botas. Mejor no lo hubiera hecho. Cuando se despertó, el panadizo seguía, pero las botas no estaban. Se las habían robado. Javier le dijo:

—Voy buscarte un par.

Lo dejó con algunos criados y la bebida fresca. Ya en su cuarto, él estudió la litografía, hasta entonces en su mano. Lindo. Y clarito. Recordó el código: cinco días a partir de la fecha. La fecha era: tres de febrero. ¿Y la hora? Estudió los detalles. Donde nadie hubiera encontrado nada, descubrió cinco puntitos en una de las torres. El ocho a las cinco. Clarísimo. Javier sonrió. Para que las cosas sean secretas, hay que ocultarlas lo menos posible. La litografía quedó en su sobre abierto, sobre el escritorio, al alcance de cualquier mirada.

El volvió a la cocina. Con un par de botas.

—Tomá, a ver si te sirven —le dijo al tímido chacarero, inglés pero acriollado.

Le andaban.

A su tierra y a su patrón volvió el hombre calzado con botas traídas de la *Rue des Tuillèries*. Buenos Aires se estaba volviendo cosmopolita y hábil su gente. Bajo las plantillas de las botas iban algunas noticias. Más de uno hubiera dado mucho por conocerlas.

Por su parte, él, Javier Insiarte, allí había estado esa tarde. A las cinco del día ocho, en San Francisco, intercambiando finezas y otras cosas con un desconocido. *Très bien*. Tan contento está Javier con el rumbo de los acontecimientos, que decide dar un paseo, mientras su cabeza viaja al son de encontrados pensamientos. Rodea el Fuerte y se acerca al río. Lo tiene al alcance de la mano. Si alguien está siguiendo sus pasos o espiándolo ¿no encontraría lógico que el mozo busque reencontrarse con los rincones de su ciudad? Por cierto que sí. Pero Javier no mira mucho ni al río ni a las edificaciones. Javier está pensando en todo aquél palabrerío parisino, entre los exiliados. En la cantidad de datos que ahora no le sirven para nada. En la planificación sobre el papel. Y en lo difícil que se hace llevar muchas propuestas a la práctica. En cómo reacomodar la teoría a la realidad, piensa Javier, mientras huele el olor a río que llega. Olor a humedad concentrada, a carroña fermentada. Olor a agua y a tierra y a humores putrefactos. Y mientras huele esos olores que quizá sólo sean los íntimos aromas de la enferma ciudad colorada, escucha una voz ¿De quién? De su amigo Arsène Isabelle, aquél loco lindo al que se le había dado por conocer estas tierras. De Francia vino para conocerlas. Y a Francia volvió. Y en Francia le dijo, una tarde de invierno, los dos silenciosos en el consultorio de papá que miraba a la *rue Servandoni,* sobre la cual ya caía la noche. *Rosas dice* —le decía Isabelle— *que al país le hacen más falta los mazorqueros que los ensayistas. ¿Te das cuenta?* —se escandalizaba Arsène, incrédulo todavía, cuando se lo contaba. Y después se explayó con detalles de los que había sido testigo. *De visu,* decía. *Verbi gratia*: una asonada de los *sans culottes* rioplatenses. Le dijo: en un instante gauchos, indios, y milicianos de suburbios, lanzas, sables o carabinas en ristre, lanzando alaridos que hielan la sangre, dicen su *presente* en el Fuerte, por 25 de Mayo o en la Plaza de la Victoria, frente al Cabildo. Por el otro, le siguió diciendo, ves la guardia de honor del Restaurador, ensombrerada, chaquetas escarlatas, pantalones blancos, banderas rojas y negras que claman *Federación o muerte*. Ves, le decía el amigo Arsène, arrimándose al fuego de ese hogar que buscaba entibiar la frialdad del consultorio de papá, sobre la *rue Servandoni,* ves los indios pampas, semidesnudos, de pelo revuelto, caballo en pelo. Ves la tropa tumultuosa de los gauchos que agitan sus largas lanzas, mientras hacen sonar la multitudinaria herrajería de sus cabalgaduras que cuelgan de pescuezos, cabezas y colas. Ves, seguía el amigo Arsène, entonces con una copa en la mano y la misma intensidad en los ojos, los negros del Regimiento de Defensores, los únicos disciplinados. Y le contó, entonces, cómo Rosas estaba orgulloso de esos negros, y de qué manera esos negros adoraban al rubio y blanco Juan Manuel que los enfundaba en los hermosos uniformes colorados. *Un aquelarre*, decía el amigo Arsène, el cuerpo cada vez más cerca del fuego, la copa apretada en la mano, allá, en el consultorio de papá que daba a la *rue Servandoni*, sobre la cual ya había caído la noche, mientras murmuraba: *Pero no eran sólo los negros: a una dama de la alta sociedad le escuché decir, qué lin-*

do que es verlo a don Juan Manuel, tan rubio y grandote, con esos ojos de cielo.

Aún falta para que caiga la noche, se dice Javier Insiarte, plantado a orillas del río, el cigarro en los labios, la mirada hacia el Fuerte, la voz del amigo lejano recordándole que él, Isabelle Arsène, también había estado en Palermo. Donde ahora él, Javier Insiarte, oficia de escribiente gracias a los buenos servicios del agregado comercial de Francia, y de los Anchorena, y de la misma tía abuela Eloísa, amiga de María Josefa.

—Si parece mentira —le dijo aquella tarde, cerca del fuego, en el consultorio de papá, sobre la *rue Servandoni*— que el hermoso macho bravío domine al Río de la Plata y embrete a Inglaterra y Francia desde ese cubículo de capataz de estancia que tiene en Palermo.

Javier no le había entendido, aquella tarde.

—De su dormitorio, te estoy hablando —le aclaró—. De ese dormitorio que comparte con Eugenia Castro, su amante.

Y después de varios tragos, había agregado:

—Algunos dicen que también se le mete, no sólo en la habitación, sino en la cama, su propia hija, Manuelita.

Pobre Manuelita, piensa ahora Javier. Tendrá muchos defectos y agachadas, la Niña, pero esos son inventos de Rivera Indarte y su lengua de víbora.

También las primeras noticias sobre Juanita Sosa las recibió de labios del mismo Arsène:

—Dicen —le dijo en aquel atardecer— que también anda por allí la Edecanita.

—¿Quién?

—Juanita Sosa. Tratá de conocerla, que te puede servir. Es una muchacha bastante alocada y divertida. El Gobernador la usa, como usa a su hija y a su hermana, la hermosa mujer del general Mansilla.

—¿Las usa cómo?

—Como señuelo. Como ablande en sus tratativas políticas. Cosa de no creer ¿no? Pero es así.

—Y la Sosa ésa ¿es también amante del Gobernador?

—Casi seguro.

En Brasil había redondeado todos esos datos. Y se habían, él y los suyos, planteado muchos interrogantes. ¿Bastarían las fuerzas que se estaban preparando, para derrocar a ese hombre? Al fin y al cabo, no había mucha diferencia entre los ejércitos al servicio del Restaurador y los que podía preparar el Entrerriano. Por lo que sabía, iba a ser un rejunte bélico impresionante en su mescolanza: desde orientales a brasileños, pasando por los correntinos, que casi son un país aparte. Y no uno de los más civilizados. Con perdón de los Salas, que son mis amigos, se decía Javier. Sí. Pero allí está la caballería entrerriana, no te olvidés, le había recordado alguien. Y en ella está la esperanza de muchos, agregó él. Por algo uno de los primeros contactos que había buscado fue el de Diógenes Urquiza. El del sombrero.

Ahora va llegando a la casa de la tía Eloísa el mozo Insiarte. Quedó en comer, esa noche, con ella y la prima Graciela, amiga de Manuelita. Estoy bien respaldado, piensa el muchacho. En esa casa y con tales damas ¿quién podrá sospechar algo?

Las damas, por cierto, no terminan de preguntarle sobre París. Por las modas, sobre todo, se interesan las señoras. Al menos, aparentemente. Porque la bella prima esconde lo suyo: tiene un novio en Colonia, sobrino de Alberdi y en la causa. Qué soponcio le daría a la tía Eloísa si supiera el secreto. Y si supiera algunos otros entretelones. Por ejemplo, el "negocio" que tienen ambos entre manos.

Antes de entrar, Javier resume la situación: todo bastante adelantado. Está contento. Esa noche seguro que tendrá oportunidad de conocer a Juanita Sosa, en lo de Clara la Inglesa. Es el santo de la señora y lo festeja con gran alharaca. Dicen que va Manuelita y si va Manuelita lo hará su edecana, esa dama de honor, linda y desenvuelta de la cual todos le hablan. ¿Y Clara la Inglesa? A ella ya la conoció. Qué personaje. Le impresionó una frase que dijo:

—A veces pienso que Buenos Aires es un arrabal de Londres.

Y había tristeza en su voz.

Cuatro

ESCANDALO EN PALERMO

—Pero qué idea recibir a un hombre en su cama.

La Niña Manuelita salió sacudiendo sus pollerones rojos y abanicando su cara arrebolada por el calor y la rabieta. Juanita Sosa, a su lado, ahogando bostezos porque estaba en el primer sueño cuando la despertaron, agregó:

—Estas cosas se pagan —aunque en voz baja y con disgusto. ¿Acaso las dos Sosa, ama y criada, no sabían que el señor de los ojos azules recibía a la Castro sin sacramento de Iglesia? ¿Y no comentaban, en pláticas de mujeres a solas, la fogocidad de tanto federal que volteaba chinitas dos por tres y donde viniera al caso? ¿Y por ventura, más de una vez, en coloquios domésticos, ellas y otras, no hablaban de esa señora tan aseñorada, doña Josefa Gómez, mentada la Pepita, amancebada nada menos que con el señor deán de la Catedral, y ambos visitantes asiduos de Palermo? ¿Y entonces? Cuando la sacaron a los empujones de su cuarto en aquel amanecer, la muchacha, que era jovencísima y tenía los ojos agrandados por sorpresa y espanto, se dio cuenta del tamaño de su equivocado razonamiento: esas disipaciones no eran para gente como ella, de servicio.

Pero ya era tarde. Le costó darse cuenta. Primero no entendía nada. Después comprendió los gritos del miserable Eusebio, que había ido a soplar la situación al Gobernador, y la ira de la Niña, enterada del asunto, y las lágrimas de Juanita. A la dureza de los fierros que

en seguida la acollararon, en enaguas nomás como estaba (y en enaguas destrozadas por la pasión), los entendió enseguida.
Juanita pidió, lloriqueando siempre:
—Por favor, déjenla vestir.
Aceptaron la finura por cuestión de decencia. Y después la sacaron, mal puestas las vestimentas y la cara como tomate por tamaña vergüenza, de la habitación y de la galería camino al portalón de entrada. Algunos de los muchos amontonados se reían y otros ponían caras compungidas y otros decían:
—Mirá la mosquita muerta.
—Nada menos que recibiendo en su cama al Salustiano Rosas.
—Cuántas veces se habrá revolcado con el Salustiano.
Pero no habían sido muchas veces. Había sido al comienzo de la primavera, cuando todo llamaba a la vida y era difícil decir que no.
El Salustiano Rosas era un criado del Gobernador a quien éste le había impuesto su apellido, en magnánimo gesto. Ella apenas si le conocía la cara, tanta vergüenza le tenía a su voz entradora y a los ojos encarbonados. Cuando estaba refrescando la galería a puro baldazo, él empezó a hacerse el encontradizo. María Patria Sosa apenas ni levantaba la cabeza, aunque se le prendía un aditito de estrellas debajo de la sarga de su camisola, tirando para el lado izquierdo, que es donde está el corazón. Y cuando él iba a la cocina en busca de agua caliente para el mate o de una jarra de refresco, tampoco lo miraba de frente, pero sentía sus ojos pedigüeños y sabía qué andaba buscando el federal buenmozote que en la puerta de Palermo hacía guardia y en otras ocasiones mandados a la Niña cuando ella necesitaba algo de la ciudad. Después comenzaron a hablar: él le contaba de las andanzas de su partida para joder unitarios. Y de las internas que se daban en Palermo, entre los mismos federales. Pero esos chismes a María Patria no le atraían. Ella no pensaba mayormente ni en unitarios ni en federales, sino en el tumulto de su pecho y en qué iba a hacer de comer ese día, porque estaba de ayudante en la cocina. Otra vez, cuando andaba en eso de baldear la galería, él le dio un manotazo. Ella, ni lerda ni perezosa, nada mejor encontró que sacarse un zapato (desde que estaba con Juanita Sosa usaba zapatos) y darle con el taco. Claro que jugando.
—Me taconeaste fiero —le dijo él.
Y después, cada vez que la veía:
—¿Cuándo me taconéas de nuevo?
Un día hasta se animó:

—¿No querés que te taconee yo?

Así, así, fueron entrando en confianza. Hasta que una noche se le presentó en el cuarto. Y otra. Y otra, la de tres noches atrás. La de la desgracia. Que fue así.

En la calma chicha de la madrugada, sofocada por el olor de los jazmines y magnolias que llegaban desde los montecitos cercanos, en el cuchitril volcado sobre el ala de la casa dispuesta para los criados, María aguardaba. No había en el cuarto ni pesados muebles, ni tornasoladas cortinas, ni cama con baldaquino. Apenas una de hierro, angosta, un armario oscuro, una silla. Sobre la silla, abierta como amapola cortada, el rojo vestido de María Patria Sosa que estaba, tiesa en la cama, alerta sus antenas de enamorada, con un hormiguero subiéndole por las pantorrillas, mientras escuchaba los gritos procedentes de la esquina, reparo de centinelas, y jadeos agazapados de quién sabe quienes. Los hombres vencen las noches y sus calenturas con alcohol y encuentros fortuitos (cualquier lugar es bueno para sacar sus bríos), pero ¿y las mujeres? Las mujeres aguardan como aguardaba María Patria Sosa. Había dejado la puerta abierta. Hacía ocho días que la estaba dejando abierta.

Los síntomas del amor son innumerables y María, oscuramente, detectaba varios: lava el vientre, tambor el corazón, pura esponja la carne, humedades más debidas a caldera interior que a alta temperatura ambiente (aunque ésta no faltaba), escalofríos que no otorgan sosiego. Atenta estaba a los movimientos de afuera y de adentro. Ascua en el ascua nocturna ¿cómo no iba a quemarse?

En eso escuchó un rasguido en la puerta, crujido leve de madera y vió un hilito de luz que entraba amparando una sombra. Con la sombra entró el Salustiano.

En el apuro dejó la puerta abierta. Y abierta se quedó en tanto él, el Salustiano, apretaba el cuerpo de la chica a él apretado en discordia amorosa que rasgó enaguas y permitió que dos pechitos emergieran, empinados de calor y furia de primeriza que con sus manos buscó aplacar, en tanto ordenaba sin palabras lo que ya el instinto ordenaba. Y la María Patria Sosa se abrió de pétalos y labios y piernas y con gritítos de pájaro dijo el placer y sus gritos se acoplaron a los que en el parque ya estaban saludando, dele que dele, al nuevo día.

Cuando, después de un parate, empezaban nuevamente con la ronda amorosa, llegó lo inesperado: la mezquina figura del Eusebio entró como golpe de guadaña y con él la desgracia, los gritos y atro-

pellos, las voces iracundas, el apretujamiento de faldas y rebozos con propios cacareos (pero ninguno acaudillando defensa alguna, que no eran tiempos para eso).
—Miren que hacer esto en Palermo.
—Ya no hay decencia.
—Ni la casa del Gobernador se respeta.

Fue entonces cuando apareció Manuelita, sacada de la cama por tamaño atropello a la decencia y la Juanita Sosa, puro asombro y lágrima y María, con las manos en los ojos como quien busca sacarse telarañas apresadas en alguna pesadilla. Y también llegó don Juan Manuel, llamado por el bufón espiador y malvado.

Aún no se había acostado el Gobernador porque, según costumbre, entre expedientes había pasado la noche, pues andaba en eso de ganarle a franceses e ingleses, que gobernar no es fácil y menos gobernar a un país de salvajones y manfloros.

Se hizo presente con su voz de mando: miren que hacerle éso, tan luego a él. En actitudes de tal porte percibía alarmas de desacato el brigadier; veía en ellas brotes de libertad intolerables.

—Que la lleven al Cantón de Torrecillas y la engrillen y la encepen y le den cincuenta azotes. Y la próxima vez —dijo con voz de trueno Su Excelencia— la cuelgan de las tetas de la rama de un árbol. Y en Palermo.

—¿Y al Salustiano? —alguien preguntó por lo bajo.
—El Salustiano es hombre y esas cosas son de hombre.

* * *

Es de mañana y el sol ya achicharra cuanto encuentra y en el patio enladrillado se oye crujir de carruajes que llegan o parten, caballos de incierta procedencia con jinetes a cuesta, retazos de conversaciones, órdenes suspendidas en el aire caldeado de ese horno en que está convertida la ciudad. Entre la celosa vigilancia de Santos Lugares y la bucólica quinta de Palermo, en las riesgosas calles de Buenos Aires hay lugares seguros como ése: la Cárcel Pública. El jefe de la Cárcel Pública —bajo, rechoncho, la cara con señales de viruela y los ojos dos piedritas negras relampagueantes— se asoma a la galería, secándose el sudor que corre por su frente y cara abajo para escurrirse por el pañuelo anudado en el cuello. Desde allí el hombre puede ver, después del portalón abierto, mellando el horizonte, tumultuoso amontonamiento humano sin destino visible: el lugar es pretexto para reunión de desocupados en busca de conchabo, comida o simplemente chismes. Los chismes se pagan bien en el Buenos Aires de ese tiempo. Por la galería que desemboca en un montecito de limoneros donde las únicas sombras del mediodía parecen concentrarse, ve venir a un pelotón minúsculo: tres agentes del orden, desaliñada sinfonía en rojo, desprolijos tanto por imperio de calor como a causa de pobreza extrema, y una muchacha, vestida de colorado, rebozo flor de romero sobre el pelo que por descubierto costado se descubre renegrido, pañuelo de seda amarilla y negra volteado sobre los hombros, carita enlutada por el dolor la suya, en manos y pies grillos que apenas si le permiten caminar. El cuerpo parece tender hacia abajo más por oculta condición dolorosa que por peso de herraje. ¿Tormento anterior? Tal vez.

El señor Jefe de la Cárcel Pública se hace a un lado cuando el pelotón llega a la puerta de su despacho. Saludan los hombres. La mujer baja aún más la cabeza. Un escribiente aparece y comienza el interrogatorio de la detenida, enviada por el Jefe de la Policía, procedente del Cantón de Torrecillas, de acuerdo a órdenes del señor Gobernador. Cualquier solemnidad parece deslucida en ese lugar, con semejante calor y esa mujer indefensa, engrillada y maltrecha que informa al requerimiento oral: María Sosa es su nombre y veinte años su edad, aunque tal cálculo es a ojo de buen cubero, porque no conoció ni padre ni madre. Tampoco sabe si ha nacido en esta república o en otra. En toldería se crió, aunque es de carne blanca, como bien puede verse y como está viendo el señor Jefe de la Cárcel Pública. Cautiva ha sido: lo dice ella y lo corroboran quienes sobre ella saben, pero trece años atrás la rescató una partida al mando del unitario traidor Ramón Maza, *salvajón y difunto*, dice con asco el señor Jefe de la Cárcel Pública. Con asco lo pone en letras el escribiente, mientras los labios de la engrillada se mueven para decir el *requiescat in pace* aprendido en iglesia cristiana en el post cautiverio. Y con el *requiescat*, recuerda. Entre el malón de la indiada uno corría con ella bajo el brazo como si fuera un paquete. Un tiro derribó caballo y jinete, encima se fue el blanco y algo le hizo al salvaje que el salvaje dio un alarido. Fuente de espuma fue enseguida su boca. Sangre le brotó por una herida que ella apenas si vio pero que aún a veces la persigue en sueños. Se prendió un graznido a la garganta indígena y enseguida murió. El paquete quedó tirado al lado. El paquete era ella, María Patria, entonces. Ahora, María Patria Sosa. El salvador, don Ramón Maza, coronel.

—¿Su exercicio?
—Sirvienta.
—¿Y después de la toldería qué?
—Me arrimaron a la casa del coronel Vicente González y allí estuve como cinco años sirviendo.
—¿Y después?
—Como la señora ya se podía arreglar sin mí y como los Sosa tenían necesidad de criada, me prestó la señora González y con los Sosa estuve años.
—¿Y después?
—Y después la señora de Sosa que era Olmos cuando yo entré pero Sosa después porque en el entremedio se casaron, me destinó con destino de criada a su hija, la señorita Juanita.
—¿Dónde?
—En la quinta de Palermo del Excmo. Señor Gobernador don Juan Manuel de Rosas, donde la señorita Sosa vive casi siempre para compañía de la Niña.
—¿Y después?
—Y de allí me mandaron hacen como tres días al Cantón de Torrecilla.
—¿Por qué?

La mirada enlutada de María se pierde detrás del enrejado que asegura las ventanas del despacho del Jefe de la Cárcel Pública y por allí ve la lisura de un retazo azul, verde de árboles y algunas nubes quizá anunciadoras de cercana tormenta. Detrás de las rejas aletea el mundo.

—Cuando me trajeron de las tolderías me dijeron que iba a ser mejor —murmuró con palabras que poco tenían que ver con el trámite en curso. Y aunque los otros ignoraron tales palabras, la mujer agregó:— Mala ciudad esta ciudad.

Y se calló.

Y el Jefe de la Cárcel Pública, habiendo escuchado a la imputada, habiendo fumado su cigarro, habiendo tomado varios vasos de sangría, habiendo llegado la hora del almuerzo, en cumplimiento de servicio ordena que María Patria Sosa sea nuevamente engrillada, encepada y puesta en prisiones de acuerdo a la orden del Excmo. Señor Gobernador. Para que aprenda a portarse con conducta. Con conducta de mujer decente.

* * *

María Patria Sosa está pagando su pecado de haber conocido hombre en Palermo por detrás de las leyes y los modos dictados por las buenas costumbres y la sana moral. *Dos, tres, cinco, seis...* Una voz monocorde registra el ejemplar castigo, mientras el látigo pasa de una mano a otra mano y a otra después. Hasta para un mazorquero es duro cumplir semejante trabajo, porque un hombre, es cierto, suele ser bravo entre centelleo de puñales o estampidos de balas, cuando por el aire vuelan interjecciones y alimentan la furia o el tumulto dichos y gestos que apresuran la sangre y convocan el coraje. Pero ¿así, entre piar de pájaros y el sol asomándose entre rosadas brumas y en las manos semejante paloma? ¿Quién puede hacerlo sin putear a la suerte que de uno ha hecho verdugo de hembras veinteañeras arrastradas por oleaje de amor? Mejor así: tres para cumplir el castigo. Por lo menos se ignora en manos de quién estuvo el látigo cuando brotó la primera salpicadura roja. O en la de quién cuando el alarido hirió aire y oídos. O cuando la cabeza cayó de la banqueta al suelo, y hubo que levantarla y echar agua en la cara empapada de lágrimas, sudores y sangre y volverla a poner en la banqueta como a Cristo pusieron en la cruz, y proseguir la cuenta como si nada: *veinte, treinta,* que la virtud se impone a latigazos y a fustazos se pone en vereda a las muchachas con sangre alborotada en primavera por desasosiego de pasión: miren cómo queda.

Y cuarenta y dos y cuarenta y tres y ya se está llegando al fin. Pero María Sosa, ovillada en sí misma, está en cono de sombras, pequeño amparo ese desmayo donde mejor dejarla, se dicen sin decirse los verdugos,y en acuerdo tácito, el trío prosigue golpeteando el guiñapo: *cuarenta y ocho, cuarenta y nueve, cincuenta...*

La función terminó. Pero nadie aplaude. Nadie tampoco esperaba que alguien lo hiciera.

Un perro se acerca para olisquear el pingajo desmayado y recibe el planazo uno de los hombres que así desquita el deslucido papel ejercido. Dos agentes recogen el cuerpo (peso de pájaro su peso) tan abusivamente tratado. Con agua lo reviven, lo llevan a la celda y, de acuerdo a la orden recibida lo engrillan y lo encepan.

En la celda quedó, oculta a ojos indiscretos, María Patria Sosa.

ESTATUA III

Soy la sorpresa

EMBARULLADA COMO ESTOY *me he olvidado de muchas cosas pero hay una de la que nunca me he podido desprender y es aquella tarde en que al Brigadier se le dio por estar zafado como nunca hasta entonces, quien sabe qué le había pasado, se le habrían descompuesto sus humores viriles o ya la cucucha de la Eugenia Castro no alcanzaba a calmar sus necesidades; la cuestión fue que empezó a decirle cosas a Manuelita y ella a ponerse colorada y todo esto que cuento lo puedo contar porque el señor Samuel Greene Arnold lo contó en su libro de viajes y entonces no es que yo saque a relucir trapitos al sol de Palermo sino cosas que ya son públicas porque están en letras de moldes. Digo entonces que aquel día este señor, un norteamericano que andaba buscando un pasaporte para ir a Chile, estuvo de visita y el Gobernador le concedió el privilegio, a instancias de Manuelita, de poder saludarlo y departir con él y me acuerdo que el Gobernador tenía esa gorra blanca con visera que solía usar cuando trabajaba en Palermo y una chaqueta azul con cordones colorados y el chaleco punzó y los pantalones azules y la divisa que usaba siempre y parecía un sencillo y señorial estanciero, que era lo que le gustaba aparecer y empezó conversando en serio con el visitante, que es de los muchos señores que se pasan la vida recorriendo el mundo y el país para después contar lo que ven y además hacer negocios, si pueden (y en general siempre pueden) pero después comenzó a desmandarse como si lo hubiera picado un bicho perverso:* Esta es mi mujer, *le dijo al ex-*

tranjero señalándola a Manuelita, tengo que alimentarla y vestirla y eso es todo; no puedo tener con ella los placeres del matrimonio *y seguía en tren de explicaciones y nosotras íbamos enmudeciendo,* en realidad dicen que es hija mía pero yo no sé porqué; cuando estuve casado teníamos con nosotros en la casa a un gallego y puede ser que la engendrara, *y nosotras ya al borde del soponcio y el norteamericano atónito y él, Juan Manuel, imperturbable* se la doy a usted, señor, para que sea su mujer y podrá tener con ella no solamente los inconvenientes sino también las satisfacciones del matrimonio *y el Gobernador terminó con su mejor sonrisa y el gringo sin saber dónde meterse* pero, señor, quizá la dama no quiera aceptarme y sea conveniente primero obtener su consentimiento *y él* eso nada importa, yo se la doy y ella será su mujer *y Manuelita hecha un ascua, tratando de explicarle al extranjero* mi padre trabaja mucho y cuando ve alguna visita es como una criatura, como en este caso *y después fueron a comer, no sin que antes el Gobernador insistiera, ese día estaba fatal, aunque el gringo, superado el trance inicial, que fue el de la sorpresa, lo tomó a broma y con la misma Manuelita chancearon sobre el presunto casamiento, ella dudando si él permanecería fiel cuando llegara a Chile, que era adonde se iba, y el deseándole que la próxima vez que ella se casara pudiese elegir por sí misma, y entre tanto iban pasando carbonadas, guisados y guisos en rutinaria sucesión y todo eso quedó en mi memoria y en la del tal Samuel Greene Arnold, quien además lo dejó escrito en libro. Pero sólo en mis recuerdos quedó lo demás, porque en medio de toda la jarana, que ya estaba distendida gracias al vino y a la habilidad de los dos presuntos comprometidos por apócrifa decisión paterna, don Juan Manuel, mientras con la mano izquierda, porque era zurdo, acompañaba el ritmo de su charla con sus acostumbrados ademanes, disimuladamente con la derecha estaba en otro menester, que era el de sobarme las piernas mientras yo seguía quietita, qué iba a hacer, a lo sumo pensaba cómo se arregla éste para estar en tantos lados de mi piel si ésa no es la mano que usa siempre y además le falta una falange (la del tercer dedo perdida de niño al apretarse con una puerta), y en eso estaba, para distraerme nomás, cuando siento que esa mano que era la derecha pero como la zurda de él, que era zurdo ¿está claro?, esa mano toma la mía abandonada y por debajo de la mesa y de la fuente de carbonadas y guisos la fue llevando hasta él, hasta el promontorio duro que yo sentí bajo mi mano y que enseguida me di cuenta de que era nada menos que su poronga, dura y tiesa como un palo y como un palo me puse yo y entonces el Brigadier con su mejor sonrisa dijo ¿qué le pasa a la Juanita que se nos ha quedado muda? y vi sus ojos clarísimos mirándome muertos de risa como si eso hubiera sido sólo una travesura y entonces yo, acostumbrada a mi oficio de* clown *de los Rosas, a la cual los Rosas mantenían y relacionaban para que fuera eso,* clown *de los Rosas ¿qué creen que hice? Di un suave sacudón a la mano que era la mía y estaba posada en tan real promontorio y también yo con mi mejor sonrisa me puse de pie, ensayé oportuno gesto cortesano y dije* Excelencia si me permite, ha llegado el juego de las prendas y tenemos que ir a prepararnos. Vamos chicas. *Y nos fuimos y los demás se quedaron allí, esperándonos y nosotras regresamos, hicimos nuestras gracias, cobramos las correspondientes prendas y todos tan contentos porque la noche estaba hermosa, el visitante simpatiquísimo y tan amable por haber venido a ver qué cosas pasaban en Palermo y el Gobernador tan bueno como para perder tiempo por una vez en esas zonceras, él que tenía que manejar el país y a veces parte del mundo. Total que así pasamos esa tarde y esa noche y así se iba pasando aquel verano que ahora estoy recordando con esta estatua intitulada* El asombro *que, como ustedes ven, es una dama inclinada por el susto y el espanto que la agobian, con los ojos abiertos de sorpresa, con los labios a punto de dar el grito que no se animará a dar y las manos vencidas, cayéndose hacia el suelo, como esta servidora quedó aquella tarde cuando S.E. la llevó a tantear el peso de su federal poronga en secreto y en medio del gentío.*

Cinco

UN CORTE DE MANGA
PARA EL GOBERNADOR

EL PADRE DE JAVIER, el doctor Manuel Insiarte, en el consultorio de la *Rue Servandoni* dos por tres contaba, al caer la tarde, una copa en la mano, los ojos perdidos en el humo de su pipa, los motivos por los cuales había optado por el exilio y París. Se lo contaba al hijo, quien se había venido haciendo hombre en esos años, y a los amigos, muchos de ellos exiliados como él, que buscaban en la mutua compañía el consuelo no otorgado por el paso del tiempo. Y también revivir nostalgias rioplatenses que no se decidían a sepultar.

El doctor Manuel Insiarte había concurrido —y esta era la materia de sus recuerdos— a una fiesta en lo de los Maza, reunión importante, con lo mejor de la sociedad rosina, de la cual se haría eco de modo especial *La Gaceta Mercantil:* nadie quedó sin bailar.

—Lo que el periódico no dijo fue que esa noche yo me decidí a partir. En lo más rápido que me llevara más lejos. Lo más lejos fue París. Lo más rápido *La Cruz del Sur,* barco que hacía la travesía.

A la reunión todos los comensales se habían presentado cumpliendo el más estricto atuendo federal: barba recortada, bigote rocín, chaleco punzó. Todos menos el doctor Insiarte, que obvió el último ítem, el del chaleco punzó. Y no porque no conociera tal exigencia, que le había sido explicada, con lujo de detalles, a su regreso a la patria después de Europa y el título. En aquélla ocasión lo habían puesto al tanto de la cuestión del bigote unido a la patilla, moda capilar que hacía aparecer a todos como leones o cachorros de leones.

—El país vive en estado de conmoción interior —le explicaron— y hasta que América no consolide su liberación, la ciudad debe ser un plantel de leones.

El, gozoso portador desde ultramar de las libertades parisinas entre las cuales se había movido, aventuró:

—Y si no lo llevo ¿qué pasa?

—Si no llevás el bigote como corresponde —le aclaró el amigo en turno docente— te lo van a pintar con un corcho.

—Está bien, pero si pongo mi mejor voluntad para dejármelo crecer y no hay caso, no me crece ¿qué hago?

—Ponéte uno postizo. Muchos hacen eso. Fijáte que...

Fue informado: el pobre coronel Francisco Crespo, cuando quiso usarlo según los estatutos rosines, se le asomaron los inconvenientes del *fogaje en las ternillas de la nariz*. En vano recurrió a las purgas de Leroy, preconizadas con mucho entusiasmo por el físico Pedro Martínez para los *granos, fogajes y hemorroides*. No le dieron resultado. El caso fue que el coronel Crespo tuvo que dar cuenta al Gobernador, nada menos, del problema que tenía para asemejarse a un león, arreglo capilar mediante. Y ¿saben? consiguió la excepción requerida a costa, eso sí, de dejar por escrito el testimonio de su mal. Linda humillación.

Enterado de tales extremos, el doctor Manuel Insiarte se había plegado a la corriente, es decir, adaptado a la moda. Pero, puesto que acataba al pie de la letra la barbería política, entendió que, para ir a la fiesta, y en vista del calor reinante, podía hacerse el olvidadizo con el chaleco.

Grave error. Fue requerido por semejante ausencia.

—Me lo comió un ternero —contestó mirando fijamente al interlocutor, como buscando disolver con sus ojos cualquier objeción.

Mejor no lo hubiera dicho. Lo que consiguió fue pasar a integrar las vagorosas filas de la oposición. Mirada y frasecita sellaron su destino.

No corrió una semana cuando su amigo Félix Bautonal, *silbado en Buenos Aires, en Córdoba excomulgado y en Santa Fe aventado*, como le gustaba autopresentarse, le pasó el aviso:

—Ojo que estás en la lista.

—¿En qué lista?

—La que aparece en *Los cueritos al sol*.

El mismo amigo, un cuarentón chispeante y nervioso que buscaba sacarle el jugo a la vida pero no esquivaba los tremendismos locales y estaba definitivamente entregado a subrayar los excesos rosines, le contó otros datos alarmantes. *Verbi gratia*: en el Socorro habían corrido a unas damas para pegarles el moño colorado con brea. De paso, las toquetearon debajo de las polleras. En casa de unos conocidos (de esos que se mantenían porque tenían amigos punzó), estaban reunidos cuando oyeron fuertes aldabonazos.

—¿Quién es? —inquirió alguien desaprensivamente.

—Abran a la Santa Federación —escucharon, estupefactos. Pero quienes entraron lo hicieron a las carcajadas: eran amigos.

Unos días después, la Santa en serio hizo su aparición. Todos corrieron a ponerse las divisas coloradas, detalle tras el que andaban los esbirros, con esa pasión por la obsecuencia que suelen adquirir. A una damita se le traspapelaron los lazos pero, más rápido que volando, arrebató unas amapolas encontradas a mano en cierto florero y se la ubicó en la cabeza sin perder la elegancia. Parecía *las más rosina,* decían sus amigos, muertos de risa, superado el susto.

—Yo recuerdo —recordaba allá, en el consultorio de la *rue Servandoni*, el doctor Insiarte, mesando sus cabellos que habían comenzado a ponerse blancos— que temblé por esos inconscientes que aún se reían. Y comprendí una cosa: que yo y el régimen éramos ejemplo del principio que dice dos lineas paralelas nunca se encuentran. Nunca pueden encontrarse. Pero, qué quieren —les seguía diciendo, envuelto en el humo de su pipa, a sus amigos y a él, a su hijo Javier— en mí se mezclaban miedos ancestrales, las huellas del judío errante que llevo en mi sangre.

Al llegar a este punto el doctor Manuel Insiarte siempre recorría con su mano manchada por el tabaco de la pipa, el perfil levemente prominente de la nariz que él asociaba, divertido, a su raza, *por más que el agua del bautismo haya corrido sobre la frente de mis antepasados hace ya mucho tiempo.*

Aunque pocos lo sabían, era así. Memorias conservadas en antiguos papeles atestiguaban que los Insiarte habían sido primero hebreos, Souza y portugueses arribados al Río de la Plata en el mil seiscientos y tantos, procedentes del Brasil en ocho navíos cargados de gente. Entre el tendal, los Souza que terminarían siendo Insiarte buscaron disimularse a fuerza de dinero y distancia entre ellos y la Inquisición. Al llegar a Buenos Aires, y siempre según memorias que en este punto más bien eran orales, fueron objeto de extraña recepción.

Hospedados en la cárcel, recibieron la visita de algunos sacerdotes que les ofrecían casamiento, a quienes estaban en condición de tomar estado, con *hijas de la ciudad*. Según parece, no muy bien vista por muchos esa proposición que les iba a permitir a los hijos de Abrahán asilarse en conventos y comerciar a la par de los cristianos, fue aceptada por el Souza judío que, afincándose en el Río de la Plata, instaló la cepa hebreo portuguesa, con algún injerto aragonés, para integrar la heterogeneidad de una ciudad en marcha, aunque de incierto destino.

—La cuestión fue —contaba papá Insiarte—, que si el primer Souza se inició como comerciante al menudeo, en un país donde el ganado se cría solo, sus descendientes fueron hombres de campo. Cuando llegó la Revolución de Mayo los Souza ya eran Insiarte, muchos, católicos y revolucionarios. Desde entonces, gente de la familia participó en las guerras y guerrillas americanas. Algún chozno, como este servidor, debió volver a tomar un barco... En el país hacían falta profesionales; médicos hacían falta. Y París era buen lugar para estudiar. La sangre del judío errante —y aquí papá Insiarte acariciaba su nariz y mamá se reía— clamaba por sus fueros.

Manuel Insiarte regresó ya médico, cuando su padre había muerto y el amor lo esperaba. Lo esperaba también una novedad: la del estanciero de *Los Cerrillos* que había comenzado a instaurar un nuevo Régimen. Al amor, el doctor Insiarte le dijo que sí. Al Régimen lo estuvo analizando.

La novia era una rubiecita de ojos grises y voz cantarina, de apellido Anchorena, a la cual llamaban Carmín. La historia de Carmín era corta— ella apenas tenía diez y siete años— y también insignificante. La de su familia no. Se decía que provenía de un comerciante judío portugués muerto en naufragio. Los tres vástagos sobrevivientes hicieron una gran fortuna, muchos hijos y bastante historia. Emparentados con Rosas, apoyaron su política. Uno, Tomás, fue algo así como el Maquiavelo de las pampas y del gobierno rosín. *No era hombre malo pero pertenecía al grupo de hacendados cuya táctica consistía en recetar un gobierno fuerte,* decía de él su pariente Mansilla. Los demás Anchorena se dedicaron a hacer plata. Tanta hicieron que uno de ellos propuso empedrar la cuadra de su casa con onzas de oro de su propiedad, en lugar de adoquines. Otro, tan exagerado como el primero, pero en París, al terminar sus grandes cenas hacía destrozar a dentelladas la vajilla por un perro patagónico de su pertenencia. Las damas, entretanto, se dedicaban a las compras.

Carmín, no. Como era muy joven, aún no había sido percudida por el poder o el oro. El doctor Manuel Insiarte moldeó la buena pasta con sus manos republicanas y federales.

Ahora bien: la amistad que el joven Manuel Insiarte mantenía, desde los años del Colegio de la Unión del Sur, con algunos patricios importantes del entorno oficial, entre otros los Maza, lo acercó al Régimen. Pero no pasó mucho tiempo para que su olfato, educado en ambiente europeo y liberal, lo pusiera sobre aviso. Muchos detalles de la política rosina comenzaron, primero a inquietarlo y poco a poco, desgastada su incipiente ortodoxia, a alejarlo.

Sobre todo en su condición de médico comenzó a detectar signos raros tirando a alarmantes.

—Una vez me llamaron —contaba el doctor Insiarte—, con sigilo que entreví temeroso, para atender a alguien. Cuando llegué a la casa que me indicaron, encontré, en lugar de un enfermo, a un achurado. Averigüé qué había pasado y la respuesta fue lacónica: la mazorca. Al poco tiempo, un amigo mío, Larramendi, me contó que gente del gobierno buscó a un sobrino suyo, joven e inteligente. Lo buscó, lo encontró, lo esperó, lo mató, lo desapareció. La familia pudo recuperar su cuerpo. Desde entonces, me contaba Larramendi, está en el cementerio de los Recoletos, cortado en dos pedazos: lo habían decapitado.

Cuando casos semejantes fueron multiplicándose, el doctor Insiarte comprendió que así no se podía seguir. El sabía, sí, que la gente puede acostumbrarse a vivir bajo el signo del miedo, como había visto él mismo en Italia, al pie del Vesubio, donde muchos campesinos vivían sabiendo que el día menos pensado podía ocurrirles una catástrofe. Pero ¿tendría él animo semejante al de los vesubianos para soportar la violencia rioplatense y rosina? Sospechaba que no. En consecuencia, comenzó a pensar en la posibilidad de preparar sus petates y regresar a París.

Pero hacerlo no era tarea fácil. Tenía que obrar con decisión y prudencia. Que los acontecimientos no lo tomaran de improviso, pero tampoco debía alertar a los exaltados. Por lo tanto, el doctor Manuel Insiarte siguió atendiendo en el Hospital de Hombres. Siguió asistiendo a las fiestas, cada vez más agresivamente federales. En ellas se reunía lo mejor de la sociedad, pero él comprobaba, cada vez con mayor certeza y cada vez más apesadumbrado, cómo Rosas se iba metiendo el país en el bolsillo. Sin que nadie se diera cuenta. ¿Sin que nadie se diera cuenta? Nada de eso. Cada uno tenía sus razones para aceptar el torniquete. Algunos por adhesión sincera. Otros por miedo. El de allá, por pequeñas o grandes prebendas: cierto permiso de importación. Los títulos de una casa cuyo dueño debió marcharse de apuro a la otra Banda. Un campito en el Salado: el propietario se volvió finado de improviso.

De manera que, después de aquella fiesta en lo de los Maza y antes de que la situación pasara a mayores, el doctor Insiarte exhibió la invitación para un curso de perfeccionamiento en la Ecole de Médicine de París, oportunamente solicitada, que convenía a su profesión y al futuro servicio *que el doctor Insiarte quería prestar al país si V.E. consiente mi dicho traslado temporario.* Si no conseguía el permiso, ya estaba apalabrada la barca que lo llevaría a Montevideo. Fechó el petitorio: 2 de agosto de 1839 y, según se acostumbraba, *año treinta de la libertad, veinticuatro de la Independencia y diez de la Confederación.*

Le costaba irse. Como Echeverría había pensado que emigrar es inutilizarse para el país. Pero estaba, por su profesión, en el corazón de la violencia. Y no tenía la estancia *El Tala*, como su amigo Echeverría, para ir a esconder ideología, militancia y misantropía. En esos días, precisamente, había recibido una carta del autor de *La Cautiva* en la cual éste se quejaba de sus males: *Quae medicamentum non sanat, ferrum sanat; quae ferrut non sanat, ignis sanat; que ignis non sanat, innsanabile est. Medicina, hierro, fuego, han probado en mi y estoy extenuado, sin salud y sin esperanza,* le decía quizá justificándose. Había sido precisamente Echeverría quien le contó lo de Oribe: en la batalla de Faimallá, el Oriental tomó y mató a muchos. Entre ellos, al coronel Borda: le hizo cortar las orejas. Después las hizo salar. Después se las envió a Manuelita. De regalo. La señorita las mostraba como una curiosidad a sus amistades. Las había colocado en un plato sobre el piano del salón.

Impedido de soportar más tales historias, el doctor Insiarte se sometió a los designios del destino. Tenía una mujer. Tenía dos hijos. Se fue a París.

Aquí dejó su corazón y varios amigos. Algunos todavía rosines. A poco de partir, en el país por él abandonado prosperó cierto procedimiento inusitado para el degüello. Con reminiscencias musicales, el método, que se hizo usual y oficial se llamó *violín y violón*. Del corazón popular brotó una canción:

> *El que con salvajes*
> *tenga relación*
> *la verga y degüello*
> *por esta traición.*
> *Que el Santo Sistema*
> *de la Federación*
> *le da a los salvajes*
> *violín y violón.*

También por esos días se inventó la Refalosa para acompañar los degüellos. ¿Por morbosidad? ¿Para acallar los gritos de los desgraciados? Quién sabe. Pero la burocracia rosina estaba encontrando su ritmo. La Mazorca recorría calles y casas con una lista en la mano. Cuando degollaban diez o veinte disparaban un cohete volador. La Policía mandaba los correspondientes carros para recoger cadáveres.

—En París yo lamentaba tales noticias. Un amigo me consoló —recordaba Manuel Insiarte—. Durante el Terror, los franceses también tuvimos algunos rituales, *verbi gratia: une orchestre était placée a coté de la Guillotín.*

A Manuel Insiarte le resultó provechosa su permanencia en París. Acopió procedimientos y técnicas nuevas en el arte de curar. Deseaba ponerlas cuanto antes al servicio de su gente, en el país, cuando llegara el momento de la liberación y el regreso. Se alió a otros que suspiraba como él por el retorno y que, como él, estaban patrióticamente empeñados en colaborar, desde Europa, para acabar con el tirano. Pensando en esos momentos, educaba a sus hijos. Pero más de una vez se preguntó si acaso el exilio duraría toda la vida. En ocasiones se desmoralizaba: Dios mío, hasta cuándo.

El día que escuchó a su hijo Javier, veinteañero ansioso, *papá, soy yo el que ha decidido regresar*, tembló. Pero también se alegró: recogía los frutos de la educación impartida.

En aquella ocasión, para hacer más llevadero el momento, Javier dijo:

—Quiero volver para ver la Recova.

—¿Sólo por eso?

—También para ver a mi vecinita de la calle Potosí. ¿Te acordás?

* * *

El hijo del doctor Manuel Insiarte se embarcó para el Río de la Plata. Pero bajó en Brasil. Se quedó allí una temporada. Llevaba direcciones, nombres, consignas. El mozo era una pieza en el tablero de ese ajedrez político. Pero ¿cuál? La partida estaba por iniciarse y en el Janeiro estuvo averiguando su misión. Cuando tomó el rumbo de Buenos Aires, se dijo: *allá voy, para probar qué suerte tenemos. Yo y mi patria.*
Los geógrafos decían que esta tierra estaba en el hemisferio sur. El pensaba que se encontraba en el culo del mundo, *pero es mía y la quiero*, se enfervorizaba con amor de iniciado, creyéndose un cruzado. Era, solamente, un mozo con ideales. En muchos países comenzaban a llamar a Rosas el Dictador más grande del siglo. Pero Javier, sensato, pensaba que seguramente no era así: aún faltaba medio siglo para que el siglo terminara.

Seis

HAPPY BIRTHDAY
PARA CLARA LA INGLESA

Todos los 11 de agosto, día de Santa Clara, Clara la Inglesa recibía en su casa. A Rosas le encantaban las fiestas y semanalmente hacía armar algún jaleo social, porque era necesario transmitir a la gente, sobre todo a extranjeros y diplomáticos, sensación de alegría y bienestar: la tristeza es cosa unitaria. Rosas estimaba mucho a Clara la Inglesa, que lo ayudaba en tales menesteres.

La vida de la señora había sido la comidilla de la ciudad durante décadas pero, pasados más de cuarenta años de los acontecimientos que habían puesto su reputación por el suelo ¿quién se acuerda? Todo está sepultado bajo capas de tiempo. Sólo algunos memoriosos mal intencionados sacan a relucir de vez en cuando escasos jirones de antiguos días. Se dice esto, se dice lo otro. Habladurías de pueblo. Hoy la señora es una respetable matrona, avanzada en años y repleta de bienes, de cuyas fiestas todos quieren participar.

Clara no fue siempre el nombre de la señora. Había nacido como Mary Clarke, en Inglaterra, pero al llegar a estas tierras dificultades lingüísticas del vulgo y erratas de algún copista, la convirtieron en María Clara. Tuvo varios casamientos, algunos con hombres acaudalados y respetables; otros no. En general fueron hombres que no hacían la historia sino el comercio, aunque ambas instancias, comercio e historia, en ocasiones se juntan. Sucesiva y cronológicamente fue Mary Lochar o Lochard; luego se convirtió en Mary Claire Johnson (o Jansona), luego en Mary Claire Taylor (o Tela o Talor), por su desposorio con un Thomas Taylor Willmington. Para algunos todavía es

Mary Claire Taylor Johnson pero, en general, y simplemente, se la conoce como doña Clara la Inglesa.

La extraña agitación que suele preceder a las fiestas ese atardecer se ha contagiado a la calle. Los curiosos miran hacia adentro: ven el salón, amplio y atiborrado de objetos suntuosos, con altos muebles de lustrosa caoba y satinado palo rosa que trepan hasta el techo y sillones dorados y rojos, de texturas y dimensiones diversas dispuestos en rincones y huecos. Sobre las mesas se apiñan estatuillas, atriles, lámparas. En el comedor hacen guardia copas y porcelanas en las cuales el ojo avizor puede descubrir áureas iniciales que señalan pertenencia exclusiva. El color que predomina en los visibles ambientes es decididamente rojo. Pero ¿puede acaso este detalle llamar la atención? Es el color de una ciudad donde bastaría distinguir un escarpín celeste para que al portador se le comenzara a rezar el *requiescat*.

Todo está silencioso en la mansión de la calle Veinticinco de Mayo al cien. Acaso lejanos crujidos internos, ahogadas conversaciones, bisbiseos inciertos advierten los ocultos preparativos que alientan en otros sectores de la casa. De pronto, alguien llega y comienza a encender las lámparas y las tulipas esmaltadas, los escarchados vidrios, las blanquísimas porcelanas van abriendo sus ojos amarillos y claros y cubriendo el salón de fosforescencias e iluminaciones. Algunas llamas tembleqean, acaso presionadas por ocultas corrientes de aire, pero todas proyectan pequeñas o grandes sombras que bailotean sobre piso, techos, objetos. De afuera llegan entremezclados ruidos: traqueteo de coches sobre el empedrado, relincho de algún caballo al que otro, nervioso, acopla su pataleo. Risas y conversaciones se aproximan, llegan los carruajes, cocheros presurosos bajan para abrir portezuelas y ayudar al descenso de sus ocupantes y entonces los invitados avanzan hacia el portalón, cruzan el patio oloroso a lavanda (quizá a jazmines), alguna dama detiene su paso para admirar la larga hilera de rosales, otras pasan de largo, apresuradas; todos buscan llegar al salón. Al salón donde aguarda la señora.

La entrada de Clara la Inglesa ha sido majestuosa. Con puntualidad británica hizo su aparición, a cuestas su belleza en franca retirada pero siempre atrayente, rojo el soberbio vestido de crujiente seda y etéreos encajes; fuego el pedrerío que refulge sobre el cuello ajado de la dama y sus gastadas manos; solemne su paso; respetuoso el silencio de los criados.

Avanza la dama y sienta sus posaderas en el sillón de alto respaldo que preside el salón. Arriba del sillón, refulgente también pero de entorchados, encuadrado en marco de ébano, don Juan Manuel de Rosas. Van llegando los invitados: damiselas, caballeros y damas elegantísimos, clerecía mundana, gente propensa al arte: la *crème* de la porteña sociedad restauradora. Todos, al llegar frente al sillón de la dama, suspenden jolgorio y cháchara, se inclinan, besan mano o mejilla de la señora, susurran devociones.

Antes, han hecho la correspondiente reverencia al retrato del Restaurador.

Mary Claire sonríe una y otra vez y sobre la intrincada red de arrugas entretejida en su pálida piel sajona, dos cuentas azules relampaguean con malicia: los ojos ingleses de la dama. Cincuenta años rioplantenses no han podido con ellos. Los bucles blancos de la señora se balancean en lo alto, debajo de un peinetón enorme. En su mano, bastón con pomo de plata oficia de insignia de mando. Con él, la señora imprime el ritmo de sus deseos. Un golpe y ya están los criados, atentos. Dos, y vuelan. Ahora ha dado uno, leve pero impaciente, que la alfombra mitiga. María Patria Sosa entrega el abanico a la señora.

(María Patria Sosa es su doncella. La obtuvo como tal gracias a los buenos oficios de Juanita Sosa, cuando ésta consiguió sacarla de la cárcel después de su frustrada aventura amorosa. En aquella ocasión la muchacha pensó en volver al desierto, razón por la cual, la noche del regreso, de vuelta a la casa de los Sosa por intersección de Juanita, realizó un extraño ritual. Como inconsciente, se quitó las ropas, engrasó su cuerpo desnudo, atigró el rostro con betunes rojos, según usanza indígena para meterle miedo a los blancos y buscó escapar. Buscó la pampa. El perfil guerrero —lanza y penacho— de las cortaderas. La inmensidad del espacio verde. Quiso volver a ser cautiva. Pero no pudo. Juanita Sosa la descubrió, desnuda y pintarrajeada. La dejó llorar sobre su hombro. La bañó. La llevó a casa de Clara la Inglesa. María, desde entonces, tiene la carita tristona. No conoce la historia de su ama. Si la supiera, sabría que es peor que la suya.)

El abanico que le entrega a la dama es de *tissu* con rojizos reflejos; tiene mango y varillas de nácar y Clara la Inglesa lo toma y comienza a abanicarse. Llega cierto rumor de instrumentos en trance de ejecución. La flauta y el violín dispensan notas por el aire. El piano emite algunos acordes. Se ha anunciado la llegada de la hija de Su Excelencia y su correspondiente corte y los músicos afinan instrumentos y ánimo para arremeter con el Himno al Restaurador. La dueña de casa, un poco en Babia por ser bastante dura de oído, protesta ante la metálica intromisión que no termina de entender.

—Les haría cortar los dedos —dice sordamente mirando a los músicos.

Si alguno alcanzó a oírla no puede haberse sorprendido demasiado porque palabras más duras suelen brotar de sus labios como hongos después de la lluvia: *yo los colgaría de la horca. Habría que matarlos. Los asesinaría a todos*, son expresiones a las que acude habitualmente y que en su momento sorprendieron a Darwin, el naturalista que después de trotar por las zonas australes del país recaló en Buenos Aires y en la pensión de la Inglesa. Tan sorprendido quedó que en su *Diario* dejó consignada la entrevista con la dama y varias exageraciones que fueron publicadas por una sobrina del sabio, Nora Barlow, cien años después.

Mientras transcurre el largo besamanos, a Clara la Inglesa se le da por volver a aquellos tiempos en que era joven y hermosa y un desajuste con la ley la convirtió en convicta y como convicta debió ir a parar al *Lady Shore*, barco que era propiedad de la Compañía de las Indias y tenía por destino Australia. En el Támesis a ella y con ella a otras convictas, las retuvieron un tiempo mientras aguardaban a los demás: una partida de soldados y la correspondiente marinería. Las convictas eran cuarenta, muchas jóvenes, casi todas prostitutas (*streetwalkers* de profesión: una de las pocas palabras que doña Clara se niega a pronunciar en idioma nativo). Otras, criminales. La mayoría, lindas. Nadie, viendo el *Lady Shore* meciéndose sobre el Támesis, hubiera pronosticado una matanza.

Pero la matanza se dio y el *Lady Shore* nunca llegó a Botany Bay. La mala alimentación, los sueldos miserables, el pésimo trato, el trópico, en fin, fermentaron ánimos y promovieron discordias. Al llegar a Río de Janeiro, entre vociferaciones procaces y gestos iracundos, corrió la sangre y llegó la muerte para muchos. Entre otros para el capitán Wilcock. ¿Quién acabó con el rubio buen mozo que más de una noche tuvo a la inglesita convicta entre sus brazos, en la cabina saturada de sudor y ron? ¿Quién? Malas lenguas, entre otras las del mentado Darwin, dijeron que había sido ella, Mary Clarke, como también dijeron que fue la inspiradora del motín. Tan luego ella, ¡*Oh, My God!* Pero ¿alguien puede detener una invención perversa si ésta toma estado público? Cuántas veces escuchó decir a su paso: *Ahí va la degolladora. Mirála a la amotinadora.* ¿Lo era, en verdad? A veces le parecía recordar: había sido fácil apuñalarlo en el revoltijo de la cabina y de sus cuerpos, después que él terminó, pero aún estaba no sólo encima sino dentro de ella. A veces, suponía que él se había debatido como fiera. Otras se preguntaba: en medio de ese caos ¿quién fue? La inglesa añoraba la certeza. Pero jamás movió un dedo para averiguar la verdad: tenía miedo de llegar a conocerla.

Pasados los años, cuando cambió su suerte y tuvo amigos importantes, entre ellos los encumbrados de la Iglesia, como el deán Elortondo o el presbítero Esnaola, o el padre Pizzicarri, confesores y amigos, no encontró el coraje necesario. ¡Todo era ya muy antiguo! Por lo demás, al bajar del *Lady Shore,* en Montevideo, ella descendió blanqueada.

Convictos, marineros y prostitutas, como buenos compinches que habían sabido repartirse mutuamente placer mientras pudieron, bajaron juntos. Ella, casi en rancho aparte con Lochard, el alemán que la cobijó cuando vio que el quilombo acuático no daba para más.

Lochard, prisionero de los ingleses forzado a engancharse como "voluntario" en el Regimiento de Nueva Gales del Sud, para lo cual fue correspondientemente embarcado en el *Lady Shore,* al llegar a Montevideo la tomó del brazo y la presentó a las autoridades: *Es mi mujer,* dijo. *Y estamos esperando un hijo,* agregó ella sobándose la panza. Por cierto, el hijo nunca llegó pero la legalización matrimonial le cambió nombre y destino. Nunca más volvió a la Rubia Albión. A veces decía *"mi amada Inglaterra"* pero, en verdad, a pesar de la pinta y del dejo en su lengua, se hizo rioplatense.

Retazos de tanto magma antiguo. Fardo de los viejos, la memoria. La anciana mira el salón repleto con lo mejor de la sociedad porteña y altos exponentes de la extranjería británica, a la que nunca abandonó, mientras su mirada se desliza por el salón y, de tanto en tanto, hacia la calle. Hace cincuenta años *que comparte las naranjas amargas y las aguas barrosas del Río de la Plata,* como le había escrito a Lord Canning, aquel atildado compatriota, Mr. Mackinnon, su cliente y quizá algo más.

Por el aire y entre las rejas se está colando la monótona voz del sereno. Desde allí uno puede pensar que afuera todo va bien. Mary Claire golpea en la alfombra con el bastón, como para aventar recuer-

dos. Su doncella se inclina. Sólo ha tenido un gesto de impaciencia pero aprovecha la solicitud de la criada.
—Llamáme a Doña María Josefa —le ordena. Hace días que quiere verla a la cuñada del Restaurador.

María Josefa Ezcurra había llegado a la reunión acompañando a Manuelita, a quien, desde la muerte de su hermana, la briosa doña Encarnación, atendió con desvelos de madre. También se había preocupado mucho por el cuñado supérstite y viudo pero, sobre todo, la dama era incondicional de la Causa, por la cual trabajó a destajo mediante horas laborales, sacrificios, prebendas, espionaje y cuanto viniera a mano, bueno o malo. El Gobernador, con su acierto para poner apodos la llamaba *la mulata Toribia*, por la propensión que ella tenía a manejarse con gente de color para su red informativa. Escasa de estatura, magra de carnes, angulosa de cara, greda pura su piel, los ojos dos cucarachitas movedizas, había tenido en vilo, durante años, a toda la sociedad porteña. En los chismeríos sociales, entre tacitas de chocolate y vasitos de licor, las damas solían comentar antiguas andanzas de quien alguna vez también había sido joven: su casamiento con un primo español, rico pero poco viril, al cual finalmente fletó a la Madre Patria, y sus amores con un joven general, creador de la bandera, para más datos, del cual había tenido un hijo que adoptó el matrimonio Rosas y ella siempre trató como sobrino preferido.

María Josefa estaba, por entonces, bastante distanciada de su cuñado y más bien en cuarteles de invierno, pero no se privaba de los cumpleaños de la amiga que en esos momentos bisbisea en su oído, en medio del jolgorio:

—Quiero que usted sea mi albacea. Usted —le confirma— y en segundo lugar el doctor Elortondo.

María Josefa escucha como si nada, con su carita de medalla gastada, pero para sus adentros piensa en los muchos bienes que tantos casamientos y tantas pensiones le habrán permitido atesorar a la Inglesa. Si hasta es de su propiedad la casona de altos en la Calle de los Tres Reyes, cerca del Fuerte pero tirando al Retiro, donde funcionó la *British Commercial Rooms*. Ah, si algo de tantos bienes quedara para la Causa.

—Mi albacea era el presbítero Picazarri —le está diciendo doña Clara—. Pero usted sabe, al pobre le llegó la hora.

—Pensar que estuvo en su fiesta, el otro año —recuerda María

Josefa—. Hasta en la crónica del *British Packet*, que tan bien anotició del éxito de la reunión, apareció su nombre. Aunque ya no tenía buena cara.

—Y se fue, nomás, usted vio. —se conduelen al unísono las señoras y se ponen de acuerdo en el trámite.

Clara la Inglesa, satisfecha; en medio de pasos de minué ha arreglado el destino de su botín existencial para la Iglesia de la Merced, para la del Socorro, para la Catedral, para las Catalinas.Todo para la Santa Madre Iglesia. ¿Piensa canjear así viejos pecados la antigua convicta? Probablemente.

Solucionado el asunto, vuelve a impacientarse, golpea dos veces con su bastón en la alfombra, presurosa, María le quita el abanico, la toma del brazo, la acompaña hacia alguna habitación interior. ¿Querrá orinar la señora? ¿El corsé le aprieta demasiado? Quizá deba expeler algunos gases. O tal vez eructar. Con la gente mayor nunca se sabe. A esa edad... A su edad sólo se puede vivir el instante. Ya todo ha ocurrido. Quizá ya nada vuelva a ocurrir. Majestuosa, del brazo de la doncella, soportando contenidas flatulencias o retortijones vergonzosos, tiesa como una reina, María Clara la Inglesa abandona momentáneamente salón y algarabía. El sobrio y mundano escenario otorga innecesario superávit de dignidad a su paso.

María Josefa Ezcurra y Arguibel se queda mirándola: a ésta ya le queda poco, piensa mientras su mano, que parece una rama, acaricia la ajada vieja mejilla y su pie marca el compás de la música.

Manuelita, por su parte, balancea en rítmico movimiento el abanico; rojo por cierto, y los *bandeaux* renegridos de su cabeza con ella se mueven y sus ojos filtran destellos felices porque lo está mirando a Terrero y Terrero la mira, entre nubes de benjuí y tabaco, con intensidad de enamorado.

Juanita Sosa, muy peripuesta, se entrega a los minuciosos pasos del minué, mientras reflexiona que ese es entretenimiento para almas apacibles. Por cierto, a ella le gustan ejercicios más violentos o más divertidos: jinetear por los bosques de Palermo, remar en el lago toda la tarde en medio del bullicio de las amigas de Manuelita, jugar a las estatuas, que son más entretenidas cuanto más difíciles. Festiva Edecanita de la Niña por algo, entre la corte de amigas, es su preferida y también la de los grandes señorones que visitan Palermo.

De modo que allí está Juanita, protestando por tanto paso lento y aseñorado que no obstante ejecuta con garbo y muy atentamente, cuestión de no desentonar. El año pasado bailó ese mismo minué con el Comandante Maza, de la Artillería de Marina. Pero el Comandante Maza de la Artillería de Marina este año no está. Está en el cementerio. Su vida terminó frente al pelotón de su Regimiento ¿A qué juego jugó el apuesto militar, recién casado, para que así ocurriera? ¿Alguien se acuerda de él y de su padre? Si se acuerdan, nadie los menta. Esta es la ciudad de la incertidumbre y del silencio. Si a Maza lo fusilaron en su propio Regimiento, al padre lo faenaron en la misma Legislatura que él presidía los más brillantes cuchilleros de la Mazorca. *Botarates los dos, meterse con Rosas*, dijeron hace un año algunas voces en voz baja. Pero ella alcanzó a escucharlas. Por lo demás, en voz alta, todos decían: *Bien merecido lo tenían los Maza. Mezclarse en líos de salvajones, miren ustedes.*

Ahora, como si nada hubiera ocurrido, Juanita se desplaza por el salón, la sonrisa en los labios y pensamientos tristes en su cabecita. ¿Por qué? Su vida en Palermo es divertida: fiestas, entrevistas, paseos. No hay tiempo para nada. Menos para aburrirse. Pero en ocasiones, ¿cómo evitarlo?, se siente sola, añora una familia. Un prometido. ¿Por qué nadie se le acerca con esas intenciones que los hombres tienen para las muchachas jóvenes? ¿Por qué?

María Patria Sosa se ha hecho confidente. Un día le dijo:

—Niña, el Gobernador está muy cerca.

—¿Y qué?

—Yo digo nomás. Para que se percate.

En otra ocasión, escuchó:

—Flor de bocado al alcance de las mandíbulas del amo.

Y en otro:

—Esa cosita tiene dueño —y había lascivia en el escribiente.

Se lo decía al otro. Ella hizo como que no había oído nada, pero aunque sus ojos oscuros (herencia de un abuelo andaluz, decían en su casa) se clavaron con soberbia en los del meterete, bajo el sombrero que cubría su cabeza, porque venía del sol, su tez enrojeció y casi se fue al suelo la canasta con los duraznos recogidos en el montecito.

Pero ¿qué gana con desenterrar sinsabores en semejante momento? Más vale no pensar en eso.

Juanita Sosa huele el ritmo de la música, para ella dulce como para los marineros el rumor del mar. Manuela se le acerca:

—¿*Muycon o muytris*? —le pregunta.

—*Muycon* —responde con el código secreto que poseen las dos: *estoy muy contenta. O Muy triste.*
Manuelita vuelve a su Terrero. Ha bailado el minué federal con todos. Ha sido arropada en lisonjas y genuflexas cortesías. Pero ya basta. Prefiere su coloquio con Terrero, su contacto, sus bailarines dedos.
Juanita, en tanto, avanza por el salón, *estoy recorriendo el espinel*, dice y su risa la preside. Saluda aquí y allá, todos la conocen, es popular. Crujen las sedas de su traje. El moño rojo de su pelo parece una flor depositada en oscura mata. Avanza como joven gacela en el bosque, aspirando olores. Voces agudas y claras se mezclan a la música. Es el sector de los jóvenes. En un achaque de literatura alguien está recitando una cuarteta de... ¿de Fray Gerundio?

Se toma como jugando;
Se empieza como naciendo;
Y va creciendo, creciendo
Lo que entró, burla burlando

Llegan los aplausos, operación que se hace difícil porque la mayoría está con sus jícaras de chocolate. Ha habido un parate en la danza.
Retazos de conversaciones le salen al paso del sector de los mayores. La señora de Olmos le guiña un ojo, al pasar. Es flaca y tiene cara de pájaro. De pajarona, dice Juanita. Está muy preocupada. ¿Cómo hace el señor Waterflay para mantener sus bigotes tan enhiestos? La señora de Zorrilla, masilla seca su cara, ojos vivaces y claros, cree poder aclarar sus dudas: ha escuchado decir que en Francia los hombres usan ciertas pomadas húngaras que dan excelentes resultados. Entonces el consejero Waterflay ha de usar esa pomada húngara, porque acaba de llegar de París hace poco, reflexiona tranquilizada la dama Zorrilla. La señora de Mercader pregunta a su vecina, puro asombro en sus ojos, mientras chupa con fruición una pastilla (siempre tiene mal aliento la señora Mercader): pero ¿ya volvió Lucio de su viaje? Así es, le contestan varias al unísono. Agustinita Rosas de Mansilla, hermosísima como siempre, se preocupa por una pareja puesta bajo el abanico de su mirada. ¿No es el teniente Soler? ¿Y con la niña de los Machado? Pero ¿cómo? ¿No estaba acaso de novia con uno de los Balcarce? No con el de los salvajones, sino con el hijo de María Eustaquia, aclara. Qué quiere: a esa edad uno cambia de gusto,

murmura una señora a quien Juanita no logra reconocer. Amistades ocultas de Clara la Inglesa. Pero, mire que enredarse con el joven de los Irazusta. No es tan buen partido, escucha a la señorita Lezica, flaca y avinagrada: sus ojos no paran de reclutar imágenes mientras levanta acompasadamente la copa de un licorcito que la está sumiendo en dulce mareo. Qué quiere, a esa edad ¿acaso nosotras nos fijábamos tanto? dice en un arranque de sinceridad, mientras ríe solapadamente, la señora de Esnaola. La señora de Esnaola se pasa constantemente la lengua sobre los labios en veloz movimiento. Parece una víbora. Avergonzada porque todas se han dado vuelta para mirarla, clausura, después del correspondiente lengüetazo, con su mano enjoyada, los propios labios, atrevidos. Pero para sus adentros, recapacita: mojigatas. Si yo pudiera contaría más de un escandalete de novela. Sobre todo el tuyo, piensa mientras la flecha de su mirada apunta a María Josefa Ezcurra y Arguibel, reintegrada al femenino redil de matronas adoctrinadas por *La educación de las madres de familia* de Aimet Martín. Pero la señora de Esnaola se calla. Y se pliega al juego de las otras: los ojos lentos, las frasecitas breves e insidiosas, los coqueteos sin destino. La pequeña comedia a que obligan fiestas como ésa. Mientras afuera...

Los hombres, en tanto, tienen sus asuntos y corrillos propios. Conversaciones levemente políticas levantan ánimos pero no voces porque no son tiempos para que los pensamientos salgan a la luz. Los buenos negocios sí, pueden comentarse y se comentan: los patacones embolsados a cambio de cueros o vacunos alegran no sólo el corazón sino también el alma. El deterioro de ciertos intercambios por algunas malsanas fluctuaciones del mercado, inquieta. Tienta el juego de exportaciones que está dejando buenos dividendos. Sí, la parte activa de la población federal celebra los gloriosos días que le toca vivir a Buenos Aires bajo el mando del Gobernador. Alguno hasta repite el *Decálogo del Buen Federal*. (Entre tantas voces, otras están silenciadas. La del señor Andrade, *verbi gratia*. El señor Andrade es unitario. Los unitarios no tienen mucho que comentar en reuniones públicas, por cierto).

Los ojos de los señores federales se alargan para mirar tanta beldad desparramada por el salón. Reuniones como ésa de Clara la Inglesa sirven para encontrarse con los amigos y admirar tales bellezas, doble felicidad que compensa por alguna pequeña incomodidad: el chaleco rojo que nadie olvidó en el guardarropa. Los bigotes que tenés que lucir aunque con ellos no te luzcas mucho. O esas salpicaduras de sangre exógena, es decir, unitaria, que de vez en cuando aparece.

Sí, todo puede superarse si reina la paz. Rosas lo ha conseguido, tal vez porque por fin ha comprendido que el ejercicio del poder no significa solo exterminio. Pero la lucha por los derechos humanos inicia su alboroto en Europa (se dice que un Strauss Junior, Johannes, toca sus mazurcas y polcas en barriadas por los descartados), en tanto aquí ni en sueños se está para esas fantasías. Aunque el *violín y el violón* han amenguado su furia. Claro que lo de Camila O'Gorman...

En conversaciones como ésas están los señores federales mientras consumen alcohol en diversas variantes pero, cuando no hay oídos femeninos en peligrosa cercanía, comentan otras cosas: la casa de una irlandesa, en el Tigre, donde lo mejor de la ciudadanía va a buscar deleites que las púdicas esposas niegan sistemáticamente. O se pasan el dato de otros centros de esparcimiento y descanso: la tapera en el Bajo, de Fabiana, la mulata uruguaya con el diablo en los ojos y en el cuerpo. Yo estoy buscando la mujer de mi vida ¿me conviene ir? pregunta alguien al que se le da por hacerse el inocente. Oh, no. Allí tenés que ir si buscás una mujer, no la mujer de tu vida. Y ojo con las consecuencias, interfiere uno al tanto, porque las consecuencias pueden ser graves: *una noche con Venus y toda la vida con Mercurio.*

Chist, Chist... hay moros (moras, mejor dicho) en la costa. Los labios se cierran para las palabras. Se abren para el trago y la sonrisa.

En el sector de los jóvenes ha recomenzado el baile. Chisporroteo de música y risas. Para halagar a los ingleses (o inglesados), bailan la "pieza inglesa". Si hubiera estado el general Prudencio Rosas, gran bailarín, hubieran tenido que vérselas con el cielito criollo y algunas de las relaciones que siempre tenía prontas:

> *Tanto es lo que te quiero,*
> *y lo que te quiero es tanto,*
> *que ángeles y querubines*
> *Dicen Santo, Santo, Santo.*

—Ah, la juventud. Quien pudiera volver a ella —dice Clara Taylor Johnson.

Ha regresado distendida, después de haber expelido humores, ventosidades, orina o cansancio y preside, nuevamente, el oropel fiestero en honor de la Santa que acompañó al Poverello en una lejana aldea italiana y que nunca se hubiera podido imaginar tan enrojecida *soiree* en su honor. Pide una copa de agua. Del aljibe y con panal, pastilla que agregada al agua le da cierto sabor dulzón y llega el agua de aljibe con panal y la señora bebe.

Juanita hace una reverencia a doña Clara y prosigue su camino zigzagueante. Esta chica tiene hormigas en el culo, no se queda quieta, dice una envidiosa. El salón es un escenario y Juanita lo contempla. De pronto comienza el baile nuevamente y entonces es el vals y el salón atestado semeja un remolino rojo. Juanita se detiene: algo hay en el escenario que atrae su atención. En el sector intermedio, tierra de nadie, está el caballero más interesante que ha visto en su vida. Alto, delgado, con bigotes a la federal, chaleco rojo y renegridos ojos que pasean por el salón con mirada displicente. Aislado, una mano retenida momentáneamente sobre el piano, un *Stoddart*, y en la otra mano una copa, parece estar y no estar en el lugar. Juanita ve los ojos y ve la prestancia. ¿A quién pertenecen tantas preciosuras que la están atravesando como un cuchillito que acelera el ritmo de su corazón, aunque se las arregla para que no se note?

Al menos, eso es lo que cree. Averigua discretamente:

—¿Quién es?

—Es el nuevo escribiente del Gobernador. Se llama Javier Insiarte.

Enterada. Juanita mira a Javier Insiarte y Javier Insiarte la sorprende mirándolo y las dos miradas se encuentran y el mundo sigue tal cual. Pero ella no.

Después, alguien los presentó. Y bailan. Él le dice:

—Tiene usted los ojos negros con estrellas doradas.

Y agrega que viene de París (bastaba verle la ropa. Seguro que no era de la Sastrería de Dudignac y Lecompte; esa lindeza que usa el mozo sólo puede ser de París). En París había conocido a Lucio y fue él quien lo entusiasmó para volver. Y aunque no se lo dice, ella nota refinamientos de las cortes europeas en su porte. Los que, por más que quiere Manuelita no puede imponer en ese sureño Palermo de San Benito.

Cuando se separan, Javier Insiarte besa su mano y oprime su cintura. Juanita acusa el fuego que la presiona y pregunta:

—¿Costumbre de París?

—*Oui.*

—Las costumbres de París no son las de Buenos Aires, Río de

la Plata— le advierte mientras con tenue movimiento quita la mano intrusa.

Sonríe el mozo alto, de ojos oscuros y traje no confeccionado en la Sastrería de Dudignac y Lecompte.

—¿Nos volveremos a ver? —le pregunta.

—Puede ser —le contesta—. En Palermo se ven todos los que se quieren ver.

ESTATUA IV

Soy el Soldadito

PUES BIEN, *sí, soy Juanita, Sosa por parte de padre, Olmos por cuestión de madre y por mí misma flacucha, esmirriada, de pelo castaño y ojos oscuros con puntitos dorados, dicen algunos que me miran más detenidamente y con cariño; tengo un óvalo de cara que a la mayoría le resulta agradable y que para mí deja mucho que desear, de tez clara tirando a pálida, con reflejos aceitunados pero, en la excitación, puro arrebol; soy movediza y conversadora, de ánimo saltarín y sonrisa pronta para la carcajada, he pasado los veinte pero no llegué a los treinta, no tengo hombre mío pero tengo ganas de tenerlo; creo en Dios con ataques de piedad y ataques de qué me importa; quiero ser feliz pero no veo muy bien cómo y por eso trato de divertirme en el momento que pasa, que está pasando, que ya pasó... y entonces busco recordarlo: así me veo cuando miro el daguerrotipo que todavía conservo en el cajoncito que tengo junto a mi cama, aquí, en el Hospicio, y que por permiso especial puedo conservar, porque aquí nada me dejan tener, es peligroso, dicen, pero ¿qué peligro puede acarrear la cara de esta pensativa muchachita de cintura de avispa, vestido drapeado, peinado en bandeau? Si sólo me trae vientos de tregua para tanto ventarrón dañino, mientras recuerdo la ciudad encopetada de banderas,* Federación o Muerte, Viva el Ilustre Restaurador de las Leyes. *Y en medio de todo aquello, que tan poco sabíamos pero de lo cual hasta opinábamos en voz alta y que yo sólo entendí después, gracias al hombre cuyo nombre no puedo nombrar, en medio de todo eso noso-*

tras, las chicas de Manuelita, con nuestras lujosas muselinas y costosos guipure *y hermosos* muaré *de Nápoles que comprábamos en lo de Iturriaga y en las tiendas de Pérez y Lezama; nosotras, las archiduquesas criollas, como algunos nos dijeron, en las alegres sarabandas de Palermo, en nuestras cabalgatas que con el tiempo dejamos de hacer en apero federal para optar por la silla inglesa (introducidas por Olowes y por Ackinson y por Guilmour); nosotras, paseando en el barco, chismeando nuestros chismes de mujeres y los otros, los políticos, que no entendíamos pero al que nos prestábamos, como un juego excitante en el que ejercíamos retozos provocativos para ablandar los ánimos de quienes iban a enfrentar al Gobernador al que siempre recuerdo en aquella primera tarde en que lo vi, vestido a lo gaucho, como le gustaba, el látigo en la mano, las espuelas sonando en las baldosas de la galería frente al patio donde aguardaban los pedigüeños de siempre para que Manuelita los recibiera, y él allí, un saludo a la gente, desde lejos, y a mí, que estaba cerca y acababa de ser presentada por la Niña, una mirada profunda, como eran las suyas y una sonrisa al bies y una frase que me sonó a latigazo, porque después que yo dije,* Juanita Sosa para servir a usted, *preguntó pero ya no a mí sino a su hija:* ¿Y a que tropilla pertenece esta yegüita que acaba de relinchar? *Y yo me quedé muda aunque la pregunta no era para mí, pero Manuelita, acostumbrada a los desplantes de su Tatita, le explicó con su mejor sonrisa y una montaña de suavidad:* Ay, tatita, si se lo dije: esta niña será mi dama de compañía, será como mi hermanita y estará junto a mí para ayudarme y para ayudarlo, ya va a ver *y la Niña puso un beso en la mejilla del Brigadier y me tomó de la mano y me dijo* vamos, mi amor, *y el Brigadier vio mis lágrimas, y me palmeó el trasero y me dijo,* ánimo que el león no es tan bravo como lo pintan *y empezamos a correr hacia la alameda y Manuelita me iba diciendo:* no te asustes, Tatita a veces está así porque trabaja demasiado, queda agotado y ya ni sabe lo que dice, pero vas a ver qué bien la vamos a pasar *y en eso por el pasillo en que estábamos, porque esto era en la casa de la ciudad, se cruza un gato negro y yo, para cambiar de tema, se lo señalo y le digo* qué suerte se cruza un gato negro, me va a traer suerte *y ella me dice* cómo decís eso, es al revés, si traen mala suerte *y yo le contesté* no me dejaste terminar: qué suerte un gato negro dijo la gata *y señalé una que se escapaba y entonces Manuelita se tiró la carcajada y dijo,* ya veo que con vos la voy a pasar muy bien. Y agregó: Y para borrar este momento vamos a hacer lo que hace siempre mi tía Agustinita en casos así: vamos a comprarnos unos vestidos. *Y seguimos del bracete y la pasamos bien porque por aquel entonces yo tenía buen carácter y muchas ocurrencias no como ahora, cuando a las fermentaciones de mi cabeza se me han sumado las del cuerpo y a mis nervios se les da por florecer y no hay quien me aguante, ni yo misma me aguanto y entonces, cuando pasa eso, que ni me aguanto, me acuerdo del consejo del médico y pienso: una estatua y doy la voltereta necesaria y así se me pasa el tiempo porque yo me doy cuenta que sigo siendo amiga de los entretenimientos, de la conversación, pero aquí nadie tiene tiempo para conversar conmigo y en situación así cualquiera queda desmedrado. Pero ya me repongo con esta estatua que voy a hacer y que es la del Soldadito, bastarda de Rosas y la hija más querida de su amancebamiento con la Castro, la que también mimaba Manuelita, razón por la cual algunos decían que esta niña era hija de la misma Niña, disparates amasados por el chismerío de Palermo.* Yo soy ahora la estatua de Angelita, el Soldadito *por apodo paterno, y para eso me pongo traje de soldado y sombrero con chiripá y botas y calzoncillo como la guardia del Restaurador, y me calzo el birrete rojo de los Colorados del Monte y antes de quedarme tiesa marcho con paso marcial, como lo hacía la niña para comandar el ejército formado por sus hermanos que eran cinco más, Antuca y Nicanora, de apelativo La Gallega, y Arminio, de apelativo el Coronel y Justina, y Joaquín de apelativo El General y faltaba Adrián, el menor, el que nació cuando el Gobernador ya era ex Gobernador, a la cual vi así, en su empaque marcial, junto con Arminio el Coronel, en aquella madrugada del tres de febrero salir de Palermo rumbo a la ciudad y a la guerra, porque las tropas del Entrerriano estaban ya llegando y aunque no entiendo qué quiso hacer el Gobernador con esa demostración de marchar él con sus dos hijos más queridos, pero tan pequeños (la niña no llegaba a los nueve años y el chiquillo apenas seis) algo ha de haber querido, él que no daba una puntada al aire y se las sabía todas, y que por eso, porque se las sabía todas en esa madrugada sabía que las papas pelaban y por eso quiso hacer esa maniobra casi galante para el pueblo: ir a la guerra con sus entorchados y la prenda inocente de sus hijos a fin de que entre tantos signos alarmantes en algo pudieran reconstruir la esperanza; pero ya no eran tiempos de esperanza, el desastre fue completo, el Gobernador tuvo que marcharse, quiso llevarse a esos dos, que eran sus preferidos, cuando partió para el exilio y Londres, pero la María*

Eugenia fue terminante: todos son mis hijos, afirmó y se quedó para enfrentar la soledad y la pobreza, con apenas veintisiete años y siete críos la mujer que durante más de doce años, y desde chiquilina, no sólo calentaba la cama al Gobernador sino que le encendía el cigarro de la noche, y le preparaba el simulacro de hogar que tenían en esa habitación —la de la ciudad o la de Palermo— en la cual el guerrero alcanzaba su reposo y también la ternura de los niños con sus bromas y gritos y pillerías, que él usaba y fomentaba y aplaudía, como cuando los mandaba a espiar el coloquio amoroso de la hermana, Manuelita, con su novio el Terrero y los chicos, y esto hasta yo los vi, se escondían debajo de la mesa de la vecina habitación en que ambos se encontraban, se ocultaban debajo de la carpeta roja, y desde ese espiadero improvisado seguían los movimientos de los novios y cuando consideraban que los adelantos amorosos eran excesivos, armaban un alboroto de los mil demonios y corrían al dormitorio del "señor", al que llamaban "viejo" y a veces "viejo de mierda" para denunciar la escena y entonces era la diversión de Rosas, y el bochorno de Manuelita y el cumplimiento del castigo impuesto: váyase al rincón, mire que andar haciendo porquerías *mientras los niños, ya en otra cosa, atronaban el aire con sus canciones, marciales por cierto,* La ración de fariña/ que la patria a mi me da,/ toda la noche me tiene/ centinela, alerta está. ¡Centinela! Alerta... Alerta...! ¡Alerta!/ ¡Alerta está! *y el "señor" papá, ya en otra cosa él también, devenido niño grande, desde la cama en que ya estaba respondía con voz de trueno,* ¡Alerta!, *como con rugido de trueno respondía el tigre que tenía encerrado en Palermo y en una habitación especial, junto con otros animales, en ese pequeño zoológico armado en la Quinta para deleite de los niños y para el suyo propio, en tanto Eugenia,* la Cautiva, *ríe con los niños y ríe con su señor, a carcajadas ríe, goza con las gracias y travesuras de sus hijos, se le inflama de alegría el corazón al ver a su hombre divirtiéndose con ellos, por un momento se olvida de tanto abuso de que es objeto en la penumbra de la alcoba, piensa que la vida podría pasar así y no* tiempo de nada como ahora es el mío que distraigo igual que los bastarditos del Gobernador cuando éste les daba asueto en sus estudios, celebrando el día de San Vacanuto porque otra no me queda.

Siete

EL BRIGADIER TIENE QUIEN LE ESCRIBA

SON YA MÁS de las cuatro de la madrugada y el Gobernador ha quedado sólo con su escribiente Insiarte. Es necesario concluir con una pila de expedientes y, de acuerdo a su costumbre, sigue, sin fijarse en el reloj, como si estuviera en pleno día. El Gobernador es célebre por su régimen laboral a contramano. Esa noche ha licenciado a los demás, pero a Insiarte le dijo *quédese*. Insiarte se quedó. Si Insiarte hubiera estado detrás de alguna puerta, un rato antes, podría haber escuchado cierto diálogo que le hubiera causado gracia. Allí mismo, en ese despacho. Rosas estaba con el coronel Lazcano, un duro de la mazorca que oficiaba, como otros, de corre ve y dile en asuntos de la pesada.Tenía la cara picada de viruela y le faltaba un brazo: lo había perdido en la batalla de La Larga. Detalle que recordaba con heroica emoción. Pero sus ojos parecían estar siempre listos para alguna maldad. De su mujer se decía que siempre usaba blusas abullonadas porque él una vez le arrancó las dos tetas a puro tarascón, por cuestión de celos.

—Este mozo Insiarte me está resultando bueno —decía Su Excelencia—. Bien pertrechado de ideas. Y trabajador, no vamos a negarlo. Medio remilgado, a veces, pero esto pasa con todos los que vienen de París. Hasta a mi sobrino Lucio se le da por hacerse el fino. Pero ya se le irá el empaque europeo a éste.

—¿De confianza? —preguntó el de los presuntos tarascones, desconfiado como él solo.

75

—Aquí, en Palermo, sólo hay gente de confianza, mi amigo —se vanaglorió el Brigadier—. Este mozo vino recomendado por Anchorena; por don Carlos. Federal de ley.

Como para no serlo, con todo lo que S.E. le ha dado, pensó el coronel Lazcano que, además, era un resentido. Si lo sabría: acaparaban trigo, especulaban con la compra y la venta, monopolizaban el comercio exterior y el flujo de onzas; obtenían contratos del Estado, recibían prebendas. Bah, una joyita éste y tantos como él. Burguesía federal, eso sí ¿Acaso no circulaba una maldición verseada contra uno de los Anchorena, Nicolás? Decía así: *Monta primero en un bote/ Y márchate río afuera/ Y en el canal exterior/ Cuando ya no veas tierra/ Una bala de cañón/ Amárrate a cada pierna/ Y hacer que del bote al agua/ Te sepulten la cabeza/... Dadle a los pejerreyes/ con tu cuerpo la merienda.* Pero en voz alta sólo dijo como reflexionando para sí:

—Pero son tiempos en los que hay que tener cuidado. Hay muchos díscolos en las provincias, sobre todo en el litoral. Y usted sabe que informaciones precisas y a tiempo son más eficaces que una buena batalla.

—Así es, Lazcano, Ud. se me está volviendo estratega. Pero déjese de joder con Insiarte. Este mozo no está ni para informaciones ni para batallas. Tiene buena letra y basta. Además, sabe idiomas y eso para un gobierno es invalorable.

—Así es Su Excelencia —apuntó el otro que de letras y de idiomas no entendía nada, por lo que prefería irse a Barajas. Pero S.E. proseguía:

—Con que haga eso, misión cumplida. Después que se dedique a las muchachas. Me parece que anda en eso. Muy cerca del entorno de la Niña se lo ve al mozo. Y qué quiere. A Manuela se le da siempre por andar rodeada de yegüitas lindas y necesitadas. Que se diviertan.

—Excelencia, es ley de la vida. Digo, que los padrillos circulen. Pero hay que estar seguros...

—¿De qué?

—De que son tropilla del mismo corral.

—Acábela, Coronel. Aquí son todos de confianza. En Palermo, digo.

Lazcano iba a retrucar:

—Pero nunca falta un buey corneta.

Optó por tragarse la frasesita.

Ahora ya se habían hecho humo el coronel Lazcano y los demás escribientes. Insiarte, aplicado en transcribir ciertos decretos da vuelta la hoja. Levanta la vista y lo ve al Gobernador: está escribiendo lo que él deberá luego pasar. La mesa, enorme, aparece atestada de legajos, cuentas de las distintas reparticiones, diarios, borradores de notas, correspondencia oficial: el movimiento del Gobierno pasa por allí. Rosas antes venía a Palermo sólo a descansar; ahora traslada también las tareas. Javier mira las manos de Su Excelencia, blancas, delicadas, manos de hombre fino no obstante la ausencia de esa tercera falanje de la mano derecha perdida en lejano accidente. Es zurdo, pero tiene buena letra. Ahora está ocupado en perfilar su rebuscada firma. Tiene una pila de expedientes y toda su atención volcada en la mecánica tarea. Insiarte mira esas manos y recuerda otras.

Las noticias que llegaban a París y al grupo de amigos eran aterradoras. Un exiliado contó una noche que él había sido prisionero del Negro Miguel Rosas, sargento de la escolta del Gobernador. Lo tuvo a la intemperie, día y noche. Una vez lo llamó: *Basta de estar haraganeando, a trabajar ¿Qué hago? Me molesta este árbol* —dijo señalando un robusto aguaribay—. *Sacálo. ¿Con qué? Con las uñas.* Después pensaba fusilarlo, anunció. Pero no alcanzó a hacerlo: lo ayudaron a escapar. Aquella noche, en París y en casa de los Insiarte, el patricio se quitó los guantes de cabritilla que llevaba, pese a que la temperatura no exigía tal adminículo. Mostró sus manos. Javier abrió los ojos y los cerró. Jamás olvidaría esas manos.

Ahora está pensando en ellas al ver las de Su Excelencia, empeñadas en dibujar su complicada rúbrica. De pronto el Gobernador levanta su mirada. La luz azul de sus ojos llega a Javier. Y también sus palabras.

—Este bruto de Lazcano me ha puesto nervioso al pedo.

Javier lo mira y nada dice. Es su táctica.

—¿Sabe por qué?

—No, señor Gobernador.

—Porque está desconfiando de todo. Y quiere que yo lo esté. La pucha, Palermo se me está volviendo lugar enyetado. Es como si los miasmas de los pantanos, de estos terrenos anegadizos y malsanos que sequé para construir todo esto —y la mirada y los gestos ampulosos del Gobernador se extienden fuera de la puerta, como queriendo abrazar bosques, avenidas, senderos, laguna, aunque nada se ve—, como si todos aquellos pantanos hubieran resucitado.

—¿Por qué dice eso, Señor Gobernador? Si me permite.

—Porque aunque me enoje con el coronel Lazcano, qué quiere, yo también veo traidores por todos lados, con las noticias que me llegan de afuera.

Retiró la pila de expedientes, como dando por terminado el trabajo. Y preguntó abruptamente:

—Y dígame, Insiarte, ¿usted de qué lado está?

—Señor Gobernador: usted sabe que mi bando es el suyo.

—Y los traidores ¿en qué bando se ponen?

—Supongo que en el que les viene bien.

—Algunos en los dos —contestó Rosas. Y se fue, sin decir ni hasta mañana, con su gorra blanca y su amplia chaqueta colorada. Se fue hasta la puerta, porque se arrepintió y volvió:— Usted retírese Insiarte. Estas no son horas de trabajo para gente moza. Son horas de trabajo para gobernantes responsables como este servidor. —Movió algunos papeles del escritorio y sin decir agua va le largó el espiche que se ve rondaba por su cabeza.— Parece que el Entrerriano quiere sacarme de la circulación. Cree que ha llegado su turno, el muy salvaje. Pero yo creo que sus bravatas son pura turbulencia y se van a desinflar como vejiga que revienta. Quiere volar muy alto el Entrerriano. Hay que tener uñas de guitarrero y si tus uñas son mochas, sonaste. Justo José servirá para mantener sus dos millones de hectáreas o para construirse un palacio, pero de ahí a saber gobernar un pueblo y un pueblo como éste, hay largo trecho. No basta con bla bla y bla bla ni con macacos alquilados. Hay que tener pelotas para dársela a Rosas. Y pelotas que no estén llenas de aserrín.

Insiarte estaba con el sombrero en la mano, pronto para irse, escuchándolo.

—Lo esperaré, al Zapallero de San José. Me encerraré aquí, en Palermo. Y cuando entre si es que entra, lo mato. Y después me mato yo.

El gobernador se había puesto colorado con la perorata. Le señaló la puerta al escribiente noctámbulo:

—Hasta mañana, señor Insiarte.

—Hasta mañana, Excelencia. Que usted descanse.

Al llegar a la puerta, Insiarte miró de refilón. Se dio cuenta de que el Gobernador ponía un hilito de color sobre el expediente en el cual estaba trabajando. Desconfiado el Brigadier. Al salir vio al indio y el caballo ensillado, como siempre. Dicen que son unos parejeros famosos, seguros de manos, ligeros como el viento, que pueden correr sin cansarse una legua y a todo lo que dan. Están por las dudas, listos. Antes, el mismo Rosas andaba siempre con espuelas, chicote en la mano, sombrero y poncho. Pronto para montar. Y disparar. Javier montó su caballo y marchó hacia la ciudad. Llegaría al alba. Como nubes lo acompañaban sus pensamientos. ¿Qué piensa el hombre sobre su caballo mientras sigue el itinerario iluminado que une Palermo con la ciudad? Piensa en las múltiples y esquivas señales del descontento. Aquí y allá ve fracturas hasta entonces impensables en el monolítico frente rosín. El caso de Camila y Ladislao tenía algo de anticipo. La busca de libertad se estaba haciendo imposible de detener. Claro que esos dos se adelantaron con sus amores como si ya estuvieran en otra época. Pero ¿acaso a los veinte años se puede pedir cordura? La respuesta del divo de la Restauración había sido atroz; no hubo comprensión ni perdón. Cuando le llevaron a Rosas la carpeta con la documentación en que constaba que la sentencia de muerte había sido cumplida, estaba en la cama. La leyó. No se movió un músculo de su cara. Se metió bajo las sábanas nuevamente, se dio vuelta: *cierren esos postigos que me molesta la luz*, dijo. Desde ese caso las niñas vivían atemorizadas. Algunas, que mantenían amores clandestinos, rompieron sus parejas y de paso sus corazones. Flor de julepe. Una se tiró a un aljibe: cuando la sacaron se comprobó, bajo sus enaguas empapadas, que estaba con embarazo avanzado que las ropas secas habían disimulado. Varios curas jóvenes hicieron retiro espiritual. Les entró una misoginia feroz. La mayoría pidió ser relevada de confesar a las jovencitas, razón por la cual resurgieron del fondo de conventos y hospitales ancianos ensotanados que prestaban sus orejas para las juveniles confesiones. Pero desde los tiempos en que habían estado en actividad a los actuales las costumbres habían cambiado tanto que a más de uno le dio soponcio fatal. Del confesionario al Paraíso, sin interferencias. El resto, al enterarse de las modernidades pecaminosas, nunca vistas en los tiempos de antes de donde provenían, se declararon incompetentes. Los tuvieron que devolver a conventos y hospitales. Las niñas se fueron arreglando como pudieron, en sus negocios de religión y actividades profanas por no decir eróticas. Allá ellas: que aguantaran. Ya iba a haber recambio de turno histórico. Y existencial. Javier apuró su cabalgadura. Que diría la tía abuela Eloisa cuando lo viera llegar a la hora en que ella se levantaba. Cosas de muchacho tarambana, iba a pensar. Cuánta equivocación. Pero ¿cómo se le podía ocurrir que andaba en responsabilidades de "enviado especial"? La verdad que era lindo trabajar ante las narices mismas de S.E. Javier tanteó el bolsillo donde iban sus apuntes clandestinos. Mañana llegaba la conexión. Mañana también debía verse con Manuelita. *The flower of the land*, la llamaba el *British Packet*. Si la veía a la Niña, quizá tendría también oportunidad de encontrar a Juanita. Ojalá.

Ocho

LAS DAMISELAS SE ABURREN

LA MULATA ROMILDA, recia y metida en carnes, en esa temporada de servicio en la cocina, vino con una noticia espeluznante:

—En el camino de las cortaderas, para el lado del río, el Pollito ayer tarde encontró un muerto enterrado cabeza abajo. Se veía que, como no alcanzaron a taparlo entero, las piernas quedaron afuera, paraditas y tiesas. Y ¿quieren creer, niñas? parece que las uñas de los pies ya le habían crecido.

La Romilda sabía dramatizar cuando quería y estaba dramatizando. Era una incondicional de Manuelita, quien la había sacado de más de un apuro. El primero cuando, para darse el gusto un día en que estaba abatida, perdió virginidad y reputación en manos —un decir— de un hombre que después si te he visto, Romilda, no me acuerdo. Manuelita no sólo le tendió la mano sin demasiadas preguntas, sino que hasta le consiguió un padre para el hijo en camino, que llegó veintiún días después del casamiento, razón por la cual siempre lo llamaron Pollito. Llegado cierto momento, también el Pollito tuvo que recurrir a la Niña. Preso por una *pavada*, una manada de pavos que había robado ¿quién lo iba a sacar de la cárcel sino Manuelita? Desde entonces en más, el agradecimiento hacia la Niña fue doble y eficaz.

—¿Qué más contó el Pollito? Decí, Romilda.

Las preguntas de las niñas y también sus conjeturas se precipitaron:

—¿Quién habrá sido?

—No se sabe.
—Algún unitario de los que quieren escaparse para el otro lado. Nunca faltan.
—Sí, parece que ya han sido borrados del mapa, pero siempre aparece alguno.
—A lo mejor no era unitario sino un pobre desgraciado.
—Pero algo habrá hecho para terminar así y no en camposanto cristiano.

Noticia contraproducente, sin duda, la traída por el Pollito vía Romilda. En Palermo, esa mañana no se veían más que cosas lindas e inofensivas: rosáceos globos de hortensias, empacadas espuelas de caballero, aves que piaban entre el follaje. Todo tranquilo y pacífico. Costaba entender noticias como ésa del muerto a medio enterrar. Uf, qué tema. Pero los comentarios sirvieron para matar el tiempo, porque allí no era como en la ciudad, donde se pueden inventar excusas para salir: una ofrenda que le debo al Santísimo de San Francisco; la compra de alguna puntilla "imprescindible" en *El Barato Argentino*, la oportuna pasadita por el frente del Café de Malcos, siempre lleno de mozos. La ciudad estaba lejos y cada uno en lo suyo. El Gobernador y su gente con sus expedientes, dándole duro al trabajo porque, con esos líos internacionales que tiene, y con su vocación de servicio, quién lo para. Digan que está la Niña, su brazo derecho. La negrada, por su parte, en la cocina, en el lavado, planchado y arreglo de tanta habitación: gente toda con cama adentro que desde temprano se pone en marcha. En los puestos de vigilancia, los guardias encargados de la tranquilidad y el decoro. Y por fin, ellas, las amigas de Manuelita, las que comparten sus veraneos en Palermo, arreglándoselas como pueden. Con tantísimo calor, poco tentador resulta quedarse adentro, labor en mano o ensayando las canciones y recitados con los que se lucirán cuando caiga el sol y comiencen a llegar los visitantes; aunque visitantes hay a toda hora.

Hasta entonces sólo habían tenido una novedad: el descubrimiento de un nido de picaflor. ¿Novedad? Y sí, porque nidos de loros había a granel, pero de picaflor, el primero. Martita Castelar, siempre tan dada a la naturaleza y a sus secretos, hizo el hallazgo. Esta vez, a la altura de sus antecedentes, presumió, sospechó y dio con el nido de ese pajarito que desde hacía días veían revoloteando, maestro eximio en maniobras aerodinámicas: se suspendía frente a una enredadera de la que parecía estar enamorado o en la cual había encontrado el néctar preferido y daba gusto verlo: volaba hacia atrás, hacia adelante, planeaba, inclinaba sus alas de costelete, venía en picada, inventaba acrobacias, siempre tembleque, siempre tembloroso y de improviso, adiós, se iba, remolino de colores envuelto en tenue zumbido. Entre damas de noche que cerraban sus corolas y floripondios que las abrían, dio con el nido: un cucurucho afelpado, embutido de musgos e incierta amalgama en el el fondo del cual aguardaban a la docena de ojos más uno (a la criada de Marta le faltaba uno), dos huevo mínimos. Festejaron hallazgo y novedad. Vanamente intentaron cazarlo: en el intento otro pajarito cagó la capelina verde Nilo de una de las chicas. Jorobarse: por usar colores poco federales. Parecía que ya lo tenían y se le les iba, leve soplido.

—Así se ha de ir el ánima —dijo la tuerta, siempre dada a consideraciones apocalípticas.

Sus razones tenía: el ojo ausente lo había perdido en un ataque indígena en Palambaré. Su madre, allí se quedó sin orejas. Su hermano, sin lengua. Su padre, sin resuello. Finado. Pero a esos acontecimientos ya no los cuenta la criada. Los contó una vez y fue suficiente. La señorita Marta, su patrona, ordenó: *ahora ya basta*, porque con mirarle la cuenca vacía, es decir, el discreto párpado entornado, se podía suponer el drama, aunque no en detalle.

—Pero, la verdad, parece que mucho no le molesta mirar el mundo de manera tan incompleta, en un cincuenta por ciento —acotó Juanita abriendo su sombrilla—. Cincuenta por ciento o más, porque el ojo perdido es el derecho.

Superado el interés de nido y picaflor ¿en qué entretenerse? Se hacen largas esas mañanitas desganadas en las que sólo pueden esperar el atardecer, cuando el ánimo repunta y reverdecen las ganas de vivir.

—Uf, qué calor —dice una y todas levantan discretamente bordes de blusas y faldones de muselinas claras y abanican sus caritas arreboladas en busca de un poco de aire.

—¿A quién hacemos hoy? —pregunta Juanita Sosa. Se han acostumbrado a decirlo así, chacoteando: hoy hacemos el enviado de Perú. Mañana el Embajador de Francia.

—Hoy estará un viajero inglés, comerciante, William Mac Cann. Ya estuvo el año pasado pidiendo que cesara el bloqueo por los perjuicios que ocasionaba al comercio... inglés —informa una al tanto.

—¿Y ha vuelto?

—Ya me acuerdo de Mac Cann —terció Juanita, reconocida memoriosa—. En una de sus visitas, la otra vez, salió a galopar con Manuelita a través del bosque y recuerdo que después él se quejó. Es tan buena amazona, nos dijo, que me dejó más de una vez atrás y se me hacía imposible espantarle los mosquitos del cuello y los brazos, como me ordenaba la cortesía y mi gusto personal.

Juanita ha imitado el idioma atravesado del inglés Mac Cann y sus gestos, exagerándolos, por cierto. El coro de risas festejó la oportuna actuación. Sí, esta tarde se divertirán con mister Mac Cann. Pero ¿y ahora? La femenina comparsa se ha sentado debajo de una glorieta. Las glicinas caen en manto lila. Una canoa cabecea en el cercano lago.

—¿Vamos a dar una vuelta?

—No, se nos va a hacer tarde.

Mejor conversar. Conversar significa comenzar a desovillar noticias. Los chismes entretienen, vuelven pasables las lentas horas. Pero hay que tener cuidado: lo que se dice en un extremo de la quinta no tarda medio día en saberse en el otro.

Lucrecia Montero se arriesga:

—Dicen que al mozo de los Ortega le gustan las mujeres.

—Qué novedad —interfiere una— ... pero que no desprecia a los hombres.

—Qué acaparador —reflexiona Luisa Meléndez tapándose la boca de puro tentada.

—¿Y las ovejas no le gustan? —indaga con su carita más angelical Lucrecia Ocampo.

La de Montes se escandaliza.

—Pero ¿de dónde pudo sacar semejante extravagancia, niña?

—Me lo contó en el campo la nodriza de mi hermana: hay hombres degenerados que en lugar de hacer esas cosas como corresponde con el otro sexo y el mismo género, quiero decir, animal con animal, humano con humano... —y revolotea los ojos y las manos como dando a entender que sabe mucho de la materia.

—Aceptan el sexo y alteran el género —contesta Juanita.

¡Qué lío! ¿Así que es tan complicada la vida sexual? Las fantasías eróticas se desatan en el grupo: que las mujeres, que si con los hombres, que los animales. Qué. Cuántas complicaciones. Para Juanita todo es más simple. Sabe que a menudo siente unos calores inaguantables entre las piernas, allí donde está la cucucha que debe cuidar, como le decía Madre. Y para apaciguarlos se arregla solita. Su mamá, al final, nunca le dijo que no lo podía hacer. Se lo dijo el cura.

Pero ¿quién le hace caso a un cura? Si es casi como rascarse; pero más lindo. Cuestiones como ésa son las que le gustaría profundizar. Sospecha que las demás tendrán problemas semejantes. Al de las calenturas, claro. Pero ¿con quién compartirlos? Las amistades particulares no son muy bien vistas en Palermo. Algunas dicen: porque Manuela es celosa. Por cierto que a ella, a Manuela, se le va la mano en sus efusividades cuando escribe. A Juanita algunas esquelas de su amiga del alma la ponían nerviosa: *soy tuya eternamente* y *eres mi amiga pero es como si fueras mi esposa*. Esas son cosas que le gustaría consultar. Pero ¿a quién? De la religión está bastante apartada. Ya se le acabaron aquellas ráfagas místicas que tuvo en algún momento, cuando era un puro entre y salga de cuanta iglesia se le pusiera a tiro y se pasaba horas delante de una imagen, déle oraciones. Y con granitos de sal debajo de la rodillas, si la piedad era mucha. Además, aunque quisiera, los curas que andan por ahí no le gustan y no tiene la suerte de Camila, la de los O' Gorman, que es tan amiga de un curita del Socorro. Podría aprovechar ocasiones como las de esa mañana para dialogar. Pero ¿se puede, acaso, hablar de cosas así frente a alguna jovencita como la Lucrecia Ocampo, a la cual aún le chorrea el agua del bautismo? Mejor aguantarse sola.

La conversación ha seguido su cauce en tanto Juanita se entregaba a meditaciones propias. Parece que con el calor aumentan las necesidades de los hombres. Hasta a los perros les pasa lo mismo. Alguien recuerda: cuando llega la tarde se les da por reunirse y hacer cochinadas. Cosas de la especie. Pero es un desastre: fornican a lo loco. Algunos han quedado anudados. Se cuenta de una pareja que sólo se soltó cuando la perra tuvo cría. Cuando esas cosas suceden delante de concurrencia, algunos se obstinan en apartarlos. A baldazos o con palos. Pero hay ocasiones en que los animales son tan fanáticos en la intensidad de su apareamiento que no responden ni a la más severa terapia hidrante o apaleante. Esos, los inconmovibles, son los vencedores de la pasión. Los otros se van, derrotados, tristones y apagados, arriadas sus banderas. Días atrás, uno iba mostrando a toda la concurrencia su pabellón colorado. Don Juan Manuel, que estaba en tren de descanso, dijo, muerto de risa: *Hasta los perros son federales en Palermo y andan exhibiendo la divisa.* En aquella ocasión, las chicas hicieron como que no habían oído. Pero algunas no pudieron impedir que les subieran los colores a la cara. Juanita, a quién la risa le venía muy fácilmente y con tanta naturalidad sabía provocarla en los demás, se tiró una carcajada. Qué sofocón. Pero el Gobernador dijo: *Por lo menos una que no es mojigata como m'hija. Como m'hija cuando no está con su Terrero.* Entonces fue sofocón colectivo.

Ahora la mañana avanza con calor y ocio femenino.

Juanita está en lo suyo. Las demás, en el recuento de novedades. Ahora están comentando que los de Duval se llevan muy mal. Son comentarios de la pulpera de Santa Lucía, aquella que en un momento se hizo célebre porque le cantó un payador de Lavalle cuando el año cuarenta moría. La rubia de ojos celestes que reflejaban la gloria del día se acordó de que a él, al señor Duval, se le había dado por la bebida.

—Y... no ha de ser el único —se escuchó una vocecita.

—Sí, pero a éste, siempre según la pulpera de Santa Lucía, se le da con triste consecuencia: cuando se va a la cama su cosa se le cae como pajarito herido.

Una de las señoritas que había estado en París y en otras partes del mundo viendo cosas, confirmó:

—Parece que es así. —Y agregó:— En París se comenta que el alcohol acrecienta el deseo pero aminora la eficacia. Por eso recomiendan no tomar más de un litro de vino por persona y por día.

—¿La eficacia de qué? —averigua una desnortada.

—Pues, de qué va a ser: del instrumento. Pobre Duval. Así que por razones alcohólicas, moral y pito por el suelo. Una calamidad.

—Pobre la mujer.

—Por Dios, qué conversación. Si llega a venir Manuelita...

Desde allí ven pasar a escribientes y militares. Algún funcionario viene por sus trámites. Hay también gente en las galerías, esperando que Manuela los atienda. Cada uno traerá sus problemas: confiscaciones de bienes, destierros ¿habrá alguna condena a muerte? Por algo mister Mac Cann, el inglés al que verán esa noche, dijo que Manuelita era a Rosas lo que la emperatriz Josefina a Napoleón. Linda comparación.

Las chicas se fijan en los hombres. Cuando más jóvenes son, más miradas reciben. Es lindo verlos pasar. Y hacerse ilusiones. Hay casi una docena de ojos y uno más (correspondiente a la tuerta) que se están poniendo en blanco. Aunque del ojo que está detrás del párpado caído nada puede presumirse. Pero todos los pechos envían contenidos suspiros.

A una de las muchachas se le ha descolocado un bucle. Si se le hubiera descolocado a Lucrecia Ocampo, que tiene dieciséis años de edad, no hubiera importado nada. ¿Qué valor tiene, en el conjunto, un bucle? Pero en mujercitas mayores de dieciséis y tan atildadas, la salida de órbita de un bucle puede ser catastrófica. Alguien viene en ayuda de la accidentada y de intimidades vaporosas de batista y muselinas surge un espejito. El espejito ayuda a subsanar el estropicio. Cumplido el cometido, queda inmóvil en mano de su dueña, abandonado. Por entre el follaje, el sol se cuela con tanta puntería como para reflejarse en el vidrio azogado y de allí en la falda de una de las niñas, por extraño juego de azares. Porque de pronto, *ay, qué olor a quemado. ¿Qué pasa? ¿Qué será? ¿Dónde?* Las naricitas se levantan, husmeando. Inspeccionan el aire. Las miradas se mueven de aquí para allá. Hasta que alguien descubre el asunto sobre la falda de Mercedes: en la blanca muselina, un redondel oscuro. De allí ha salido la mínima columna humeante y allí fue la precaria combustión. Qué risa. Descubiertos los poderes que emanan de semejante conjunción —sol y espejo— se inventa el jueguito. El espejo se mueve de aquí para allá. Culebrea nervioso, planea, como el picaflor hace un rato, prosigue, itinerante rayito de luz, viborea, tropieza con el nido de una paloma. La paloma mira sorprendida y levanta vuelo. El rayito prosigue, enfoca a una negra gorda, camino a la cocina, con su gran canasta de choclos... Ríe la negra, las amenaza con la mano. Ríen las muchachas: justo ensartaron el haz de luz en el trasero meneador de la negra y exactamente en el lugar al que apuntaron. Qué risa. Pero el espejito prosigue, viboreando. Desde las manos de unas de las beldades avanza, llega a la galería de enfrente, repta por baldosas, trepa, toquetea la figura de un hombre que se asoma a la puerta, mira, avanza también él, se despereza: sin duda un escribiente que salió a estirar las piernas. Bien viene un recreito después de tanto papeleo. De pronto, el reflejo choca con sus ojos. El hombre se lleva la mano a ellos, sorprendido. Mira a un lado y a otro. Mira enfrente. Detrás del camino descubre el ramillete de beldades. Comprende lo que pasa y también él ríe. Hace una reverencia muy gentil el señor escribiente.

    Javier Insiarte se ha plegado así al juego. El espejo está en manos de Juanita. Le ha devuelto al mozo el dardo que hace un tiempito le envió en casa de doña Clara la Inglesa.

ESTATUA V

Soy una muchacha violada

EN EL CAMPO *dicen que si un fulano muere en un día soleado partido por un rayo, es porque el fulano o la fulana han sido santos y haciendo una asociación me pregunto si dejás de ser virgen en un día de sol y pleno mediodía ¿qué sos? Yo creo que pavota y nada más y esto lo aseguro porque esta desgraciada, con lo culoinquieta que era, con lo viva que se creía, con lo capaz de solucionar cualquier trámite por difícil que fuera o de salir del paso cuando la situación se presentaba difícil, esta desgraciada, digo, perdió aquello que su mamá le dijo mil veces que era lo más importante en la vida de una mujer, y por lo tanto en la tuya, Juanita, entendélo bien, y lo perdió un día de pleno sol y a eso del mediodía, cuando nada hacía presagiar tamaña catástrofe personal que, debo decirlo, dejó inmutable al mundo y por cierto a Palermo, ese día reunido en un rincón de la quinta levemente náutico porque era cercano al barco que fue arrastrado por un huracán y convertido en lugar de festejos, y allí estaba todo el mundo preparando un asado ¿para festejar qué? ya ni me acuerdo, esto o lo otro, que cualquier ocasión era buena para esos entretenimientos, y yo me había quedado demorada: no encontraba un sombrerito que me viniera bien con el vestido colorado, regalo de Manuela, que en su honor quería ponerme, y me quedé buscándolo y después papando moscas, como hubiera dicho Madre, porque me encantaba pasarme horas sin hacer nada, sobre todo me encantaba quedarme de ese modo en la Iglesia, así no se nota que no pienso en nada, le decía a mis amigas y* creen que lo hago de piadosa nomás y a una chica eso, ser piadosa, siempre le queda bien. *Pero en aquel mediodía no estaba en la Iglesia sino en mi cuarto y mi cuarto había quedado entreabierto por cuestión de calor y la mulata Rosario que era quien me atendía después de lo de María Patria había ido para ayudar a las niñas en el asado y yo estaba sola y como la noche anterior ¡cuándo no! me había acostado tan tarde por cuestión de unas serenatas que se le habían ocurrido al Terrero y a otros amigos, me sentía cansada, con sueño me sentía, con ganas de estar sola, la mente en blanco, sin ánimo de inventar diálogos y chistes y esas cosas que una peripuesta como yo tiene que armar en sociedad y así estaba cuando la cercanía de la cama me tentó y sin pensarlo demasiado me dije, me recuesto un ratito, total, ni se van a dar cuenta de mi faltazo, echo una pestañada hasta la hora en que el asado esté listo, ya me vendrán a buscar: de Palermo nadie se escapa. Y vaya a saber cuánto tiempo pasó, pero no ha de haber sido mucho, yo estaba en ese primer sueño que es el que toma siempre más fuerte, porque caés en él como en un pozo y difícil se te hace salir a menos que te saquen a empellones y mi mente estaba en un vacío y mi cuerpo en puro apaciguamiento y la habitación en penumbras y todo en silencio cuando, de pronto, sentí un cosquilleo en la oreja y como el sueño estaba pesado por la falta de sueño anterior y la modorra de la hora, busqué espantar ese cosquilleo con mi mano pero me di cuenta de que nada espantaba porque el cosquilleo parecía producido por cercanía de respiración ajena y así lo comprendí, ya casi asustada, cuando al soplido ése en la oreja se sumó cierto peso en mi propio cuerpo y un hurgueteo en la falda que era de una muselina preciosa traída del Perú y entonces sí abrí los ojos y vi, válgame Dios lo que vi: al mismísimo Gobernador, al que hacíamos yo y los demás en la casa de la ciudad por razones de su oficio, que era el de Gobernador, lo vi, digo, roja la cara como gallo de riña en la pelea, su humanidad encima de mí cuerpo, sus manos estaqueándome en la cama donde maldito el momento en que me eché tentada por mandarme una pestañada y sus ojos, siempre bailoteando, azules y vivos y su voz bajita y grave, la voz que yo nunca le había descubierto ni en los discursos ni en las bromas, porque era como una voz contenida, como una voz de la intimidad, a lo mejor la voz que le conocía la Eugenia Castro y con esa voz íntima, digo, pero perentoria, eso sí, me dijo* ahora sí, Juanita, *como negándome cualquier apelación o recurso de amparo, como arrasando de cuajo cualquier desca-*

bellada esperanza de salvación que pudiera yo tener, como advirtiéndome los inconvenientes que le provocaba mi naturaleza virgen. Me di cuenta de todo eso, me entró como un vencimiento o desánimo de entrada, como una modorra que no terminaba por resolverse en rechazo, como quien en medio de la alta mar ve que contra la alta mar no se puede, y dejé que me levantara la pollera y creo que hasta lo ayudé en sus menesteres porque al final casi me dio lástima que todo un Gobernador no supiera entenderse en tales elementos, y yo misma aflojé algunos lazos y desbrocé obstáculos y me quedé quietita, dura de susto y de no saber qué hacer porque nunca había recibido a un hombre, sabía sobre el caso lo poco que se colaba en nuestras conversaciones de muchachas decentes y sin nada de práctica porque quienes tenían práctica la ocultaban, y escuché que él me instruía, flojita, niña, flojita, así se me humedece y no le duele, *y flojita me quedé mientras el peso del Gobernador se descargaba en mi vientre y su resuello me humedecía el pecho y el pelo y la cara que ya estaba humedecida con lágrimas que no podía contener y que caían lenta pero inevitablemente. Y cuando resopló con resoplido final y se me echó al lado sentí que por mis piernas comenzaba a correr un líquido y como me di cuenta de que eso que me estaba mojando era lo que me había puesto el Brigadier, pensé ojalá se me salga todo así no quedo panzona como la Eugenia y después me quedé así, rezando, amodorrada, y luego sentí que el hombrón ya aliviado se levantaba, producía la separación de los cuerpos (los únicos que habían estado unidos) me daba una palmada en el cachete, y al sentirla húmeda* levánteme esa carucha, me dijo, no llore esto es lo más natural, *y se dio vuelta y abrió la puerta y salió y yo me seguí quedando así, no sé cuánto, sólo sé que cuando me vinieron a buscar con el cuento de que el asado estaba listo y me habían otorgado quince minutos de gracia para llegar,* me duele mucho la cabeza, disculpenme, *mandé decir con la mulata Rosario y la mulata Rosario fue con el mensaje y vino con la contestación:* dice la Niña que se quede tranquila *y además la mulata Rosario me dijo que el Gobernador agregó* seguro que son trastornos de mujeres, dígale a la Juanita que está dispensada y que muchas gracias igual *y yo dije en voz alta* la puta que lo parió *y ese fue el desahogo de mi dignidad ultrajada. Y por eso en esta tarde en que llueve sobre el Hospital de Alienadas con lluvia iracunda que se precipita en el patio después de surgir, bullente como catarata, por las bocas del techo, en estas horas en que estoy tan sola y tristona de-*

trás del móvil telón de las aguas, hago la estatua de la virgen violada, que es así, como me estoy poniendo: tirada en el suelo, las piernas abiertas, los brazos defendiendo los pechitos, los labios cerrados de puro asco y los ojos más cerrados todavía para no ver todo lo que estás entregando sin tu consentimiento que es tal cual lo que me pasó a mi aquel día de mediodía cuando me desvirgó un rayo que se llamaba porongo de Brigadier Gobernador.

Nueve

UN PUNTANO EN BUENOS AIRES

Los PEBETEROS expanden olor a alhucema. El piano, en un rincón, desgrana sus notas: las manos de Manuelita le arrancan melodías. Todos están esperando la primera cuadrilla federal. Mientras aguarda, Insiarte se asoma a la galería para recibir el frescor de la noche. Desde allí ve la alameda de naranjos y sauces, tapizada de conchillas de mar tan perfectamente unidas y aprensadas, que ni el galope de las cabalgaduras, ni el continuo trajinar de los coches levantan el más ligero polvo. Después de la alameda que conduce a la casa, está la gran verja de hierro. La casa permanece iluminada. Por entre las ramas de los árboles, quien se acerque divisará el blanco y espacioso edificio y la multitud de torrecillas simétricamente ubicadas. Parece que el arquitecto quiso imitar a Luis XIV y su Palacio de las Torrecillas, le dijo un día en París, un amigo que, andanzas de exiliado, venía de Chile pero era porteño. En los meses de invierno, de esas torrecillas (que en realidad son chimeneas cuadriláteras), sale el denso humo.

Pero aún no ha llegado el invierno y es noche de luna y todo parece bañado por sorprende claridad.

—París en medio de las pampas. —le dice Javier a Pedro Ortiz, un amigo que se ha hecho habitué de Palermo.

—Y nosotros aquí. Caminando a orillas del Plata como si lo hiciéramos a la vera del Sena.

—¿Te parece?

—Yo no conozco París, aunque pienso conocerlo. Y espero que

para ello no falte mucho tiempo. Pero vos, que saltaste el charco desde allí ¿qué decís?

—Que a lo mejor tenés razón. Pero esto es al estilo rioplantese. Pedro Ortiz es puntano y Doctor en Medicina pero dejó el bisturí por la espada y el consultorio por el campo de batalla: ahora es ayudante de caballería. Hubo un tiempo en que creyó ser poeta.

—Pero pronto me di cuenta de que sólo era un sentimental. — explica él su abandono de las musas.

Ambos miran hacia adentro, donde se arracima la gente.

—Difícil que en toda América pueda hallarse ramillete más seductor y coqueto que el de esta nobleza criolla del entorno federal —dice el ex poeta mirando embelesado a las damas de Manuelita.

—De acuerdo. Por eso no sorprende que diplomáticos duchos como Mackau y Mandeville se hayan dejado adormecer por estas beldades... —acota Javier perdido tras el humo de su cigarro mientras escucha al amigo.

—Te quedaste corto en la enumeración, porque además de los que nombraste están Hood, Lepredour, Southern. Y las beldades son... emponzoñadoras sirenas —dice en tanto se afloja el chaleco porque hace calor.

—Así es. Palermo resulta el asiento de una corte, pero de una corte especial, al modo gaucho —agrega en voz baja, apenas bisbiseando porque hay que cuidarse.

Los espías están en todos lados. Pero los dos andan en lo mismo. En realidad, Pedro Ortiz está cumpliendo un destierro en Buenos Aires. La penitencia debía durar ocho años, pero él ha dispuesto a acortar el trámite. La historia de Ortiz es bastante extraña y Javier ya la conocía por amigos comunes antes de que él llegara. De regreso al país (venía de Chile) y camino a San Luis, donde estaba su familia, se quedó en Mendoza. Al principio no le pasó nada, pero un día se encontró con un tal Irigoyen, agente de Rosas, hombre de pocas pulgas y muy vanidoso y allí comenzaron los encontronazos. Al hombre se le daba, a falta de virtudes más preclaras, por vanagloriarse de un atributo menor: ser el más elegante de la ciudad provinciana. Ortiz, por su parte, cuidaba también su pinta y, dicharachero como era, hacía centro de sus incontrolables bromas al mentado Irigoyen y sus formas de lucimiento.

Un día, Ortiz se rió del levitón que gastaba el mandamás de Rosas, por él considerado ejemplo de perfecta elegancia varonil en la región cuyana.

—Veo que usted no entiende nada de modas —le dijo Irigoyen en tanto se arreglaba su chaqueta con gestos amanerados.

—Tanto como usted de política —retrucó con displicencia el doctor Ortiz.

—Yo soy un político. Aquí tengo rango de agente del Gobierno —replicó el otro, pura bilis en la voz.

—Yo soy un ciudadano. Y porque conozco la política temo encontrar un cacique a la vuelta de cada esquina.

—En Mendoza no hay caciques —aseguró el otro.

—Pues mire usted qué suerte tengo. Yo lo encontré —le dijo Ortiz mandándose una reverencia.

Así una vez y otra. El colmo llegó con el asunto de un postizo. Según parecía, a Irigoyen lo que más le preocupaba después de Rosas (algunos decían que con prioridad), era su calvicie, en franco avance, hasta que encontró el modo de solucionarla, postizo mediante. La primera vez que apareció luciendo el adminículo, Ortiz se rió. Así le fue. El otro le *forjó el cuerpo de un delito que lo mandó primero a la cárcel y a Buenos Aires, en tren de destierro, luego. Aunque no estaba probado el hecho*, como diría la sentencia.

En la cárcel Ortiz no escribió nada en las paredes, no se sabe si por falta de inspiración o de lápiz pero reflexionó bastante. Después fue el destierro. A Buenos Aires.

—Ni siquiera puedo llamarme proscripto porque todo pasa dentro de las fronteras del país —rezongaba cada vez que contaba el caso.

El mentado *cuerpo del delito* era una carta de Sarmiento en la cual, por cierto, abundaban rotundos anatemas contra el Régimen y, probablemente, errores ortográficos. Pedro Ortiz siempre negó esa carta. Y siempre la negaría Sarmiento: juró muchas veces que nunca la había escrito, aunque sí atestiguó que Pedro Ortiz *era un hombre lleno de fe en los principios, negligente en las maneras, hábil y entendido en su profesión, de carácter festivo e inclinado a la burla, con una propensión a reír que le hace un compañero envidiable y un enemigo temible.*

El rigorismo rosín servía para cualquier cosa. Esa vez sirvió para desterrar al contrincante del operador federal quien, de ese modo, se libraba del que podía arrebatarle el puesto de más elegante con su obligada partida para el destierro.

El doctor Ortiz, por su parte, ya en Buenos Aires y en cumplimiento del castigo, decidió pasarla lo mejor posible. Sin duda, se traía también algunas segundas intenciones. ¿Qué hacer para pasarla lo mejor posible? Pues hacerse amigo de Manuelita y habitué de Palermo. Le costó conseguirlo. No encontraba el modo de alcanzar la "gracia" de ser llevado a presencia de Rosas. Hasta recurrió a los servicios del Ministro inglés. Todo en vano. Por fin una persona muy amiga de la Niña le aconsejó:

—Vaya usted a Palermo, dé algunas vueltas por la Quinta. Entre las arboledas, no será difícil que usted algún día encuentre al general Rosas. El le va a hablar y usted puede sacar partido de ese encuentro que será tan "casual" como afortunado.

—¿Le parece que puede pasar así?

—Le aseguro que sí. Rosas acostumbra recorrer la Quinta. En ocasiones ensilla su cabalgadura y se va a orillas del río, a departir con los pescadores. Otras veces se acerca a los operarios que trabajan en el camino. A veces dice quién es. A veces no. Pero usted lo reconocerá.

Ni lerdo ni perezoso, Pedro Ortiz siguió el consejo. Razón tenía el informante: Rosas consagraba la noche al despacho y examen de los asuntos serios del Estado. El día, por el contrario, estaba destinado para andar de aquí para allá, en intriguillas y pasatiempos insípidos. Según el dialecto de los aduladores de Palermo, esas instancias se llamaban *buen gobierno, horas de gracia, corte y bienandanza federal.* La verdad era que, según ese atípico sistema, evitaba las celadas que pudieran tenderle sus enemigos y daba a su vida un tono extravagante y misterioso que le encantaba.

Las cosas a Ortiz le salieron bien. Hubo encontronazo y hubo conversación y Pedro Ortiz fue muy bien recibido en Palermo. Manuelita derogaba las formalidades de la etiqueta con aquellos que le resultaban agradables. Ortiz le resultó agradable; pronto se hizo indispensable. Con sus bromas y ocurrencias aventaba cualquier desconfianza y cuando fortuitamente se presentaba alguna ocasión que podía llevar a rememorar el pasado nada ortodoxo del hombre (su amistad presunta con Sarmiento, el castigo que estaba "padeciendo"), Ortiz, recordando las virtudes aprendidas en su paso por batallas y su condición de ayudante de caballería *ni pestañaba, ni movía un músculo al oír silbar esas balas perdidas,* sobre todo porque eran puramente verbales. Así le comentaba muerto de risa a Javier.

El día menos pensado en Buenos Aires y en Palermo apareció... Irigoyen. Su encuentro con Pedro Ortiz fue convencional. Los presentó Juanita, con quien el puntano se había hecho muy amigo desde un diálogo que Juanita recordaría siempre.

—Usted es encantadora.¿Nadie se lo dijo?
—Me lo está diciendo usted.
—Cuando quiera mudar de estado acuérdese de mi.
—Por ahora, no.
—Qué lástima.
—¿Para mí?
—No, para Ortiz.

Cuando Juanita fue a presentar a los antiguos adversarios, los dos respondieron al unísono:

—Ya nos conocemos —con la diferencia de que Ortiz sonrió pero Irigoyen se puso colorado.

—Este se puso tan colorado que no habría que exigirle la divisa federal —le comentó por lo bajo la Edecanita al doctor Ortiz.

Como entre los dos hombres el ánimo no era cordial, el encuentro volvió a ser desdichado. ¿Qué creerán ustedes que hizo Ortiz?

—¿Quiere volver a verlo colorado? —le preguntó a Juanita—. Pues mire.

Sin mayor disimulo, hizo una bolita de pan y se la tiró con tanta puntería que dio en la mejilla del hombre. Cuando éste se volvió en busca del autor de la agresión, Ortiz no sólo no se ocultó sino que le hizo muecas. Manuelita, sentada a la cabecera de la mesa no aguantó la risa, pero la disimuló detrás de su abanico. Ni hablar de Juanita.

—Dentro de un rato le mandaré unas piedritas, así no se olvida de mí —le anunció a la Edecanita riendo alegremente.

Y lo ha de haber hecho porque el hombre dejó de ir a la Quinta. Pero poco después también dejó de aparecer Ortiz: entre una visita y otra, se tomó las de Villadiego.

—Hasta mañana —le dijo a Manuelita la noche de su partida, besándole la mano porque lo mandaba así la cortesía y porque para él era siempre delicioso el contacto de sus labios con la piel femenina.

—Que descanse bien.
—Que también usted descanse, doctor Ortiz. Hasta mañana.

Pero Ortiz no descansó esa noche. Se la pasó arriba de una barca, camino al Entrerríos y Urquiza.

—No sirvo para desterrado. Quizá sirva en el Ejército Grande —le dijo a Javier que había cometido la imprudencia de acompañarlo hasta el río—. Desde allí te mandaré mis noticias.

—Con cuidado. Ya sabés cómo son por aquí las cosas —le aconsejó mientras se estrechaban en un abrazo.

—Con todo el cuidado del mundo, hermano, que no quiero más amigos degollados.

Se despidieron escondiendo alguna lágrima.

—Hasta la victoria.

—Que así sea.

ESTATUA VI

Soy una estatua de nada

POR AQUEL TIEMPO la Edecanita, que vengo a ser yo, era menuda como un pajarito, la risa le venía fácilmente, sabía provocarla en los demás, era bastante desprejuiciada, pero parecía una chica decente y lo era porque mostraba sólo lo que se podía mostrar, de acuerdo a la moda y a las buenas costumbres y no voy a negar que tenía mis calenturas, porque toda muchacha tiene su época de celo, como cualquier animal, humano o de los otros del género que sea, masculino o femenino y de la raza que le tocó y esto lo sabía no por meditación propia sino por reflexión piadosa del padre Armendáriz, un vasco que me confesaba y consolaba en estas cosas cuando apenas si era una señorita y tales asuntos mucho me turbaban, situación que con el paso del tiempo se me fue pasando porque no hay como la experiencia, que al fin y al cabo no es más que la repetición de los hechos para que uno se vuelva confianzuda. Por esos años al Brigadier se le dio por perseguirme y acosarme con gentilezas que más bien eran insinuaciones y más que insinuaciones ataques y yo, toda confundida, no podía ir a platicar con el padre Armendáriz en pláticas de confesionario, porque más que propios esos eran pecados ajenos y ¿cómo iba a decir lo que me estaba pasando sin descubrir quién era el otro? Yo sabía qué me iba a decir el padre: hija, corte, hija defiéndase, hija tiene que decir que no. Pero ¿cómo hacerlo cuando todo eso venía de mano ajena y metereta que era nada menos que la de don Juan Manuel? ¿Cómo? De ningún modo podía decir nada, el asunto resultaba *casi secreto de Estado y bien que yo sabía lo que eran secretos de Estado por eso de andar con la Niña Manuela en embajadas y entre personajones de la política internacional y en esos desconciertos se me fueron pasando días y escrúpulos, porque todo iba muy lento y una caía en acostumbramiento, porque no era que el Brigadier le dijo un día a la Eugenia te vas de mi habitación o dejá un lugar en el colchón para la Juanita o, lo que hubiera sido más preferible de todo Niña Manuela, mi corazón ha cambiado y ahora quiero a la Edecanita por compañera, arréglese usted para que la Eugenia se vaya a una casa con comodidades para ella y los críos, arréglese como usted sabe y arrégleme estas menudencias, m'hija, que ahora ando de novio con su amiga, y me la ubica a la Juanita en el lugar que desde ahora le corresponde, porque de aquí en adelante ella va a ser como mi esposa y por eso la entero. Si esto hubiera dicho el señor Gobernador le hubiera guiñado un ojo, como ahora se le ha dado por hacer, con ese aire como de humildad que en ocasiones sabía utilizar y que uno nunca terminaba de entender si era humildad de veras o pura zorrería, aunque seguro que era zorrería nomás, porque lo que es humildad... Pero todo eso es pura imaginación de imaginativa como yo; las cosas nunca pasaron así, el poder daña no sólo el ánimo de quien lo ejerce sino también el amor, si es que amor podía llamarse a esa atracción que el hombre sentía por esta servidora divertida y bochinchera, pero si no era amor ¿qué era?, curiosidad, podía ser, y en eso caigo ahora, con más años y experiencia, pero algo era lo que el Brigadier sentía porque si no no hubiera estado aún mucho después reclamando mi presencia desde allá, donde tuvo que irse cuando Caseros y el acabóse. Por esa razón una tarde se me presentó la Eugenia con una carta llegada desde Londres, mejor dicho, desde Southampton, que es todavía más lejos y que es donde está el Brigadier y en la carta que me mostró aunque no me la dejó leer toda, decía: "...Si como debo esperarlo de la justicia del gobierno, me son devueltos mis bienes, entonces podría disponer tu venida con todos tus hijos y la de Juanita Sosa, si no se ha casado ni piensa en eso" y después volvía en otro párrafo con "Memorias a Juanita Sosa, si es que aún sigue soltera" y me causó mucha gracia eso de que si aún es soltera y que si no piensa casarse. y me acuerdo que aquel día en que vino la Eugenia —que ya está viviendo con otro hombre y esperando otro crío, que así le duró el amor al señor de Palermo— el día en que vino, digo, era soleado como aquellos que teníamos en la Quinta y el paisaje estaba claro reclaro y había flores en el jardincito de la casa de la Petronila Villegas, que era donde yo estaba después de larga peregrinación por intercesión de Manuelita, y por un momento me acordé de todo lo pasado, de lo lindo que habían sido tantas cosas y me dije qué bueno sería que todo volviera a ser igual como antes, con Manuela y las amigas y las fiestas y las visitas importantes... pero de golpe me acordé del hombre cuyo nombre no puedo pronunciar y entré como en turbulencia de desánimo, se desbocaron mis pensamientos, los malos, que son los que por entonces me empezaban a acosar y casi le rompí la carta en las narices a la Eugenia, me dio como un ataque de rabia, y yo que ya ni fuerzas tenía, que me estaba convirtiendo en un soplidito, en mujer de aire, en nada, le dije* no hay contestación, *y fue como si el tiempo se hiciera agua, el ayer se escurría, era una hojita llevada por el viento y el viento se empezó a volver helado aunque el sol seguía alumbrando y las flores estaban nomás florecidas:* por favor, Eugenia, váyase, déjeme sóla, *le dije y la Castro que seguía linda pero ya se estaba poniendo gorda se preocupó porque, eso sí, siempre fue muy servicial:* Juanita, ¿le pasa algo? Me pasa el dolor de vivir *le dije con frase leída en un novelón y le volví a agradecer la visita y la chaqueta y los bizcochitos reponedores que me había traído y le di la mano, mejor dicho, las puntitas de mis dedos y le dije* adiós, adiós, Eugenia y muchas gracias *y cerré la puerta y me puse a llorar. Y la otra vez cuando vino ya no la Eugenia, que estaba en tren de parto, sino su hija, la Angelita, a la que con los Rosas llamábamos la Soldadito, con otra carta de allá de Londres o de donde sea, que decía* "Memorias a la ingrata y desleal Juanita", *yo ni la dejé pasar, acepté que me la leyera detrás de la puerta, para qué verla, si era volver a revivir todo aquello y volví a ponerme a llorar y creo que fue la última vez que lloré porque después se me secaron los ojos y con los ojos el alma y desde entonces ya nada queda de la mujer discreta, cariñosa y divertida y un día los pelos se alborotaron de gris y más las ideas que se volvieron negras, y ni rastro de aquella carita iluminada como un sol que el Brigadier me ponderaba y se me acabó la alegría y ahora sólo desfilan por mí pesadumbres y pesares y reumatismo y una punta de artrosis y otra de cefaleas y en ocasiones una gastritis que ya se ha de estar haciendo úlcera, y por sobre todo calores que me vienen, borrascas en la sangre que no se van con nada, ni con abaniqueo ni con compresas y para tantos achaques mi médico sólo encuentra un término oportuno:* ésta es su histeria, Juanita. *Y una rece-*

ta: haga sus estatuas y olvídese de lo demás. *Y tiene razón el hombre que es médico además de buena persona pero hay veces, como hoy, en que no me sale ninguna y entonces me quedo como estoy, quieta y con los ojos abiertos mirando para adentro que es como ser una estatua de nada porque nada es lo que soy desde que se me fue el hombre cuyo nombre no puedo decir.*

Diez

AMORES CLANDESTINOS EN PALERMO

EL BARCO, ENCALLADO por una tormenta a un costado de Palermo, había sido convertido en salón de baile que sólo en algunas ocasiones se utilizaba, pero siempre era atalaya desde donde Manuela y sus amigas atisbaban a quienes llegaban: visitantes ilustres, mulatos pedigüeños, señoras unitarias en trance de súplica por alguien de la familia caído en desgracia. Pero sobre todo servía para desatar la envidia de quienes no podían subir a él.

—Vení que te cuento —dijo Juanita esa tarde, asomándose al río desde la baranda en que estaba apoyada.

—¿Qué? —quiso saber Manuela, también mirando el río, con el dorado resplandor de la tarde sobre su pelo y las ojeras mitigadas por el contraluz.

—Lo que le pasó a la de Alvarez. ¿Sabés? Se le murió el marido y para no quedarse sola se casó con el hermano de su esposo pero, muy fiel con el difunto, dejó su retrato en la sala. Cuando llega alguien y le pregunta ¿ése quién es? ella responde, muy adaptada a su nueva circunstancia: un hermano de mi marido —cuenta Juanita y averigua el impacto de su cuento—. ¿Qué tal?

Cuando la Niña está en día tristón, Juanita se esfuerza por levantarle el ánimo. Ese día lo está, y aunque tiene nueve años más que ella, en muchas ocasiones le toca a la Sosa oficiar de hermana mayor. Los estados de ánimo de Manuelita dependían de las nubes y las nubes de su firmamento personal las distribuía Tatita con sus complicadas alternancias temperamentales y la oposición a que su hija formalizara con Terrero. La relación estaba estancada por imposición paterna y eso la ponía muy mal. Juanita un día, sin querer, había escuchado al Gobernador decirle: *no te podés casar y dejarme solo. Además, perderías el apellido y el apellido Rosas es lo primero.* Y aunque la Niña intentó un quejoso *Tata...* el Restaurador se puso firme: *Para un Rosas no hay nada mejor que otro Rosas, acordate.* De manera que eso de ver cómo los años pasaban y ella en veremos con su Terrero, la tenían a mal traer. Por lo demás, se estaba poniendo vieja, tenía unos kilos de más (no es verdad, en cambio, que fuera fea y pésima actriz como después dijo César Aira) y, rioplatense típica, le venían unas tristezas bárbaras. Era en tales ocasiones cuando Juanita negociaba, con esfuerzo personal y chistes mediante, la alegría de su amiga del alma.

—¿*Muytris?* —averigua ahora, en vista del poco éxito de su relato, ella, que eligió la alegría como una forma secreta de salvación.

—*Muytris* —musita con voz de alma en pena. Y averigua intrigada— ¿Cómo hacés para estar siempre *muycon*? ¿Nunca llorás?

—A veces sí.

—No puedo imaginarte llorando.

—Es que lloro a media noche y con la luz apagada.

Eso dice Juanita, pero la verdad es que hace un tiempo que ya no llora. ¿Desde cuando? Desde que vio al hombre más buen mozo del mundo detrás de un *Stoddart* y del humo de su cigarro en casa de Clara la Inglesa. Y mientras escucha las cuitas de Manuelita que se ha largado con sus confidencias ella, que anda contenta pero nerviosa, decide que va ayudar la ocasión. ¿De qué? De volver a verse con Javier.

Nunca se sabrá si al día siguiente la ocasión se dió o fue inventada, pero sucedió. Así.

Manuelita necesitaba un trámite oficial y Tatita, por cuyas manos todo pasaba, estaba muy ocupado. Como el asunto era sólo de forma, puesto que ya había sido resuelto favorablemente por el Gobernador, podía solicitarse el detalle restante a uno de sus escribientes. Entre los escribientes, Manuela eligió, aconsejada por Juanita y puesto que le caía bien, a Javier Insiarte y le pidió a ella que se encargara del asunto. Y allá fue la Edecanita.

El asunto tenía que ver con lo siguiente: a la comadre Marcela

Pombo le faltó el marido un día y otro día y tres días más, seguidos. Al cuarto apareció, dentro de un barril, en la puerta de su propia casa y seccionado como una res. Mientras la policía buscaba al unitario culpable —porque esa barbaridad sólo podía ser obra de la oposición—, se hizo imprescindible socorrer a la familia. La comadre Marcela Pombo tenía trece hijos que debían ser internados en el Orfelinato. Manuelita ya había conseguido el visto bueno del Gobernador, pero faltaban los sellos. *¿Podría el señor escribiente, por favor, ponerlos?* Los labios de Juanita transmitieron al escribiente Insiarte tales deseos de la Niña en tanto sus ojos le pasaban otros anuncios. El escribiente Javier Insiarte contestó *como no* y puso los sellos correspondientes. Su mirada envió otros mensajes. Pero no se conformó con eso. La acompañó hasta la puerta, en medio de las miradas ya divertidas, ya asombradas de los otros escribientes y al despedirse, junto con la reverencia y el saludo convencional fue una esquelita, atípica modalidad inaugurada por el escribiente Insiarte. Juanita se apresuró a esconderla, luego la leyó inquieta, después terminó alborotada totalmente. Porque el papelito decía: *tengo necesidad de hablar con usted.*

Juanita no sabía qué hacer, no tenía con quien consultar. ¿Podía conceder una cita así como así a un mozo al que apenas conocía? Le pareció que no, y no contestó pero se comía las uñas.

Cinco o seis días después, parte de la juventud palermitana se encontró en la fiesta con que los Mansilla festejaban el regreso de Lucio, que había estado en París cultivando su inteligencia para, por suerte, traerla de vuelta a las pampas, como decía Juanita.

Juanita había ido acompañando a la Niña y se divirtieron mucho porque entre las dos hicieron una parodia de lo que había sido el encuentro del Gobernador con Lucio, al cual le tocó un plantón tan largo que su prima no sabía como contener.

—Ten paciencia —le consolaba— ya sabés cómo es Tatita.

Pero Lucio lo miraba con ojos de alma en pena:

—¿Hasta cuándo?

Al final llegó el tío, con bendición y tiempo para charlar. Lucio era ligero de palabra y don Juan Manuel ducho en sonsacar así que conversaron largo y tendido, el Gobernador sentado en la cama, como le gustaba estar y el muchacho enfrente, y *estoy muy contento con usted porque usted no se me ha vuelto agringado como otros,* le dijo, y las muchachas murmuraron *está contento porque lo trata de usted,*

pero de pronto, en una de esas humoradas impensadas que solía tener, no se le ocurre nada menos que leerle el Mensaje que acababa de enviar a la Sala de Representantes, mamotreto que consumía horas de lectura y de paciencia. Como Lucio no había cenado, le hizo traer un plato de arroz con leche y después otro, y otro, de modo tal que así siguieron página va, plato de arroz con leche viene, hasta que el Mensaje concluyó y el estómago de Lucio estaba a punto de hacer plop...
—dijo Juanita y todos se largaron a reír.
—Y no les digo lo que fue verlo subir a su caballo, hinchado como tambor de negro —rubricó Manuelita.
—...camino a la ciudad y a un tecito apaciguador—concluyó la Edecanita.

Entonces terció Agustinita, la dueña de casa, la hermosísima hermana de don Juan Manuel, quien con su belleza otorgaba prestigio a la ciudad y a la federación porque era una mujer *for export* como decía el *Britisch Packet*.
—¿Sabés qué dijo mi marido cuando se enteró del asunto? Pues me dijo, ¿no ves que tu hermano está loco?
—Y usted tiíta, que es federal y no unitaria como el General Mansilla —bromeó la Niña—, ¿qué le respondió?
—¿Qué se le puede responder a un marido querido que así trata a tu hermano querido? —dijo sacudiendo el vistoso moño colorado que adornaba su pelo, mientras de reojo echaba una mirada a su imagen devuelta por el gran espejo frente al cual siempre se sentaba para no perderse de vista—. Pues... me eché a llorar.

Las risas siguieron y las conversaciones se intensificaron y Juanita cada vez más nerviosa porque no sólo la mirada de Javier la perseguía sino que, además, trataba de acercarse a ella y una vez cerca promovía sutiles roces que le provocaban relumbrones en la piel, hasta que, a la altura del café final, una tacita en la mano y el gesto imperativo, no le dejó escapatoria.
—Juanita, tengo que hablar con usted. Por favor.
—¿De...?
—Por favor, el lunes, en la capilla de *La Calera*, a las seis de la tarde —concretó eludiendo cualquier indecisión.

Y la dejó, exaltada, con el aire iluminado de quien ha asistido a un milagro. Al amor lo inaugura cada mirada.

* * *

Hoy es lunes. Juanita llegó primero, una capelina en la cabeza, el látigo en la mano, un caballo entre las piernas, en expedición solitaria e independiente. Pero está como lánguida, con una sensación extraña en la boca del estómago y cierta desusada opresión en el pecho: es el enervamiento del alma que acomete a los enamorados y resulta algo así como el mareo de los barcos, con vómitos, pero sin barco, decide.

Al lugar lo llamaban la capilla de *La Calera*, aunque de ella sólo quedaban algunas ruinas con poca historia y nada de gloria. Quedaba la cantera de cal que los salesianos explotaron un día y ruinas de la capilla construida de modo tal que las nubes de cal no enturbiaran la oración de los religiosos: *ora et labora*. En la ocasión, las piedras que habían servido para aislar a los monjes, cobijaban a los enamorados.

La Avenida de Alamos se ve a lo lejos y entre las piedras ralean los espinillos y se entremezclan ceibos y paraísos y algún aguaribay expande su copa cubierta de bolitas rosas.

—Pimienta india, les dicen. Y dicen que en infusión aplacan los dolores de estómago.

Didáctica está Juanita que, como no sabe por donde empezar, empieza por los árboles, que le encantan. Pero Javier aprovecha la coyuntura.

—Y los dolores del corazón ¿con qué se aplacan? —dice y mira los lindos ojos color bruma que lo enfrentan.

Aunque Javier no está para discursos. Demasiado se han mirado ya, excesivos diálogos sin palabras han mantenido. La toma en sus brazos, Juanita cae en ellos como diciendo me rindo, queda así ¿cuánto? Pero de pronto, perjudicada por tanta recomendación materna y hábito social, descolocada por lo hecho frente a lo que debió hacer, respirando de prisa, se separa muy formalmente:

—Javier, por favor ¿Se da cuenta de que yo sé muy poco de usted? Yo quisiera...

Ríe Javier y explica:

—Pues te cuento: soy hijo de un médico que quiso perfeccionarse en París y poner distancia con sucesos rioplatenses que no terminaban de convencerlo. Cuando nos fuimos (porque yo también me fui), como no pudimos llevar las joyas de la familia y los ahorros en oro, que eran muchísimos, decidimos esconderlos para la vuelta. Hicimos un agujero en la pared del comedor y allí pusimos todo. Pero, en un descuido, mi hermanita escondió también el reloj. Alguien, no sé quién pero sin duda más rápido que volando, escuchó el tic tac del reloj y levantó vuelo con el citado reloj, las joyas y el oro, razón por la cual yo, cuando vine muchos años después con las correspondientes herramientas para recoger la herencia, encontré el hueco vacío y quedé con una mano atrás y otra adelante. Por lo tanto debí procurarme un trabajo y tuve la suerte, gracias a los buenos oficios de mi tía abuela Eloísa y de otros amigos de mis padres, de conseguir empleo como escribiente de S.E. el Señor Gobernador.

Lo interrumpe Juanita:

—¿Le gusta el trabajo?

—Para nada.

—¿Por qué?

—Porque soy un ocioso nato —y los dos ríen y el prosigue:— Pero la paso muy bien, sobre todo en los días de sol, cuando desde algún bosquecito cercano me mandan luminosos mensajes con un espejito. ¿Qué tal?

Javier concluye su perorata estampando un beso sonoro en la mejilla de la niña, atrevida y a la vez inocentemente, como en un juego de niños.

Costumbres francesas, sospechó Juanita. Y dijo ah, en son de protesta. Pero le gustó.

—Ahora, cuéntame de tu vida, Edecanita.

Javier ya sabe bastante, al menos lo que se dice por ahí, que no siempre son cosas buenas, sobre todo cuando la mezclan con el Restaurador y sus andanzas sentimentales. Pero quiere hacerla hablar porque le encanta escucharla.

—Muy bien. Pero antes, algo más —dice Juanita con sonido de gorjeo—. No me dijo si es casado.

—¿Acaso me lo preguntaste?

—Se lo estoy preguntando.

—No, no soy casado. Pero me gustaría. Con una que yo bien me sé.

Juanita no puede impedirlo y se ruboriza. El dice entonces, muy quedamente:

—Juanita.

Juanita baja los ojos, ve el pasto a sus pies pero también ve algo más detrás del propio nombre tiernamente pronunciado y entonces, dice a su vez:

—Javier.

Y cuando él la mira ella levanta los ojos y vuelve a decir *Javier,* y porque ella también lo decide se abrazan, él con ternura rodea sus hombros, ella recuesta su cabeza en el pecho de Javier, él siente aletear el corazón de la niña, los dos comprenden que algo más que un abrazo ha sucedido. Se conmueven, pero de pronto Juanita, como temiendo la llegada del aluvión, se estremece, deshace el abrazo, se separa.

—¿Tenés miedo?
—Sí.
—¿De qué?

Silencio, la Edecanita no puede olvidar que el Coronel Sosa, su padre, había puesto a su mujer en condiciones de parir antes del casamiento. Javier parece adivino.

—¿De que te haga una barriga?
—Sí.
—Si te hago una barriga nos casamos. Y si no te la hago, también.

Javier va tomarla en sus brazos, pretende levantarla en alto pero Juanita ha retomado su aire de salón y Javier acepta el juego:

—Te pondré un anillo en el dedo...
—¿Y yo uno en la nariz?
—Que aceptaré gustoso... —dice y hace una reverencia y entonces sí la levanta en vilo, da con ella unos pasos de baile, ruedan, al fin, por el pasto, están juntos, son felices, nada más existe que ellos dos en ese rincón de *La Calera* que es el mundo entero.

Pero la cordura regresa y Juanita se pone pie.

—Vamos —dice, con un suspiro y una sonrisa da fin al coloquio—. Yo primero yo.

Javier se queja:

—Pero no decidimos nada.
—¿Nada de qué?
—De mi propuesta.
—El tiempo decidirá —murmura la muchacha con dulzura y le envía una mirada final que tiene algo de entristecida porque resulta entristecedor separarse y se va al galope tendido, la capelina en la cabeza, el látigo en la mano, el caballo entre las piernas y un pájaro cantando en el corazón: en el mundo no hay suficiente espacio para su felicidad.

Javier recoge su sombrero abandonado sobre una piedra, se lo pone, se queda un rato más sabiendo varias cosas: que Juanita es una chica encantadora, que le gustaría pasar mucho tiempo a su lado, que se acercó a ella por sus asuntos particulares pero que se le han quitado las ganas de meterla en sus asuntos particulares y le han nacido deseos de ponerla en su vida. Pero ¿cómo hacer para que la confusión de los tiempos no ahogue el nacimiento del amor? ¿Cómo para que el pantano en que está no contamine su mejor sueño? ¡Carajo! se dice: el deber está primero.

El sol ya se está ocultando. Había abandonado el monte, después los recovecos de las ruinas y ahora está diciendo adiós desde un cielo azul veteado de blanco. Los pájaros parecen desistir de sus charlas y cantos, pronto se harán presentes nimbadas de paz y misterio, las estrellas, tanta belleza y orden aventan temores junto con la imagen de la ciudad escarlata y su Restaurador.

Juanita, por su parte, cabalga a todo lo que da con un gran barullo en su cabeza. En su camino hacia Palermo rememora minuciosamente lo pasos del encuentro pero el fuego de su piel para nada es apagado por la brisa que acompaña el vaivén de su cabalgadura. Su mente, sí, toma distancia. Se está enfriando. Consecuencia: acepta los beneficios del coloquio y sus proyecciones amorosas, pero bajo la lupa esgrimida por su lucidez, caen las efusiones del disparatado diálogo final. ¿Casamiento? Vaya qué broma. Si todo ha sido chanza del joven parisino trasladado a estas tierras, todo puro entretenimiento momentáneo al que ella, inconsciente, se plegó como boba. Son juegos de varones el que jugó Insiarte. De varones y punto.

Madre, que había tenido tanta experiencia, lo sabía y se lo había enseñado con la sabiduría con que las madres transmiten los quehaceres del género: ponerse un paño cuando llega el ciclo; cómo complacer a un hombre, si se pone arisco; de qué manera librar el vientre de un hijo no esperado (ay, si se llega a tiempo, por lo común, ruda aromática mediante o saltito de rana). Madre, a este respecto, tenía siempre un recuerdo escalofriante. Era el recuerdo de la prima Eulalia, y su historia desgraciada avanza con Juanita y el caballo hacia Palermo.

La prima Eulalia se había enamorado de un Coronel que estaba de paso, por razones de campaña, y la dejó gruesa, pero el hombre no quiso reconocer su paternidad, se mandó a mudar y a la prima la dejó con el hijo que para colmo le salió deforme, que a perro flaco todo son pulgas, decía Madre. Y decía también: la maternidad es noble (lo decía con frase aprendida de quien sabe quién, probablemente del párroco). Pero aguantar madre soltera y con hijo que ya sabés es un monstruo ¿quién lo hace? No la tía Eulalia, que en plena cuarentena puso al niño en la olla reservada al cocido donde hacía el caldo para reponer sus propias energías, según receta médica, cortadito en presas chicas lo puso, para que no se notara la procedencia humana. Pero no tomó el caldo ese día y después en el juicio dijo que el angelito no había sufrido: *le apreté el cogote antes*, dijo. Además, lo había hecho bautizar por el cura Gaete.

La prima Eulalia agregaba el detalle del cura Gaete porque era un cura célebre en el mundo oficial: había conquistado para la Santa Federación a todos los santitos de su Iglesia. En prueba de ello les cambió los trajes tradicionales del santoral, por atuendos federales inventados *ad hoc* y había entronizado el retrato del Gobernador en las Iglesias al cual cantaban con unción *"Sigan las demostraciones de fino amor y respeto"*. Además, era célebre por sus sermones, que comenzaban siempre con singular exordio: *"Feligreses míos: si hay entre nosotros algún asqueroso, salvaje unitario, que reviente. Cruz diablo"*. Y se persignaba *"Por la señal de la Santa Federación..."*. Claro que esta persignación no era sólo usanza del padre Gaete sino imposición oficial, porque todos sabían que política y religión debían ir juntos y que el Partido Federal con Juan Manuel a la cabeza, era instrumento de la Providencia. ¿Acaso la Gran Seca no concluyó cuando la Confederación se consolidó por el aniquilamiento de los salvajes unitarios y la unión de los buenos federales en el treinta y dos? ¿Acaso no se vio reverdecer nuevamente la pampa después de tanta lluvia bienhechora? ¿Eh?

Madre nunca pudo precisar si por la invocación del padre Gaete o porque los jueces entendieron que la pobre mujer estaba loca, la prima Eulalia quedó en libertad pese al gastronómico infanticidio. Pero ¿qué puede hacer una mujer sola, sin protección, con semejante fama encima sino rodar y rodar por las calles de la ciudad? Eso fue lo que la prima Eulalia hizo pero por suerte, como si la matriz se le hubiera cerrado, como si su condición de mujer, en vista de tan malos antecedentes maternales, se hubiera negado a seguir funcionando, nunca más quedó embarazada, a Dios gracias. Hasta que la madama de una de esas casas —con asco Madre lo decía— de esas casas de la zona del Temple se la llevó con ella. Era un lugar donde iban a distraerse los reseros que venían de tierra adentro con sus productos; nunca faltaban clientes y parece que no eran malos. Los pobres, cansados como venían y por unas noches que debían pasar en la ciudad mientras hacían sus trámites, no eran muy exigentes, como son exigentes los hombres de ciudad y descansados. Pero Madre nunca volvió a ver a la prima Eulalia. Quién sabe qué fue de ella después que se quedó en aquella casa de trato carnal. En cambio sí supo del niño trozado por decisión materna y negligencia paterna. Fue así: el comisario había considerado que, aunque convertido en puchero era ser humano y además cristiano, razón por la cual ordenó su entierro en camposanto y sepultura propia, aunque permitió obviar el trámite del velorio del angelito. Durante años se escuchó su lloriqueo, decía Madre. Pero, con el tiempo fue cada vez más lento, más apagado. Hasta que se acalló. Madre decía: *capaz que el niño creció y se hizo hombre. Y vos sabés: los hombres no lloran.*

Pobre Madre; por cierto que después de semejantes recuerdos, no podía impedir su aluvión de lágrimas. Sin duda asociaba el caso de la prima Eulalia con lo que a ella le hubiera podido pasar si el cura no hubiera bendicionado su unión con el Coronel Sosa. Pobre Madre, en aquellos años en que tantos perdían la cabeza (y ellas aparecían por aquí y por allá: en la cucha del perro, y en las puertas de las casas y hasta en la bandeja del desayuno de Manuelita, en la cual, "con la más grande satisfacción", le enviaron la del coronel Zelarrayán, como Herodias entregó la del Bautista) ¿podía sorprender que ella perdiera la suya en su afán maternal?

Y así, con el recuerdo de Madre y de la prima Eulalia opacando la tarde de gloria vivida junto a Javier, Juanita entró en Palermo y en el sector correspondiente a la corte de Manuelita. No bien llega, le sale al paso Domitila, la hija de los Larrazábal, viuda antes de su casamiento por obra de un apresurado federal. Está en la quinta reponiéndose de sus penas y trae la cara más mustia aún de lo que la tiene habitualmente después del asunto del cuchillero el día de la chocolateada en lo de los Cortés.

—¿Sabés la novedad? —le pregunta con cara de que para nada la novedad será buena.

—¿Qué novedad?

—Se murió Clara la Inglesa.

Juanita sintió que se le oprimía el corazón. No por Clara la Inglesa, que al fin y al cabo tenía muchos años. Por el presagio que esa muerte para ella significaba. A Javier lo había conocido en su casa.

ESTATUA VII

Soy Clara la inglesa

MARÍA PATRIA SOSA ME DECÍA: cuando el Restaurador nació no dio un berrido sino una voz de mando, y no era por reflexión propia que lo decía, sino por conocimiento de gente cercana a los Rosas y a los López Osorio; y así ha de haber sido porque para poder llegar adonde llegó, siempre distribuyendo miedos y fervores, siempre a su disposición las vidas de las personas, y eso durante tanto tiempo, quiere decir que era hombre marcado desde la cuna. Pensamiento legal el de María Patria, sobre todo porque me lo transmitía en voz alta. Yo lo hacía chist... chist... y la obligaba a hablar bajito porque comprendía que después de la flor de paliza con que el gobernador puso fin a sus amores clandestinos, con algo tenía que desahogarse, pero después la convencí de que no hablara más porque hasta las paredes oían y el que oía nunca jamás se quedaba con el secreto, sino que lo iba a chismear a quién correspondía, porque la información era algo muy bien valuado y no se la podía desperdiciar, y para eso la red tan bien montada de corre vé y díle y por algo las dádivas. A María Patria se le había quedado atragantado lo del Salustiano y los chicotazos y se había prometido si puedo a ésta me la cobro, aunque era un pensamiento por demás disparatado que yo traté siempre de desalojar de su mente porque ¿quién podía pensar en cobrarle algo al señor de Palermo? Ese pensamiento suyo parecía un pensamiento como exagerado para una chinita que, aunque de ojos claros y de pelo tirando a rubión, era hija de tolderías y mujer de servicio, después del cautiverio. *A veces yo, escuchándola, tenía pensamientos como descabellados, esos que a uno le dan cuando el sueño no llega o la angustia te aprieta el alma, y en esos pensamientos me decía que la María Patria por ahí era de familia honorable, como tantas que cayeron bajo el empuje de los malones y que a lo mejor toda la familia en aquel encontronazo murió y que por eso nadie la reclamó en su momento. Y esto decían mis pensamientos porque en ocasiones la María Patria era como demasiado fina, no de pinta sino de cabeza, de razonamiento, quiero decir, y tales rasgos, por cierto, son cosas que vienen de casas bien asentadas y que han tenido tratos con la educación. Yo trataba de calmarla cuando se ponía tan resentida y también trataba de cuidarme porque ella había tomado muy a pecho el partido del hombre cuyo nombre no puedo decir y cumplía para mi esos pequeños servicios con que se ayuda a dos enamorados, como ser llevar un recado, hacer de campana en alguna entrevista clandestina, oficiar de chaperona y hasta levantarle el ánimo a una en esos momentos borrascosos por los que pasan todos los enamorados, y así me servía mucho la María Patria porque en esa colocación que yo le había conseguido por intermedio de Manuelita después de lo del Cantón de Tordesillas y la Cárcel Pública y los cincuenta azotes, estaba como en un puesto clave y ¿quieren saber porqué?, pues porque el hombre cuyo nombre no puedo nombrar se había hecho muy amigo de Clara la Inglesa, por esas cosas que tienen aquellos que alguna vez han estado en países de afuera, como era el caso de los dos, ella por nacimiento propio y él por razones de familia que tenían que ver con la educación y esas cosas de política y además, a esa altura de su vida, Doña Clara tenía más años que admiradores y se aburría bastante, ella que siempre había andado por la vida con séquito no sólo propio sino numeroso y por todas esas cuestiones se hicieron muy amigos y se pasaban las horas de palique, cuando el hombre cuyo nombre no puedo nombrar iba de visita, los dos delante de sus respectivos prioratos o tacitas de té Ceylán, según cuadraba por la hora, y la Inglesa le contaba su historia con detalles que nunca había dicho. Por ejemplo, un día de mucho priorato le dijo de sus años primeros, cuando era joven, rubia y granjera, y un día aconteció que el señor del lugar, que era de Gales, fue a buscar unos pollos para la cena y como la granjera le gustó más que la pollada, se la llevó a su casa y allí la tuvo un tiempo y cuando se cansó de alimentarse tanto de granjera, la pasó a un campesino aledaño y el campesino aledaño la tuvo un tiempito y tam-*

bién se cansó y cuando se cansó la traspasó a un carretero de la zona, pero entonces quien se cansó fue la granjera rubia y joven, la cual le dio al carretero un palo en la cabeza que a él lo llevó al camposanto y a ella al Lady Shore y allí comenzaron todas sus andanzas. Pero para entonces Clara la Inglesa se inventó toda una prosapia: había sido una inmigrante fina, majestuosa y batalladora, con un hermano que tomó el camino del Norte (en tanto ella hacía el del sur) y en Nueva York había amasado fabulosa fortuna, poblado media City y al final de sus días conseguido reposo en el cementerio de la Trinity Church en Wall Street, mientras la generación subsiguiente se trasladó a California y se llenó de oro vendiendo el oro recolectado. Palabra de Clara la Inglesa que en el Hemisferio Sur y en el Río de la Plata había cumplido notorios servicios porque, además de sus cuatro matrimonios (testimonios de su voluntad de afincamiento en el lugar), trabajó siempre en favor de los rioplatenses y su gloria, entre los hospedados en sus hospederías, desde las Invasiones Inglesas y Bereford —cuando se acortó las faldas y ayudó a los de un bando y a los del otro, porque ella en cuestiones políticas no se metía— hasta los últimos tiempos, cuando atendió a Darwin y a tantos viajeros en tren de aventuras y también de negocios.

 Estas cosas se las contaba al hombre cuyo nombre no puedo decir, pero también se las contaba al señor Gobernador, de quien ella era tan amiga y desde tantísimos años (desde los años de la Heroína, q. e. p. d.), y el señor Gobernador le decía sus cuitas, por ejemplo, Me enmierdan la política, *le decía el Gobernador, y qué pensaba hacer y al hombre cuyo nombre no puedo decir le encantaba escuchar de labios de Clara la Inglesa cosas del Gobernador y a veces yo pensaba que iba a visitarla más que todo para tener esas noticias, porque Clara la Inglesa, amiga del Gobernador como era, la consultaba o ella motu propio le adelantaba sus pensamientos sin solicitación previa, como cuando sus paisanos se apoderaron de las Islas Malvinas, allá por el treinta y uno (que a sus paisanos en ocasiones se les daba por esas piraterías, no iba a decir que no), Clara la Inglesa le aconsejó al Brigadier,* Su Excelencia, Usted lo que tiene que hacer es dejárselas a cambio de la deuda que tiene el país con la casa Baring Brothers, que a mis paisanos les gusta mucho la plata. *Y el Gobernador le hizo caso y se puso en tratativas, decía Clara la Inglesa, pero los ingleses no aceptaron el negocio* porque sus paisanos, *decía Clara la Inglesa que decía el Gobernador,* son unos carajos que saben lo que yo también sé: que los terrenitos valen más que la plata. Y si ellos le echaron los ojos a estos de las Malvinas que parece no sirven para nada, por algo será ¿no doña Clara? *decía doña Clara que le decía el Brigadier y siempre terminaba guiñándole un ojo y dándole un pellizco donde le viniera bien. Confianzudo el General, pero eran amigos desde muchos años, le decía Clara la Inglesa al hombre cuyo nombre tengo en la punta de la lengua pero no puedo decir. Pero sí puedo decir que de eso, de terrenitos y de lo que se pone adentro de los terrenitos, vaya si sabía mucho don Juan Manuel, que hizo su fortuna con estancias y vacas porque, como nos dijo un inglés trotamundos que anduvo por aquí, en Estados Unidos las grandes familias habían hecho su fortuna en una batea, en la que ponían el oro que encontraban, pero acá se hicieron a campo abierto y gracias a los cimarrones que dejó Mendoza, que después fueron ganado con marca y luego carne de saladero, aunque después escuché que ese inglés trotamundos dejó escrito su escepticismo con respecto a nosotros:* Qué puede esperarse de una Nación tan sombría, *y se ve que lo escribió porque no terminaron de convencerlo las estrategias sociales desplegadas por el Gobernador y su hija en tantas horas de plática y entretenimientos que le brindaron. Con los viajeros de Europa nunca se sabe, decía Clara la Inglesa, que de viajeros sabía mucho y yo, aunque mucho de ella no crean que sé, porque siempre le gustó el misterio, sé cómo hacer su estatua y la hago así, una vueltita, una sonrisa el brazo extendido los dedos llenos de anillos y la frente en alto, para que me rindan pleitesía, que para eso soy la amiga del Restaurador yo, Clara la Inglesa.*

Once

LA PRINCESA DE LAS PAMPAS Y SU EDECANITA

—ACABO DE LEER *La Gaceta Mercantil* —dijo Javier Insiarte—. Por lo tanto, me he desinformado convenientemente. Lo más interesante que encontré es que Emérito Iturroz, el muy conocido sangrador, ofrece sus sanguijuelas de todo tamaño para los necesitados.
—¿Quién es Emérito Iturroz, si puede saberse? —averigua Moretti, perjudicado su rostro por las grandes ojeras de una trasnochada.
—Un especialista. Tiene vivero propio de sanguijuelas. Parece que también tiene una colección particular de cráneos ¿qué tal? Una vez mató a un enano para innovar en algo la colección. No llegó a la cárcel porque probó que el tal enano era salvajón. Pero el Eusebio desde entonces anda con miedo. Mire qué excentricidad, dicen que dijo: con tanta cabeza sin dueño y difunta que anda por ahí, ponerse a hacerla de enanos. Claro: eso fue lo que le dolió.

Javier le estaba pasando tales informes a su amigo durante ese alto en el trabajo. Por supuesto que, dado a la risa como es, Moretti se está riendo de las consideraciones de su amigo, como él, de chaleco rosín, barba federal, divisa colorada y todo lo demás. Inteligente y tarambana, había alcanzado ese "conchabo" de escribiente de S.E., como le gusta llamarlo, gracias a la influencia de gente encopetada de la familia y de otros conocidos, federales, por cierto. Los empleos de escribientes eran muy solicitados y se hacía necesario tener títulos garantizados (de raigambre rosina) para acceder a ellos. A Moretti le gustaba poco el trabajo y mucho las mujeres, razón por la cual cada tanto se decretaba enfermo: se hacía el debilitado, improvisaba algún desmayo y Su Excelencia, graciosamente, le concedía permiso para reponerse no sin darse el gusto de rezongar:

—Los jóvenes de hoy no son ya como los de mi época —a él le enorgullecía proclamarse un toro—. Palidecen como las mujeres y al primer golpe de aire, resfrío. Antes, si pescábamos enfermedades era por otras causas. Por andar en rancheríos con hembras y esas cuestiones.

Así decía el Gobernador y sonreía con picardía.

Lo que él no sospechaba era que, cuando alcanzaba uno de esos permisos generosos "para reponerse" en su casa, Moretti se iba a alguno de los refugios marginales y allí se entregaba a ejercicios que no eran por cierto, de recuperación y mantenimiento sino de jolgorio y esparcimiento.

En ese momento, Moretti se está riendo de la chanza de Insiarte, loco lindo que se anima a veces a decir cosas que él mismo se guarda adentro. Espíritu fraguado en París, no hay caso. No como los porteños, que nos hemos vuelto cagones, piensa, porque no son tiempos para expansiones muy abiertas. Aunque es verdad que la Mazorca está ya bastante en receso, para sostener la moral en alto, de vez en cuando se utilizan sus servicios. Como en el caso de Camila O'Gorman. Y no es cuestión de que la moral de esa gente tan servicial se consiga a costa de uno.

En tales consideraciones estaban.

—Pero no me vas a decir que *La Gaceta* no es un ejemplo de lo que ocurre en Buenos Aires. El viejo Pedro De Angelis se agota en hacer artículos, para colmo trilingües, que acá se corrigen de pe a pa a fin de que salgan como Tatita quiere. Y el hombre siempre tan frondoso de erudición como de nariz y obsecuencia.

—Y de picardías.

—Sí. "Las picardías del gringo" como dice Rosas, lo ayudan a defender las mayores barbaridades.

—Así es. Y qué cosa éste De Angelis, con tan vigoroso talento y tanta ilustración como tiene encima, no se sabe por qué ha conseguido estar tan desacreditado.

—¿Cómo que no se sabe? Lo sé yo y muchos. En Buenos Aires lo que mata es la humedad pero también el servilismo.

—Además de la que te dije —advirtió Moretti haciendo el ademán de la refalosa en su cuello.

—Claro que se hace con oficio. Nada de improvisación. Mi padre decía que Darwin decía: cuando el gaucho corta pescuezos lo hace como un gentleman.

—Sí. Además ¿no ves las genuflexiones ante Rosas? Ayer De Angelis estuvo con Rivadavia y después con Vicente López, y antes con Dorrego... Lo que sorprende en ese señor es su tranquila adaptación a los cambios —reflexionó Javier—. El don de complacencia del hombre para el buen pagador es realmente asombroso.

—Mercenario tenemos —dijo Moretti—. Y mercenario cagón. Yo creo que se mueve por dos razones: por dinero y por miedo a Cuitiño. De Angelis es un alquilón. Bah, como otros.

—Por supuesto. Estoy pensando en aquella fórmula de un escéptico, el canciller Felipe de Comminges: *Où est le profit, là est l'honneur.*

—Dejate de franchuteadas. Acá decimos: dónde está el patacón, allí mi corazón.

Sonrisas en ambos y una excusa, en labios de Moretti.

—Uno se ríe porque no queda otra.

—Pero con esta prensa más que amordazada, dirigida con lenguaje de pulpería y suburbio guarango, se consiguió armar esto que ya dura casi veinticinco años. La ideología en marcha ha sido materia ofrecida gratuita, compulsiva y persistentemente —rezongó amargamente Javier.

—Así es.

—Y transmitida por qué maestros. Preferiría la reflexión de un perro. Estaría menos contaminada que la de un De Angelis.

—De acuerdo.

—Además, la largueza con que Rosas ha sabido derramar riquezas en manos de sus adláteres, aviva asombrosamente la adhesión correspondiente. Inteligente, Tatita ha sabido destruir a los de adentro y confundir a los de afuera.

Javier se calla. No quiere seguir alimentando rencores y resentimientos.

—Criticones estamos —concluye Moretti—. Mejor cambiar de tema.

—*D'accord.*

Estaban solos en un rincón del despacho. Los demás escribientes se habían ido y ellos se quedaron por algunos asuntos pendientes. Rosas, esa tarde, hizo mutis por el foro camino a la ciudad; el hombre andaba inquieto. En Palermo, como siempre, rumor de gran tarea, pero era sólo tarea de mirones y pedigüeños porque Manuelita estaba en uno de sus días de Samaritana. En las galerías se amontonaban pobres, pobrecitos y pobretones. Ah, y los avivados de siempre. Esos que dicen: qué lindo no hacer nada y después descansar. Un enjambre de desheredados, revueltos como ensalada y la Princesita de las Pampas atendiéndolos, alta, elegante, castaño oscuro el pelo, claros los ojos, recta la nariz y un aire fresco, bondadoso y con algo de picante en rostro y porte. Una guapa, dicen. Algunos agregaban que se estaba poniendo un poco gruesa. Rosas puntualizaba: *la Niña me está echando culo*.

Manuelita dejaba que la gente se acercara, le hiciera la correspondiente demanda, besuqueara el ruedo de su vestido, cumpliera, en fin, con genuflexiones, pedidos de bendición y entrega de ofrendas, mientras en las galerías se amontonaban, por un lado, los regalos traídos: enormes zapallos, lechoncitos gruñones o ramos de nomeolvides y, por el otro, los regalos que ella hará: bolsas de harina, azúcar, zapatillas, cajas con ropa. Total: un mercado persa. Que no es persa, sino rioplatense.

El paisaje era bucólico de por sí con mucho fondo verde y tanto pajarito piando en las enramadas y la inaguantable cháchara de loros, un azote. Pero por allí no paseaban ni elfos, ni Pomonas, ni Ceres sino negros relucientes, mestizos ahumados, viejos que parecen escarabajos, mujeres emparentadas, puede sospecharse, con las calabazas.

Con todo, la mayoría de los clientes de Manuelita eran negros de piel y de vestimentas coloridas, venían de la época en que a los esclavos se los vendía ya al por mayor, como al pescado, ya al menudeo, como el perejil. La libertad de vientres establecida el año XIII había desregulado en algo el mercado, que no obstante siguió existiendo y que Rosas, hábil estratega, supo utilizar.

De modo que en esa tarde, en medio del tropel y las tufaradas de sudor, la Niña ponía esa dosis de bondad hasta en el extranjero reconocida. ¿Acaso el Barón de Mackau, no hacía mucho, no había agregado en histórica posdata a cierta correspondencia oficial: *Presenta a la señorita Rosas mis respetos y el recuerdo profundo que ha dejado en mí su activa e infatigable intervención en favor de todos los desgraciados?*

Javier y Moretti, desde lejos, en el cuerpo donde estaban las oficinas, miraron la otra casa, con cierto equívoco aire de castillo, que agrupaba a los indigentes y a la Niña. Pero ellos estaban en lo suyo.

—Con tácticas así se ha destruido a muchos y confundido a los de adentro —decía Moretti.
—Pero ya las cosas se van aclarando.
—¿Te parece?
—Me parece que este reinado está crujiendo de lo lindo. Mirá un detalle. Sarmiento acaba de decir que Rosas, en cuanto terrible tirano, es ya un toro completamente jugado. Y eso no es nada. Lo peor es que todos los que lo escuchaban se largaron la carcajada. Si Su Excelencia supiera que se está poniendo de moda reírse de él. Pero esas cosas aún no se saben.
Le contó algo más. En Córdoba aparecieron ciertos panfletos que no dejaban bien parado ni al Jefe ni al Gobierno, razón por la cual un pregonero puso pronto las cosas en el lugar correspondiente. *Por cuanto se ha introducido a esta ciudad por el Correo de Mendoza, con procedencia de la República de Chile, unos folletos inmundos y criminales publicados por el empecinado salvaje unitario Sarmiento contra la benemérita y esclarecida administración del Excmo. Señor Gobernador y Capitán General de la Provincia de Buenos Aires encargado de las Relaciones Exteriores y de los negocios de paz y guerra de la Confederación Argentina... etc. etc. "Por todo eso (y mucho más) toda persona que hubiera recibido el asqueroso folleto"* debía entregarlo. Y aunque no se prohibió dormir, Córdoba entera no durmió durante un mes por lo menos.
—Y vos ¿cómo lo sabés?
—Chismes de París.
Javier comprendió: había ido demasiado lejos. Aunque Moretti acaba de decirle:
—Espero que, además de ser de París, sean ciertos.
¿Cómo había llegado con Moretti a ese punto en que la conversación se vuelve confidencia? Poco a poco. Casi sin querer, con el paso del tiempo fue poniendo una palabra acá, una reflexión allá, cierta protesta por esto o lo otro, vio la buena pasta y estuvo tanteando. Política de ensayo, como cuando se busca cruzar el río y con un palo se va midiendo la profundidad. Sí. Le parecía que podía contar con el simpático tarambana escribiente. Pero por ese día ya bastaba.
Moretti hacía sus preparativos para irse, que cuando el ojo del amo no está, no sería semejante escribiente el que se quedara.
—Las beldades rioplatenses me esperan en el paseo de la Reco-

va. No las puedo hacer esperar —anunció y se fue entre agitar de manos y desparramo de sonrisas.

Javier, ya solo, miró hacia la lejana galería y vio a Juanita ayudando a Manuela, tratando de poner orden entre la gente y detener a los atropelladores, siempre mayoría. Decidió ir en su ayuda justo cuando ella se preguntaba cómo darse maña para señalarle su presencia en medio de ese aquelarre. Siempre que lo descubría, aunque fuera de lejos, Juanita tenía que hacer esfuerzos para poder respirar. ¿Eso sería amor? Probablemente porque, aunque antes también solía latirle el corazón frente a determinadas y sucesivas presencias nunca había sido de manera tan descontrolada. Por ejemplo: al comienzo, cada vez que veía al Gobernador el corazón le latía como un bombo, pero era un latido distinto, que tenía que ver con el respeto y quizá con el miedo. En aquellos primeros tiempos de su llegada a Palermo, cualquier encontronazo con el General era terrible. Juanita, por entonces, tuvo presente un consejo de Madre que para hacerla valiente le decía: *cuando quieras perder el miedo a una persona, imagínatela haciendo sus necesidades.* Juanita se lo supuso al Gobernador haciendo caca y fue santo remedio. Con Javier era distinto y nunca se le cruzó por la cabeza suponerlo en emergencia tan natural aunque riesgosa para la admiración o el miedo. Siempre lo encontraba sublime.

Debía reconocer que en el pasado habían existido hombres que le gustaban por esto o por lo otro. Javier le gustaba por todo. Pero ¿y ella a él? *That is the question.* Desde que está en Palermo, Juanita mejoró su gusto. Aprendió modas y modales. Sabe cómo ponerse un sombrero. Y cómo usar el abanico. Y maneja algo de idiomas. Esta última, habilidad adquirida en razón de los contactos diplomáticos en que andaba metida, de la gente de extranjería con la que se codeaba. Pero ¿y Javier? se pregunta. Creo que le caigo bien, se anima. ¿Cómo conseguir hacerse la encontradiza? La ocasión se estaba dando porque, entre los más pobrecitos que aguardaban, enfermos, baldados, inservibles, discapacitados por guerra o azar de naturaleza o consecuencia de desnutrición o apaleo excesivo, entre tales, a un epiléptico se le dio por atacarse en medio del benéfico bochinche y ella no daba pie con bola en su atención.

De manera que cuando el merodeo de sus ojos le permitió ver que Javier tomaba el camino hacia ella y el tropel, se alegró doblemente y, mientras lo aguardaba, se le dio por recordar el caso contado por Madre de una señora muy encopetada que padecía el mismo mal del pobrecito, a la cual si le daba el ataque en medio de una de esas reuniones sociales que en su clase no sólo eran inevitables sino, además, frecuentísimas, el marido, muy discretamente, le tapaba el rostro con un fino pañuelo. Las cosas pasaban, de tal modo, como detrás de un biombo. Nadie las veía. Concluido el ataque, el marido retiraba el pañuelo y la señora seguía tomando la sopa o atacando esas usuales criolladas del menú rioplatense. O mondando una naranja. O bebiendo su priorato en copa de bacarat. La educación da para tales finuras. Pero ése no era el caso que pretendía atender. El hombre, de mediana edad, pésima catadura y poderosa fuerza, se había despatarrado exageradamente, la mente en blanco, emitiendo gritos guturales y, ya en el suelo, contorsionado de lo lindo y enchastrándose con las varias humedades de su humanidad expelidas por boca, nariz y otros conductos externos.

—¡Mirá! Se está pichando —gritó una negra pechugona en tanto otra trataba de esconder las partes pudendas del pobrecito, al aire libre, por irreprimible micción, escasez de ropas y escándalo que habían desordenado su continente en extremos intolerables.

En realidad, el pobre hombre andaba casi desnudo, parecía un barco después de un naufragio o rancho luego de la tormenta. Eso sí: no le falta la roja divisa federal. Manuela, siempre en todo, vio el barullo en el que Juana estaba metida y llamó a Romilda, su mulata, para que atendiera al desquiciado por pataleta propia y atolondramiento ajeno y Romilda abanicó al hombre y lo puso una medalla en el pecho y un diente de jabalí en la mano porque, como católica y supersticiosa a la vez, juega a dos puntas. ¿Acaso es malo tener amigos en más de un bando? A ver: que se lo prueben. Con su rebozo tapó las indecencias del hombre, un ratoncito escuálido que asoma entre carnosidades mínimas de su humanidad y las piltrafas de unas bombachas raídas. Nunca rebozo alguno pudo haber pensado ser útil en semejante parcialidad viril, pero lo fue en el caso. Cuando Javier llegó al centro geográfico del disturbio, miró a Juanita a través del derribado cuerpo del epiléptico, mejor dicho, por encima de la panza del hombre, panza de borracho. Vio que el hombre ya reaccionaba y que nada tenía que hacer, más que escuchar la última hazaña del epiléptico que alguien estaba contando. La madre, no hacía mucho, lo había zamarreado de lo lindo: otra vez borracho. ¿cuándo se acabará ese vino? dicen que dijo mirando la damajuana y él le contestó muy pancho, en eso estoy, madre.

Javier miró a Juanita y Juanita se hundió en la incomparable profundidad de los ojos de Javier, a quien le había dado la bienvenida con su mejor sonrisa. Cualquiera diría que estaban en un salón. Pero no, estaban en el patio y muchos eran los ojos que tenían encima.

—Vamos —decidió el mozo.
—¿Adonde?
—Misterio.
—Me deja muda.
—Quédese así.

La llevó hasta las cabalgaduras, la ayudó a montar, partieron. Manuela los vio irse y también ella se preguntó ¿adónde? Los miró con cierta envidia, pero una cosa es ser la Edecanita de Manuela y otra ser Princesita de las Pampas.

Después, ya tarde, cuando Juanita regresó del misterio y Manuela de su caritativo ejercicio laboral, las amigas conversaron.

—¿Dónde anduviste con Insiarte? —preguntó Manuela, que siempre le pide: contáme todo.

Y Juanita se lo cuenta. Pero en la ocasión, duda. ¿Tengo que decirle todo? ¿Tengo que informarle que tomamos dos caballos, el su alazán y yo mi manchado? ¿Que yo le canté *Alazán tostado/ antes muerto que cansado*? ¿Que él me retrucó *Manchado de mi alma / te quiero por la prenda/ que llevás recostada*? ¿Tengo que informarle que riendo nos perdimos detrás de la laguna? ¿Y cómo, al trote largo, los cabellos al viento, atravesamos el monte y recalamos en las ruinas de la vieja capilla? ¿Tengo que confiarle que allí bajamos y Javier me acarició y me dijo *Juanita te quiero* y que yo, haciéndome la difícil, le dije *me parece que yo también*? ¿Tengo que explicarle que después de todo eso y de improviso, me dijo algo que yo no esperaba porque lo que me dijo fue *habláme de Rosas* y como tal solicitación me dejó sin capacidad de maniobra a lo único que atiné fue a decir: *volvamos, se hace tarde*?

Si no hubiera sido por ese último exabrupto, Juanita se hubiera franqueado con su amiga: ¡*Estoy muycont*! ¿*Sabés lo que me pasó? Toqué el cielo con las manos!* ¿Acaso no era su confidente? Pero esa intromisión de la frasecita *habláme de Rosas*, la trabó, puso un candado en sus labios, la descolocó frente a Manuelita como la había turbado ante Javier.

Pero Juanita salió del paso. Siempre sale del paso.

—Paseamos de lo lindo —le dijo—. Me habló de París. Y de su familia. Pero él tenía que terminar un trabajo. Y yo te extrañaba. Por eso pegamos la vuelta casi enseguida.

Y Juanita, que se las sabe todas, dio un beso fragoroso en la mejilla empalidecida de una Manuela agotada por tanto besuqueo servil y le tendió un mate.

Todo en orden entre ambas. Como siempre. ¿Como siempre?

ESTATUA VIII

Soy un bufón

EL TIEMPO ES CORTO *y de viejo uno sólo ama la costumbre y yo estoy debilitándome en este hábito de armar noticias atinentes a cosas que ya fueron, noticias de Palermo y esos días que aventaron mis años juveniles y hoy sólo sirven para hacer menos duros estos tiempos de penas. Horas de sobra tengo para espantar las moscas en los arduos calores de esta época, verano y extendido; tiempo de más para sacarme tanto piojo de encima y armar con palabras de aire fantasías que ahuyenten la tristeza. La mucha soledad, los menudos empeños y los largos olvidos que tengo que olvidar arman estas patrañas con que lleno mis días tratando de ganarle a tanto aburrimiento que me cerca a mí, la Edecanita que repartió alegría en años y lugares y ablandó durezas diplomáticas con risas y arrumacos, cuando la política pasaría por el Brigadier y su ociosa legislatura, en sesudos decretos y acuerdos que él, Juan Manuel, dictaba y prolijos escribientes ponían en papel y en documentos, pero el ablande, el clima, el espacio para hacerlos posible bien que estuvieron casi siempre fraguados por estas damiselas que todos conocían pero en asuntos frívolos, y muy pocos podían sospechar envueltas en lides de alto vuelo. Cuando tanteando voy en mis recuerdos para entramar historias que se hacen estatuas, todo marcha muy bien, sin alarmas de loca que espantan a enfermeras y visitas; pero cuando la memoria desemboca en la historia personal y dramática con el hombre cuyo nombre no puedo ni nombrar, las ideas se mezclan, mi lengua se atraganta, los espasmos me aco-*

san, el miedo apretuja corazón y sentidos y entonces son los gritos, los babeos y los vómitos, nada me queda en las entrañas y nada en el alma para esta travesía que parece aún me aguarda. Vienen los médicos, recetan sus remedios, pues para eso están, me ponen el chaleco, me atoran con tanta agua, me duermen con brebajes y la pobre Juanita, la ex Edecanita, queda pura piltrafa, ovillada en sí misma, tirada en esta sala donde apenas si entra el aire y por cierto, nunca jamás la vida. Por eso mientras puedo saco fuerzas, acallo los daños emergentes de aquel amor saqueado por el hombre cuyo nombre no puedo ni decir, y hago estatuas como ésta en que ahora me empeño, la estatua del Eusebio, el bufón de Palermo, que era mulato, enano y deforme, razón por la cual debo contorsionarme como si fuera de alambre y poner los ojos bizcos pero con destellos asesinos y debo aprender a destrozar con rimas divertidas a los prójimos y con ingenio al Ingenio Mayor como lo hacía él, amigo de zapalladas y turbamultas, llamado Eusebio de la Santa Federación, que tenía enamoradas a las negras de las familias importantes, razón por la cual podía estar al tanto de todo, hablaba hasta por los codos con verbosidad apabullante, por lo que bien difícil me resulta hacerlo en silencio: por lo común procuro el ablande de mi propio cuerpo con piruetas y vueltas y después de trajinar un rato entro en trance y hago su estatua en alguna de sus interpretaciones originales, mientras con la cara, aunque me la sé de memoria, no puedo mucho porque se me da por imaginármelo como me dicen está ahora, internado en el Hospital de Hombres y hecho una piltrafa como yo.

Nada que ver éste de hoy con aquél que se presentó ante una muy protocolar reunión entre el Gobernador de Santa Fe, don Estanislao López, el clérigo Amenábar, don Juan Manuel y otra gente de la comitiva, en la Posta del Puente de Márquez, haciéndose anunciar en medio de la comida, como El Ilustrísimo y Reverendísimo Obispo de las Balchitas, *al cual don Juan Manuel, con toda seriedad, dio su anuencia,* Que entre su Ilustrísima, *y, mientras todos miraban hacia la puerta, con vestiduras episcopales entró el mamarracho, Rosas besó el anillo de hojalata y vidrio del fraguado obispo, le pidió su bendición y prosiguió un rato la jarana a la que se unieron los obsecuentes, en tanto gobernador y clérigo con gran señorío aguantaban el agravio y la señora de López sin poder contenerse dejaba que se le saltaran las lágrimas ante esa ofensa preparada por el mismo Gobernador que así dejaba bien en claro quién mandaba a quien y bajaba el copete a dos: el clérigo Amenábar que había sido propuesto como diocesano de Santa Fe por su Gobernador y al Gobernador que lo había propuesto.*

Eusebio era, por orden del Brigadier, nada menos que Gran Mariscal de la América de Buenos Aires, Vencedor de Ayacucho, Conde de Martín García, Señor de las Islas Malvinas, General de las Californias, Conde de la Quinta de Palermo de San Benito y prometido sempiterno de la Niña Manuelita (según constó en un acta y todo); cruzaba las calles de la ciudad con casco de oro como el Arcángel San Miguel, con penacho llorón color punzó en el que están grabadas las armas de la patria con sus laureles juramentados, con su capa de paño pardo con cuello y vueltas de terciopelo punzó, con su pantalón de paño azul con franjas de galón de oro *y con semejante atuendo, o con vestiduras similares, (le encantaba de diplomático), se presentaba a los visitantes de Palermo que esperaban al Gobernador con un* Aquí me manda mi padre Juan Manuel a que le haga sociedad *o se aparecía en medio de un baile dado por María Josefa,* Aquí me manda mi padre para que baile un minué con la señora *o se aguantaba las jineteadas que sobre su lomo ejercitaba don Juan Manuel cuando no las infladas, fuelle mediante, ya saben dónde, de que lo hacía objeto el Gobernador en sus ataques de histrionismo que eran bastante habituales y que a veces llevaban al Eusebio a cagarse de miedo. Pero por cierto Eusebio no era el único bufón, había otros, porque si de alguien no podía prescindir Rosas era de esos infelices y de esos otros voy a seguir acordándome, como hoy me he querido acordar de ese Eusebio de la Santa Federación, cortito de alto, escaso de piernas, inmenso de cráneo, abultado de labia, corto de entendederas y una víbora para chismografiar, ahora confinado en el Hospital de Hombres donde por una propina reproduce aquellas escenas de que fue actor, bien que a su pesar algunas veces:* la monta del potro bravo con espuelas nazarenas, los llantos y oraciones en el velorio de la Ilustre Heroína, las verseadas y discursos cuyos detalles la fiel memoria conserva respetuosamente, *como otra desgraciada supérstite del Régimen, yo, Juanita Sosa, por nada, sólo para no volverme más loca, traigo en mis estatuas aquellas noticias de Palermo que ahora les transmito.*

Doce

NOCHES DE TEATRO

"EL HOMBRE anunció a su amigo:
"—Te diré dos cosas; una buena y otra mala.
"—Primero la buena —demanda el amigo.
"—La buena es que voy a dejar de tomar.
"—¿Y la mala? —le pregunta el otro.
"—La mala es que ahora se me ha dado por mentir."
Juanita estaba en una de sus interpretaciones, con gran aceptación del público. Tenía un repertorio variado y eficaz y contaba con los arrebatos propios de su alma creativa. Al terminar hizo una reverencia buscando solidaridad para sus monerías.
—*Y si lector, dijeres ser comento, como me lo contaron, te lo cuento.*
—¡Bravo! ¡Bravo! Otra...
—Y que sea de borrachos —pidió Morelli, el escribiente amigo de Javier, sumado hacía un momento al grupo en el cual ya se encontraban Dolores Marcet, Juanita, Javier y Terrero.
Juanita se decidió.
—Don López iba con una damajuana cargada de tinto. Dio un tropezón, que un tropezón cualquiera da en la vida. Se fue al suelo. Maltrecho, consiguió levantarse. Se vio las manos, mojadas y rojas y una plegaria surgió de sus labios doloridos: Dios mío, que sea sangre...
Juanita no sólo contaba sino que también se le daba por la inter-

pretación. Los miró con los ojos entrecruzados, gracia que solo ella sabe hacer. Qué risa. Javier se le acercó.

—¿Por qué siempre tan sonriente?

—Porque la sonrisa es parte de mi actuación teatral.

—¿En qué teatro?

—En éste. El de la vida.

Javier la miró, hermosa, los ojos brillantes, la naricita respingada, el pelo una delicia de pedrerías y lazos.

—¿Finalizó el examen? —preguntó, coqueta.

—Por cierto —contestó Javier como sacudiéndose un ensueño.

—¿Satisfactoriamente? —quiso saber la niña.

—¿Podía ser de otro modo?

Esperaban a Manuelita para ir al Teatro Argentino, en la esquina de la Merced, donde se estrenaba una obra que haría época, según los entendidos: *Juan sin pena*. Decían que su autor, compenetrado de la situación del país, había querido espejarla en su obra.

Como todo Buenos Aires, ellos comieron tempranísimo, las damas se emperifollaron con lo mejor: anchos faldones, chales de cachemira (porque la noche estaba fresca), guantes en las manos y, por cierto, en los sombreros lindísimos moños colorados mientras los hombres, por su parte, endosaron divisa y chaleco punzó en primer lugar; luego, lo demás. Como la divisa proclama fidelidad rosina había algunas tan grandes que podían cobijar a todo el Río de la Plata.

Manuela hizo su aparición y don Máximo Terrero se acercó para recibirla, porque sería su acompañante oficial.

—Tatita dice que el arte es cosa de gringos. Pero por suerte me dejó venir —explicó Manuela, soñando como siempre que podía: al regreso podrían estar solos con Terrero, ella en su coche, el al lado, a caballo, se inclinaría hacia la ventanilla (mantenida abierta), para decirle esas cosas del sentimiento que le gusta escuchar. Por esos momentos puede aguantar tanto trajín oficial. ¿Quién dijo *"París bien vale una misa"*?

De improviso Javier, también en el grupo preparado para la expedición nocturna y teatral, se acercó:

—Me disculpan. Ha surgido un problema... doméstico. Llegaré más tarde. Tengo que ir a buscar a mi tía Eloísa —dijo a todos mientras su mirada recalaba en Juanita—. Pero, hasta tanto llegue, estaré con ustedes... espiritualmente.

Juanita no esperaba eso pero se sobrepuso:

—¿Qué butaca le reservamos a su espíritu, señor Insiarte? Esta Juanita: no se perdía una. La fina juventud federal salió a la noche, camino al espectáculo, enseguida se topó con el sereno desgranando horas y anatemas como siempre, oyó el tañido de alguna campana, al fin arribó al teatro, un hormiguero de gente. En el patio se desparramaba la gleba; arriba, en los palcos, la flor y nata de la aristocracia rosina; en la cazuela, el pueblo. El salón era un mar enrojecido que, como las olas del mar, subía y bajaba según sus integrantes se movieran o permanecieran en reposo. Pleamar y bajamar.

Había gran expectativa porque se esperaba la llegada de Manuelita, pero la Niña se estaba demorando. ¿Los cuentos de Juanita antes de salir? ¿Algún entretenimiento con Terrero? Todos aguardaban, impacientes, mirándose de frente o de reojo los unos y los otros, intercambiando chismes como muchos, antes, quizá intercambiaron cuchilladas.

En verdad, el grupo se había retrasado por una insólita novedad. El muy conocido Jefe de Policía, don Juan Moreno, se apersonó en la casa del Gobernador a fin de informarle un extraño acontecimiento que mantenía conmovida a la gente al tanto, los médicos entre ellos. El caso era que, procedente de Entre Ríos, llegó una mujer con un crío que era engendro puro monstruo, con algo de cordero en su pinta, mucho de fenómeno y poco de ser humano. No obstante, abría la boca para mamar y se prendía a los pechos de la madre y la madre se los da puesto que, al fin, el desgraciado era fruto de su vientre y le había salido por donde correspondía, aunque blandengue y excéntrico.

Las autoridades expusieron al silvestre monstruito en el Departamento Policial, al resguardo y en estudio, puesto que era una novedad extrema para la gente y para los científicos; todos especulaban, cada uno a su modo, en medio de un alboroto fenomenal porque había muchos extremistas.

El Comisario de Policía, don Juan Moreno, emitía su razonamiento: por un lado venía bien ese acontecimiento llovido del cielo; mantendría entretenida a la plebe, preocupada por la cuestión de Urquiza. Pero, por otro, muchos veían un mal presagio en el hecho. La aparición de tal engendro de la naturaleza no podía traer nada bueno; más viniendo del Entrerríos. Y más en ese mes de mayo, el mes de Manuelita: el 24 cumple años y todos entonan

> *Cantad argentinos*
> *el día dichoso,*
> *natal venturoso*
> *de un ángel de Luz.*

Su fiesta oscurece la del veinticinco de mayo. ¿Acaso no se sabe que ese día, pese a ser el del aniversario de la revolución libertadora del yugo español, se ha convertido en fiesta de los otros? Eso quedó claro unos años atrás, cuando era Jefe de Policía don Bernardo Victorica. El fiel servidor rosín le había preguntado a su Gobernador: *¿Vuecencia dispone algunas funciones particulares para las fiestas mayas?* Rosas había contestado: *Póngales los caballitos y la cucaña.* El jefe, sorprendido, volvió a preguntar: *¿Nada más?*, y el Restaurador de las Leyes se impacientó: *No me pregunte tonterías. ¿Usted no sabe que ese 25 de mayo es día de unitarios?* Y ahí había quedado la cosa: festejos, sí, pero sin exagerar.

Justo en ese este mes, entonces, se le ocurre al monstruito hacer su aparición a orillas de un inmundo río (todo el Entrerríos se está considerando inmundo). Pero había más: a la china que lo parió se le dio por venir para acá, como si fuera un regalo anunciador del que les dije, algo así como cuando el Niño Jesús nació en Belén: avisito para Herodes; guardadas las distancias y con perdón de la Santísima Virgen. Esto le habían dicho al señor Jefe de Policía, don Juan Moreno, pero él no se animaba a transmitirle nada al Brigadier. ¿Tendrá miedo de que S.E. se deprima? ¿O más bien pensará que por ahí se le da por manejarse como Herodes en la antigua ocasión? El señor Jefe de Policía dudaba y como cada vez que así le sucedía trasladó sus inquietudes a la Niña porque la Niña, siempre con su celo federal en beneficio de Tatita y la Causa sabe qué hacer.

> *Que Buenos Aires tiene*
> *también su heroína*
> *su flor argentina,*
> *su Virgen del Sol*

Si el señor Moreno hubiera sido un poco más culto, podría haber hecho otras asociaciones: Tito Livio se ocupó ampliamente de los hechos extraordinarios que siempre se anticiparon a las calamidades públicas de Roma. Pero el señor Moreno para nada conocía al señor Tito

Livio y menos sus *Décadas*. Tampoco se corría el peligro de que las conociera don Juan Manuel. ¿Acaso no decía su sobrino Lucio que lo único que leía era el Diccionario? (De mucho parece que no le servía, porque tenía faltas de ortografía. Eso sí: poseía buena letra. Y rúbrica abundosa y compleja.)

Juanita Sosa que no era culta, pero sí intuitiva, cuando se enteró del monstruito y de donde venía se dijo: *este envío me parece más convincente que el que los encargados de negocios y espías traen al Restaurador.* Mucha gente pensó igual.

En tanto en el teatro, con la esperada llegada de la Niña, todo el mundo se puso de pie, de los palcos llovieron camelias y jacintos, de más arriba, modestos ramitos que entremezclan rosas, malvones y espuelas de caballero: flores arrancadas de los jardines barriales. Flores para la Flor. Los vítores se cruzaron en el aire para el homenaje y las manos para el aplauso. Había llegado *brillante como nunca de hermosura y bondad, la divinidad protectora de las alegrías del pueblo,* escribió el cronista de *La Gaceta Mercantil* aquello que aparecerá en la semana.

Entre la concurrencia se veían figurones con entorchados y galones y también diplomáticos. El Jefe de Policía dio una orden y la orquesta arremetió con el consabido *¡Loor eterno al magnánimo Rosas!*, concluido el cual la compañía se volcó al escenario, saludó colectivamente y dio comienzo la retahíla de vivas y mueras con una novísima, inventada por el señor Gobernador para la ocasión. Hacerla le costó noches de insomnio y horas de trabajo probando diversas variaciones, puliendo la imprecación como quien perfecciona un poema, acuñando su ritmo como el buril trabaja el diamante hasta que al fin le salió redonda:

¡Muera el loco, traidor, salvaje unitario Urquiza!

Así decía y así la estrenaron y esa noche resultó la más aplaudida y desde entonces presidió proclamas, anuncios, decretos, diarios, periódicos, carteles, cartelitos, cartelones, cartas íntimas, correspondencia pública, papeles privados, papeles oficiales, y De Angelis, siempre tan servicial, la tradujo al francés, al inglés, al portugués, y al italiano. En ese momento, el periodista del *British Packet* escuchó y tradujo (y luego lo publicará): *Death to the faithless unitarians.*

Después de tanto aquelarre, comenzó la función. Pésimos los actores, de absurda trama (peregrina adaptación perpetrada por mal director que remeda la traición de Urquiza) la obra, que era una imbecilidad proveniente de la Península, trasladada a Buenos Aires se había convertido en una imbecilidad rioplatense de clara moraleja: alguien debe asumir, como Juan Sin Pena, la tarea de vengar el agravio y castigar al... Zapallero infiel. El grueso del público, seducido por el drama, estaba con el alma en vilo.

Comenzada la función, llegó Insiarte, ubicó a la tía y a la prima, a quienes había ido a buscar, en los lugares correspondientes; su mirada andariega recorrió el teatro repleto y se detuvo en el palco oficial, donde encontró a la Edecanita junto a la Niña.

Dicen que la clave de la gracia y la elegancia, tanto del hombre como de la mujer es la longitud del cuello. De ser así, se explicaría la gracia de Juanita para moverse, para caminar o bailar, su expresividad corporal, condición intuida por Javier desde el primer momento pero en ese momento comprobado fehacientemente: la Edecanita extendía casi escandalosamente cuello y torso por sobre la bandeja del palco, buscándolo. Javier la saludó desde lejos y fue a su encuentro.

Javier se ubicó al lado del palco oficial, según le correspondía. Sus ojos no miraron el escenario. Total, para lo que había que ver. Juanita siguió su ejemplo. La cercanía de las butacas era tal que Juanita sintió el aleteo de la respiración de Javier en su oreja y sintió la mano que el mozo extendió para tomar la suya.

—Extensión territorial privada —le anunció.

Pero como si nada.

—Invasión sin previo aviso —susurró él.

Y así se quedaron, entonces sí los ojos en el escenario, para disimular. Pero algo ha de haber visto Insiarte porque cuando los actores concluyeron le dijo a Juanita:

—Este pecado teatral no puede alcanzar absolución.

—Pienso como usted —le respondió la Edecanita muy formalmente mientras, después de acentuar la presión de su mano en la de Javier, la sustraía para el aplauso correspondiente y la multitud, arrobada, celebraba a rabiar y los ojos de Manuela, buscaban los de Terrero, llenos de promesas.

Rendición incondicional, parecen decir los de Manuela, y Terrero lee ese mensaje, pero los dos guardan las formas. Sus deseos no alborotarán el fervor rosín. La función termina en medio del gentío en absoluto trance.

El fervor colectivo era incontenible. Delirante en la expresión de tanto amor, la multitud improvisó apoteótico homenaje, tomó posesión de la calle y también de Manuelita, a la cual subieron a una carroza que pronto uncieron varios ciudadanos respetables, como estaban, de frac y divisa federal, ocupando el lugar de las cabalgaduras y el coche comenzó a marchar así, a tracción a sangre, pero esta vez, humana. Y también tracción a verba: déle vivas. Y así se fue Manuelita, traqueteando por los irregulares adoquines de las calles, sentada en su trono, llevada a tiro por los señores federales.

Dicen que don Santiago Calzadilla, quien años después escribirá *Las beldades de mi tiempo*, fue uno de los que ayudó en la empresa, junto a Benito Hortelano, el periodista, al que le tocó empujar la rueda derecha, atascada al partir el carruaje. Si Manuela hubiera tenido ambiciones imperiales, podría haber pensado que ahí comenzaban a cumplirse. Pero a Manuelita Rosas la Historia, esa noche, le arruinó el día y así marchó, la sonrisa petrificada en su carita pálida, el saludo inmovilizado en los brazos en alto, sumisa y altiva, un breve sueño hecho trizas y lágrimas corriendo por sus mejillas. De emoción, dijeron quienes alcanzaban a percibir el detalle; de rabia, sospechó Juanita, porque llorar era lo único que le quedaba como respuesta a su pena: tantas ilusiones que la pobre se había hecho de regresar sola con Terrero.

¿Y Juanita? Juanita había conseguido un coche y algo más: en ese coche ponerlo a Javier. Casi ajenos a lo que afuera pasaba, felices de estar juntos, se rieron de lo lindo de nada, después de dos cuadras y tres bocacalles dejaron de reírse, atraídos por algo que pasaba; juntos miraron la asombrosa escena: Manuela llevada en andas, el gentío, tanto arrebato y, de pronto, a un honorable rosín, don Lorenzo Torres, barrigón, enorme, lleno de cadenas de oro y divisas, lanzando al aire, como quien lanza unas boleadoras, su grito destemplado. Contra los macacos.

—¿Qué pasa? —quiso saber Juanita.

—Se avistaron barcos de guerra brasileños en el Paraná —le explicó Javier muy al tanto.

—¿Y Manuelita?

—Manuelita aún no lo sabe.

—Pero qué sucede, por Dios —quiso establecer complicidades, inquieta, mientras el coche seguía su traqueteo y su mano se abandonaba en la del mozo que había comenzado a besársela como si estuvieran en un salón.

—Te explico, Juanita: hay moros en la costa. Quiero decir, han aparecido diez y ocho barcos de guerra en el río. Son brasileños. Y el ejército más grande de América está en marcha desde Entrerríos.

Juanita tiembla. Quizá esas lágrimas que Manuelita no puede controlar sean premonitorias. Quizá llora por aquello que sabrá muy pronto. La sombra de la guerra. Y tal vez algo más. Juanita va a seguir preguntando: ¿cómo sabe tanto Javier? Pero se tragó la pregunta; recordó cómo llegó de jadeante al teatro, demasiado cansado si sólo había ido a buscar a la tía Eloísa. Con aire de haber andado en otra llegó este Javier que hasta parece contento pese a las amenazas que le está transmitiendo. Porque Javier sigue explicándole mientras aventura nuevas caricias para nada mal recibidas.

—Pasa, mi amor, que estamos llegando al último acto.

Juanita decide actuar de boba, se arrepolla en un hueco, abanica su carita sofocada por tanta inesperada emoción, pregunta abriendo los hermosos ojos que entonces son, además, un par de ojos sorprendidos.

—Pero ¿qué dice usted? ¿Acaso la obra ya no terminó?

—El último acto de esto... —dijo Javier y su gesto abarcó la procesión, las luces, la charanga, el trono de Manuelita, la casa de Rosas a la que estaban llegando, bien apretaditos los dos adentro del coche y en jocundo tropel ciudadano y a pie, los demás.

Fue tan eufórico el tono de Javier que Juanita no pudo menos que pensar: tantos federales que hay en Palermo y me parece que yo justito me fui a elegir un unitario.

Pero no había nada de tristeza en Juanita pese a semejante reflexión. Demasiado dulcemente pesaba sobre su piel la piel de Javier. Que Dios nos ayude, murmuró.

Trece

OFICIO DE DIFUNTOS
Y OTROS PROLEGOMENOS

¿A quién le espera un buen susto?
A Justo.
Por ser loco bien se ve,
José,
el oprobio se eterniza
de Urquiza
Mal la vida finaliza
quien a ser traidor empieza.
Le cortarán la cabeza
a Justo José de Urquiza.

El ovillejo se había puesto de moda y lo recitaron frente a la casa del Gobernador el veintidós de agosto cuando, al atardecer, decidieron sepultar al entrerriano en acto público a la salida del teatro y en la esquina de la Merced. El gentío era mucho y mucho el fervor de la gente. Toda gente distinguida. Y algunos otros. Había jóvenes sobre todo. El féretro era grande y estaba sobre un carro y del carro tiraba un pacífico burro de orejas alicaídas y ojos mansos. Por supuesto, no entendía nada de la hazaña que le obligaban a cumplir. El carro estaba cubierto con paños de ese deleznable color celeste y el burro tenía encima la infame bandera del Brasil. Farolitos verdes se zangoloteaban en lo alto y ancho del carro y permitían ver, en el fondo del ataúd, un maniquí vestido de Arlequín que representaba a don Justo José, cuya cabeza reposaba en almohada de cardos y tunas. No faltaban ni plañideros ni llorones ni salmistas ni *kiries* ni *requiescat*.

Uno del gentío, joven, bien vestido y zurdo, con la mano izquierda levantó un pedazo de bosta seca y la envió a la dirección oportuna, al pecho del maniquí en el fondo del ataúd. Allí fue a parar el excremento y se hizo polvo y la mano del zurdo volvió a su levitón, después de ser sacudida convenientemente. Con hazañas así se forjaban importantes reputaciones.

Algunas calles se habían iluminado con grandes barriles de brea que ardían de lo lindo. La procesión empinó su marcha hacia la casa del Gobernador, de donde salió la Niña, muy atildada y sonriente, para otorgar sus plácemes de supervisora oficial. Luego marcharon con el artefacto fúnebre hasta la Plaza de la Victoria. Morrudos rosines lo levantaron y lo depositaron frente a la Pirámide de las glorias nacionales. Toda la noche quedó en exposición.

A la noche siguiente, al pie de la dicha Pirámide Mayor, los jóvenes de pro, en medio de fuegos de artificios y de vivas y mueras, le prendieron fuego. Fue maravilloso ver el esplendor de las luces, escuchar semejante estruendo y presenciar el fervor patriótico y federal.

La balconada de los Riglos estaba enfrente y desde allí Manuelita miraba, tutelar, y las niñas de su séquito también miraban, atentas aunque un poco confundidas porque ¿a quién pueden gustarle juegos fúnebres? No a jovencitas. De cualquier modo, miraban encantadas a los promotores del hecho, mozos elegantes y de familias tan requetebuenas.

Desde las casas vecinas a las cuales, dicho sea de paso, se les había vuelto a dar una nueva capa de pintura colorada, buen número de vecinos espiaban la concurrencia federal. Algunos, por cuestión de resfrío, no habían podido participar. Otros, por la baja temperatura. Muchísimos más, por miedo.

Las niñas, arrebozadas en sus chales, se apretaban entre ellas, recorridas por un dulce estremecimiento de placer y quizá de temor. Tráfico de sonrisas y escalofríos circulaba esa noche por la balconada de los Riglos.

Cuando ya las luces se apagaron y los estruendos fueron acallándose, en la casa de los Riglos se llamó para la cena. Qué alivio.

—El oficio de Difuntos *c'est finie* —dijo Javier y dio el brazo a una de las niñas para pasar al comedor.

Juan Carlos Moretti, a su lado, hizo otro tanto.

* * *

Esa noche, en su cuarto de la casa de la tía abuela Eloísa, Javier Insiarte registró el hecho en el informe que el mensajero llevaría bien escondido hasta el paso del Barrilete, en el Rosario; que desde el Barrilete otras manos acercarían a Victoria; que desde Victoria avanzaría a Calá y desde allí hasta el Campamento en marcha donde Pedro Ortiz, médico y ayudante de caballería, ex poeta y amigo, aguardaba las noticias.

Por su parte, el doctor Ortiz lo tenía al tanto. Sus extensos informes llegaban un poco atrasados pero llegaban. En el Entrerríos —le dijo en la última carta— se está convocando a la gente. Sarmiento, que imagina sus futuros incendiarios partes de guerra, advierte: *en Entre Ríos sale a campaña todo varón viviente, propietario o no, artesano, enfermo, hijo de viuda, hijo único, sin ninguna de las excepciones que las leyes de la humanidad, de la conveniencia pública han establecido para la organización de la milicia... Los jefes de división mandan citar y señalan día y punto de reunión. Nadie falta, porque nadie puede faltar, si no se expatría para siempre.* Sarmiento protesta: ¿No existen los derechos humanos? Se enoja el sanjuanino. También, como para no. Se encontró, cerca de Landa, con una viuda de setenta y cinco años, porteña, del tiempo de la jura de Carlos IV, decía la mujer. Solita su alma, la señora de la jura del Rey Carlos IV, en medio de esos desiertos. Los dos hijos, en la leva. Y un hijo entenado, en la leva. Y otro hijo, ya muerto por razones de leva. Y uno de los que se acaba de ir, probablemente con muerte cercana y no por cuestión de bala o lanzazo, sino por motivo de enfriamiento: se levantó de la cama para cumplir con llamamiento oficial y leva.

Desde el Campamento del Ejército Grande de la América del Sur, desde el cuartel General en Marcha, le llega a Insiarte, por la conocida vía de las postas múltiples y secretas, noticias de movilización y aprestos. *Los soldados de caballería se visten a sus expensas y se presentan al campamento con dos, tres o cuatro caballos. Las batallas las ganan también los caballos. Estas tropas no reciben salario nunca. Para la manutención de las tropas se provee de ganado, por una lista de vecinos del departamento, según su cupo, con devolución del cuero y del cebo.* Con el asunto de las milicias para la campaña contra Rosas, *las sementeras donde se cultiva trigo, quedaron, por supuesto, abandonadas.* Se pidieron soldados uruguayos para levantar la cosecha de trigo y como no hubo arreglo, los suplieron con los inválidos del ejército de Rosas vencidos en la otra Banda y con mujeres de un pueblo que es un pueblo compuesto por mujeres traídas prisioneras de guerras anteriores. Nadie deserta. Durante diez años, aquí, dicen las noticias que vienen del Entrerríos, la deserción ha tenido irremisible pena de degüello. No hace tanto, una tanda de soldados de pasadas campañas orientales se escapó con las chinas en el anca de las cabalgaduras. Entre talas y espinillos partieron en busca de la querencia. Una noche sin luna sortearon al soldado de guardia pero no pudieron ir mucho más lejos, no tuvieron suerte. El coronel jefe de la división de los desertores apresados, recibió la orden de matarlos y cumplió con la orden con una excepción: una mujer embarazada. *Después del parto la fusilaré*, comunicó el Coronel en Jefe de la División desertora en plan de Exterminio por orden del Gobernador. El General no contestó por escritura alguna sino que mandó dos ayudantes. Uno reiteró la orden de ejecutar a la mujer a punto de parir; el otro llevaba la orden de presenciar el cumplimiento de la orden. Si no lo cumplía debía degollar al coronel al frente de la tropa. El coronel degolló a la desertora embarazada. Al crío no lo pudo degollar, pero murió también. *Qué consumo espantoso de hombres*, putea Sarmiento. Y yo también puteo, dice el doctor Pedro Ortiz en su carta. Pero esto pinta lindo y ya se comentan las palabras que el sanjuanino pondrá en el Boletín Número Uno del Ejército Grande, en la imprenta que está por comprar en Montevideo con la plata que le dio el Entrerriano: *El poder mentido del tirano se desmorona antes que el empuje de nuestras armas vaya a derrocarlo con estrépito*, dice Pedro Ortiz que escribirá Sarmiento en ese Primer Boletín con el cual sueña Pedro Ortiz desde el Ejército Grande y lo lee Javier Insiarte en la ciudad colorada.

Y desde la ciudad colorada Javier Insiarte envía los chismes de la quemazón y los rituales necrofílicos cumplidos por el delirio rosín para detener, mediante crípticas liturgias, el Ejército Grande. Envía otros datos Javier, los que sonsaca aquí y allá mediante su red de espías. El Brigadier dice que tiene prontos cuarenta mil soldados pero es mentira que tenga cuarenta mil soldados. El poder de Rosas vacila. El microclima federal del entorno aún no lo percibe pero esos delirios son manotones de ahogado.

En este malhadado 1851 al Brigadier le están saliendo todos los tiros por la culata. El sereno rosista, según tradición, sigue voceando las horas con su *¡Vivid, Representación!* pero muchos ya sospechan que todo se va al carajo aunque los virtuosos federales, no obstante, y como un exorcismo, han vuelto a poner la suma del poder público nacional y las fortunas y las famas en las manos del que te dije, dice, mejor dicho, escribe, Javier Insiarte, desde Buenos Aires, a su amigo Pedro Ortiz, en el Campamento en Marcha. Y agrega: en la Sala de Representantes siguen los discursos de vigorosa inspiración, aunque un inefable orador, el presbítero don Esteban Moreno la acertó puesto que dijo el inefable Presbítero don Esteban Moreno: *Pero desengañémonos, señores. ¡En materia de guerra vale más el sablazo de un militar que todos los discursos de la tribuna!* No obstante siguió perorando durante cuarenta minutos más el citado legislador presbítero don Esteban Moreno, chancea en su carta Javier Insiarte.

Y sigue diciéndole al doctor Pedro Ortiz, en el Campamento en Marcha ubicado en algún lugar del Entrerríos: se organizó una comitiva de legisladores que fue hasta Palermo de San Benito para rendir pleitesía al Gobernador. Un mar de gente. La ciudad roja, puesta en marcha. Y aires guerreros por doquier. Y también clima de jarana: inconsciencia lúgubre.

> *¡Al arma, argentinos!*
> *¡Cartucho al cañón!*
> *¡Que el Brasil regenta*
> *la negra traición!*
> *Por la callejuela,*
> *por el callejón,*
> *que a Urquiza compraron*
> *por un patacón.*

Después de atravesar por la Recova al son de belicosos aires musicales, pasaron por la Legislatura, cuyo Presidente, además de la divisa oficial, ostentaba un clavel colorado en la solapa de su levitón: el bis federal ponía de relieve su énfasis patriótico. El y los demás representantes del pueblo se incorporaron a la marcha.

Avanzaron por Perú los compadres parlamentarios, llegaron a

Plaza de Marte, los dragones de policía abrieron cancha a la multitud, la multitud se engrosó con los que se fueron acoplando. Algunos remisos fueron incorporados a la fuerza. Iban jueces de paz y curas párrocos y federales ricachones y señoronas de ricachones. Las fuerzas vivas de la ciudad. Había más de doscientos carruajes y muchos carricoches sueltos y cabriolés particulares y piquetes de lanceros y tres mil jinetes enjaezados de rojo, con escarapelas coloradas.

Después de la Plaza de Marte la columna tomó trote, por la carretera, para llegar a la Quinta del Señor Gobernador donde el Gran Rosas los esperaba. (Se decía que del mismo Rosas partió la orden de movilización y marcha.) Pero el Gran Rosas se hizo esperar, como siempre, razón por la cual Manuelita cumplimentó a todos, siempre sociable y tierna, modelito de buenos modales y fina educación. Los entretuvo con zalamerías y sonrisas en tanto aguardaban al General. El General, en general, estaba siempre dispuesto para los reyes de las naciones negras, de Mozambique o Piripipí y para Sus Excelencias, el señor Biguá o el señor Don Eusebio; pero ésos que esperaran. Así se conservaban en humildad.

Todos aguardaban. Los más importantes ocupando los primeros lugares; los aprovechados de siempre, los que no les correspondían pero supieron conseguir, empujón mediante; los demás, donde pudieron. Para entretenerse ojeaban el inmenso parque, porque siempre es lindo mirar semejante maravilla. Miraron los carneros merinos divisados a lo lejos, las manadas de avestruces que correteaban libremente, un zorro que pasaba con una gallina en sus fauces. A otro que tiene atravesada una mano cristiana en las mandíbulas, hacen como que no lo ven (poco juicioso ese zorro, mire que andar mostrando despojo de ajusticiados). Las mujeres, sobre todo, se entretenían mirando y admirando las plantas: todavía quedaban naranjas y mandarinas en los cientos de árboles pero nadie se animó a tocar alguno, aunque a más de un federal se le hizo agua la boca. La primavera se está haciendo sentir aunque, como siempre, lo que pesa es la humedad. Los jazmines comenzaban a florecer y a lo lejos se veía la silueta del barco, rojo y exótico.

Todo entretenimiento se interrumpió, de pronto. La espera había concluido, apareció Su Excelencia. ¡*Viva el Gran Rosas!* ¡*Viva!* Los ojos se agrandaron para ver más, los chicos fueron levantados en hombros, los petisos se pusieron en en puntas de pie, los grandotes se quedaron como estaban: por una vez, la pegaron. Las mujeres no podían con sus lágrimas y los hombres con sus vivas. Allí estaba el Brigadier vestido de Brigadier. Sobre los hombros, las pesadas charreteras de hilo de oro, el pecho cruzado por la banda punzó, terrible insignia de su todopoder, los alamares dibujando arabescos en la chaqueta, áureos entorchados en las bocamangas. Del cuello pendía, constelada de brillantes, la gran medalla de la campaña del desierto. Del lado del corazón el Brigadier tenía una pincelada de sangre: la doble divisa, la de sus implacables odios, en tanto del bien ceñido cinturón colgaba magnífica espada. Todo él resplandeciente, fulgurante y bermejo. Como un sol. Silencio, que el sol va a hablar.

Promediada la función, Javier hace una seña a Juanita, enredada en el cortejo habitual de Manuela. Juanita lo ha entendido. Antes de rumbear para donde debe rumbear, Javier ve, con el rabo del ojo, que la Edecanita también se moviliza. Alcanza a ver algo más: al pasar bajo una de las lámparas de múltiples luces y caireles, el pelo de la chica se ha llenado de reflejos dorados. Javier, aunque admira, no está para admiraciones. Está en algo muy peligroso. Pero la confusión y el bochinche son tan grandes que debe aprovechar la oportunidad. Javier vio esa tarde dónde guardaba el escribiente, por orden del Gobernador, los informes recibidos del Carancho del Monte. El Carancho del Monte, profesional de la muerte y de mucha reputación, mantenía en vilo a la campaña. Su última hazaña había sido meter un clavo en el ojo del imputado antes de degollarlo. El imputado era espía. A esta altura de los acontecimientos, los informes de Carancho del Monte no podían tener desperdicio. Se decía de él que mantenía contacto con las tropas rosistas que, después de la derrota de Oribe, se habían quedado en la otra Banda y luego incorporadas al Ejército Grande. ¿No se estaría tramitando alguna traición? Era imprescindible saberlo. Javier no lo dudó: debía encontrar esos papeles. Pero necesitaba cierto elemental apoyo logístico. Aquí sí que dudó bastante. Con Moretti afuera, por razones también "logísticas", no tenía mucho para elegir. Javier no temía fustigar la cabecita de Juana con reflexiones y docencia porque quería precipitar su personal decisión para que se alejara, al menos moralmente, del entorno rosín. También para salvarla de lo que se venía, claro. Pero, de atascarla con su didascalia antirosista a pedirle lo que le tenía que pedir, mediaba un trecho que Javier no se anima a dar.

La galería por la que pasa, está totalmente iluminada pero eso no tenía mayor importancia porque hay muchísima gente. A veces es más disimulado maniobrar a plena luz. Avanza con dificultad hasta que la gente comienza a ralear; luego se apresura. La galería de atrás está en penumbras. Espera a Juanita y Juanita llega. La recibe con los brazos abiertos. Si alguien los sorprendiera, llamarían la atención, sí, pero por razones distintas. Cualquiera que los viera sospecharía, quizá asombrado: encuentro de enamorados. Y en verdad, así es. Juanita está expectante y húmeda. Javier la ve resplandeciente. La toma de la cintura y la toma de donde puede. Pero tal estado de mutua excitación es poco oportuno para lo que deben hacer.

—Mi amor —le dice. Y le dice en seguida:— Tengo que pedirte un favor.

Desde lejos les llegan los vivas y los aplausos. ¿Estará ya por terminar el carnaval? Debe apurarse.

—Juanita, por favor. Tengo que sacar algo de adentro. Nadie debe enterarse de lo que hago. Te pido, mi amor, que te quedes aquí, en la puerta. Si alguien llega a aparecer, me avisás.

Juanita solo entiende esos brazos que le rodean la cintura y la aprietan con decisión y ternura.

—¿Cómo te aviso? —pregunta, no obstante.

—Por favor, mi vida, ese silbido de perdiz que tan bien sabés imitar. ¿Querés?

Juanita sigue sin entender.

—¿A estas horas?

—Sí. Nadie se dará cuenta. Yo lo oiré porque estaré atento. Me va la vida en que me avises, amor.

—¿Y qué harás adentro?

—Algo muy importante, querida. Va la vida de muchos en esto. Después te cuento. ¿De acuerdo?

—Sí.

—Ah, y si alguien aparece, decís que te sentiste descompuesta. ¿Comprendiste?

—Sí.

Titubea Juanita. Pero ¿quién puede decir que no a la presión de esas manos, al influjo de los ojos javerianos? No Juanita. Por lo demás, no deja de gustarle la misión que le ha caído. Excitada, da curso a su fantasía y acepta, sin entender mucho, el papel asignado.

Javier tiene la llave de esa habitación, que es despacho de escribientes. Entra. El gran salón lo recibe bañado en bruma. Por los postigones se cuela luz de afuera. El había visto donde guardaban los papeles. Y también donde quedó la otra llave: en el levitón que se cambió S.E. cuando se emperifolló para la función. Ahora la llave está en sus manos.

Juanita mira a su alrededor. Ha comenzado a refrescar y ese airecito del río le está enfriando la sangre. ¿O es el miedo? No puede impedir el sentirse inquieta. ¿Qué atajo elegir para contrarrestar el miedo? Mantiene bajo control su ánimo tarareando una canción. Suavemente. Tra-la-la. De pronto, otro estremecimiento. Esta noche no gana para sustos. Cree ver una sombra cerca y agazapada. Quizá alguien que ha ido a hacer sus necesidades fisiológicas al abrigo de la arboleda. Quizá. Pero la figura está allí. Y emerge de las sombras. Es un hombre. Cuando la luz de la luna da en la figura, Juanita lo reconoce: es el coronel Lazcano, uno de los duros de la mazorca, el marido del tarascón a las tetas de la Mica. Tiembla. ¿Qué anda rondando el indeseable personaje, mano derecha del Gobernador, del cual las niñas de la Niña tanto se reían pero al que en serio temían? Juanita no duda: seguro que los vio alejarse de la reunión. Pero juntos no pudo haberlos visto: cada uno partió por su lado. Juanita decide jugarse el todo por el todo. No puede perder tiempo. Se da vuelta hacia la puerta del despacho, cerrada por cierto. Y con decisión pero tenuemente, imita el silbido de la perdiz. No le sale muy afinado el silbido. Pero tampoco Dios se lo dio afinado a la perdiz. Una vez y otra y otra silba el silbido ajeno. Después, con toda tranquilidad, marcha hacia el hombre que se aproxima y que ya sabe quién es.

—Ah, coronel Lazcano —la voz de Juanita está en su registro más dulce—. Qué suerte que apareció.

—¿Qué hace aquí, señorita Juanita? —dice el hombre levantando las cejas en gesto que no logra ocultar su sorpresa mientras sus manos retiran el sombrero de su testa en señal de educación.

—Qué suerte, otra vez —Juanita dice esbozando su mejor sonrisa—. Me sentí un poco mareada con tanto amontonamiento y con el humo de las velas. Me alejé para respirar mejor y ahora... ahora tengo miedo. Hay tanta oscuridad por aquí. Y tanta gente de afuera, que uno ni conoce.

—En Palermo nadie corre peligro, niña Juanita —dice el hombre, quizá recordando la lección del Brigadier—. Pero usted, no le voy a decir que no, usted ha sido imprudente —rezonga.

—Por favor, coronel Lazcano. Tiene usted razón pero no me rete —suplica Juanita y su mano se apoya temblorosa en el brazo del hombre que, sorprendentemente, temblequea—. Por favor, si usted quisiera acompañarme. Manuelita ha de estar preocupada.

—Pero niña, será un placer.

Dice y se inclina y su olfato de perro perdiguero percibe el olor del pachulí y el del talco de la jovencita. Cree oler algo más, pero no sabe qué. ¿Oculta algo esta niña? Probablemente. Deberá estar atento. Su misión en el sistema rosín, que es el de su vida, consiste en estar alerta. Se calla por ahora, pero ya averiguará si hay algo más que olor a pachulí y a talco de mujer.

Juanita, en cambio, a medida que van avanzando, siente otros olores. El de las meadas que se han mandado esas multitudes detrás de los árboles. También, con tamaña espera. Al cruzar por un corpulento eucalipto no duda de que el olor traído por el vientecito es olor a algo más que pis colectivo. Alguien ha estado haciendo de cuerpo en el lugar. Seguro que las pituitarias del Coronel también lo advierten, porque se excusa, casi compungido por el mal trato que esos aromas ofrecen a la niña:

—Qué barbaridad, esta gentuza no sabe contenerse —dice y apresura el paso como quien quiere abreviar el mal trago de tales olores. Pero lo que quiere es poner distancias.— Pobre gente. Esperaron tanto. Y usted sabe, Palermo no tiene tantas comodidades —excusa a la chusma.

Se hace el silencio. Cuando se hace un silencio los españoles dicen que pasa un ángel. Los ingleses que ha nacido un pobre. Los porteños que ha muerto un degollado. ¿Quién habrá sido? se pregunta Juanita llevada por la costumbre.

La noche ya ha caído y los acreditados labios del Gobernador se han cerrado. Su labia persuasiva aseguró a la multitud el triunfo. Juanita alcanza a ver al Brigadier cuando se retira. Cargado de espaldas está quedando el Brigadier, regordete también. Mucha inmovilidad. Pero el rostro, impecable. Rasurado como está, tiene la tez sonrosada. El ojo todavía zahorí. El pelo, ya escaso, cae a la derecha en gran crencha rubiona. Desciende sobre la relamida sien, cobijo de ideas asombrosas. Y también espantosas. El Tata se vuelve otra vez, antes de desaparecer y los bendice. La multitud se dispersa como con desgano. Fin de la función. Seguro: esta noche hay fuegos de artificios.

En la última fiesta un cohete voló el ojo de un niño y la cabeza de un adulto. Pero el resto salió perfecto y todos se divirtieron en grande. Son muy bonitos los fuegos artificiales. A la gente les encantan los fuegos artificiales. Les permiten salir de sus casas por las noches. Aunque se corra el riesgo de regresar con una mano de menos o un magullón de más. Peor es quedarse adentro, comiéndose las uñas por lo que pueda venir del Entrerrios.

Cruzada la galería, Juanita y el coronel manco pasan la avenida de naranjos y arremeten con los restos de la multitud que ya se está dispersando después de las múltiples y sucesivas zalemas y genuflexiones.

—Qué agradecida le quedo, Coronel —murmura la Edecanita con voz tierna.

—¿Se le pasó la indisposición? —se preocupa, una vez más, Lazcano.

—Sí, sí. Muchas gracias, otra vez —reiteró la niña y con muchas sonrisas se lo sacó de encima al coronel.

—Usted las merece, niña.

Y la deja a la niña en el enjambre de niñas que rodean a la Niña.

ESTATUA IX

Soy un alma en pena

AUNQUE HAY QUE DECIR que si salió adelante en lo de la fortuna, digo volviendo a Rosas, fue, en mucho, por la Encarnación Ezcurra, cónyuge y socia, porque esa pareja más que un matrimonio fue un equipo, primero en lo de hacer fortuna y luego en lo de apuntalar el gobierno que hasta se cortó sola, en cuanto a lo de la toma de decisiones, digo, porque su fidelidad nunca se puso en duda estando, como ella estaba, siempre mirando por los ojos de su marido y agradeciendo como una bendición de Dios dos cosas: el campo que era tan hermoso y grande y el estanciero que la llevó para mostrárselo después de que lo conquistó una tarde con centelleo de agujas de tejer y de ojos, cuando él se allegó hasta la casa de la Calle de los Mendocinos y le dijo "Buenas...".Y tanto quería a su macho rubio esa calentona de Encarnación que para homenajearlo repartió el nombre de su marido en los dos hijos que le dio y al machito le puso Juan y a la hembra Manuela y a los dos Rosas para servir a la Santa Causa y la verdad que la familia Rosas Ezcurra salió muy unida; tal vez porque siempre se hizo lo que querían los de arriba, es decir, Madre y Padre primero y después Padre sólo cuando doña Encarnación se fue al cielo entre revuelo de responsos y moños colorados. Y miren que eran obedientes los hijos, cada uno a su manera, porque aceptar el Juan irse al campo y allí quedarse sin decir esta boca es mía, no es actitud que muchos podrían mantener, máxime si a la hermanita la ponen por las nubes al servicio del oficialismo que es el de papá. Cla-

ro que la Manuelita llevó también su carga, primero por el asunto de Antonino Reyes, su enamorado de la primera hora con el cual no pudo cuajar la relación por interferencias paternas y después con el Terrero, con el que mucho jarabe de pico y palique y chevalier servant *y las horas sobándose los dos a escondidas pero sin concretar nada de esas concreciones que quieren las mujeres: casamiento, quiero decir y críos y vajilla de porcelana y eso por muy Manuelita Rosas y Ezcurra que se sea y con más de treinta años encima, díganme ¿quién quiere esperar? porque cuando una quiere acordarse llega el tiempo de la preguntita ¿qué se ha hecho de mi juventud y de mi alegría? ¿Qué? Y ¿quién a esa edad va a venir a hacerle a una el favor? ¿Eh? Eso es lo que me pregunto yo, con la boca amarga de tanto amargor vivido, y se lo pregunto a los demás, a mi médico se lo pregunto y él, que sabe tanto, que se ha ido a Europa a perfeccionarse en esto de curar la tristeza del corazón y el embarullamiento de ideas, no crean que tiene muchas respuestas,* ya pasará Juanita, *me dice con voz de padre y me aconseja* haga estatuas, haga estatuas que son tan lindas y a usted tanto la entretienen *y al otro médico, al viejo y chinchudo que yo no aguanto le explica:* hacer estatuas es terapéutico para ella. *Y yo las hago, no sólo porque es terapéutico o porque él me lo manda, sino porque me gusta hacerlas y porque ahora, cuando según dicen estoy loca, es como si mi verdadera naturaleza comenzara a mostrarse y eso me da miedo porque díganme ¿para qué quiero a esta altura de mi vida, cuando ya no puedo hacer nada, conocerme o que me conozcan; ahora, digo, cuando tengo el cuerpo y el alma en bancarrota, la cabeza llena de telarañas esperando la estampida de la muerte? Ahora prefiero dedicarme a las estatuas, que es como arrimarme al calor de los demás, aunque sólo sea en memoria y en mentira, porque al final nada es realidad, todo pura ficción y nosotros sombras y si me apuran un poco sombras de sombras y por eso sigo aquí, con gestos aceptablemente educados, cumpliendo mi dosis terapéutica para poder sobrevivir y entonces doy una vueltita, tomo impulso, hago de cuenta que alguien me toma de la cintura, me impulsa, me levanta, me suelta y yo quedo así, como yo me imagino, como supongo me verán si me están viendo: con los brazos hacia abajo, colgando, con mis ojos hacia arriba, suplicando, pero no con intención de pedir sino de lamentar, con cara de penuria como si el cielo se estuviera escapando; con el cuerpo agobiado, como vencido, con los pies a punto de arrancar, pero sin fuerzas para el arranque, con la boca cerrada, porque ya no hay palabras y así me quedo y así me quedaré una hora, dos, tres, quién sabe hasta cuándo, hasta que alguien venga y me diga Juanita, basta, despiértese y a lo mejor tienen suerte y logran moverme y si no vendrá la enfermera de turno y pedirá ayuda y a lo mejor me dará una inyección y a lo mejor le explicará a la otra: tiene esquizofrenia catatónica y dos por tres se queda así y seguro que la otra pondrá cara de lástima y dirá pobre, pero nadie entenderá qué estatua estoy haciendo, porque esta estatua sólo yo sé cuál es y es la estatua de un alma en pena aquí en la tierra, que es donde por desgracia todavía estoy y que Dios me perdone la impaciencia. Amén.*

Catorce

LA SUBVERSION SE DIVIERTE

Los *HUECOS* ERAN LA DESGRACIA de la ciudad. Lugares vacíos, anegadizos, servían tanto para juntar agua y mugre como vagos y mal entretenidos. El Hueco de la Yegua, por ejemplo, estaba cerca del barrio del Tambor y tenía muy mala fama. Por allí pastaba, todos los atardeceres, una yegua que no era yegua sino alma en pena. En realidad, no era ni yegua ni alma en pena, sino un bandolero que acostumbraba a echarse encima un cuero de animal y dárselas de yegua pastando. El incauto que se acercaba o cruzaba el baldío, se enfrentaba con las malas artes de la yegua apócrifa que... lo dejaba en cueros. Alguna vez el mozo Insiarte se había dado maña para hacer de esa yegua salteadora de caminantes. En otras, le tocaba el papel de paseante incauto, según como se daba la mano. Pero siempre, en la pelotera, traspasaba —o recibía— papeles y consignas. Todo vale cuando las papas queman.

Pero el hueco más conocido era el de las Animas, haciendo ángulo con el Fuerte y frente a la plaza, donde se había proyectado y empezado a construir el teatro que Buenos Aires necesitaba: el Coliseo, nada lindo, tirando a petizón, aunque el inglés Beaumont opinó que tenía las mismísimas dimensiones del Haymarket de Londres. La señora de un señorón inglés, por su parte, se confundió al pasar frente a él *¡Qué hermosa caballeriza!*, dicen que dijo. Puede sospecharse que no había alcanzado a leer *Es la comedia espejo de la vida*, frasecita bien visible en el proscenio. Por lo demás, un turista francés aventuró, frunciendo la nariz: *probablemente el teatro ha sido levan-*

tado en algún antiguo local de objetos marinos; no se puede con el olor a brea y alquitrán, sin sospechar que el olor llegaba desde los altos. Y no era olor a brea y alquitrán sino a pis. El pis de las bellas damas de la cazuela que en la azotea contigua hacían sus aguas, mientras salían a tomar fresco. Los hombres, por su parte, se desagotaban en cualquier rincón. ¿Y los de palcos y plateas? Misterio. El servicio sanitario del Coliseo no era muy eficaz.

Alguna vez, desde las velas en estado de extinción pendientes de las grandes arañas, caían gotas de sebo para desgracia de sombreros y trajes. En cierta ocasión le cayeron tantas a una dama que quedó empalada. En otra circunstancia, una gota de estearina dio justo en el blanco. En el blanco del ojo de un joven. Quedó tuerto. Pero ahora ya no existen esos peligros porque la iluminación es a aceite. Aparecen otros males: bellas a punto de soponcio por olores y sofocos.

Pero se aguanta con gusto. El arte es el arte.

La noche de ese sábado en el Coliseo no había función teatral sino baile organizado por los comerciantes de Buenos Aires en honor de Manuelita. Octubre era el mes de los Rosas. Aunque los tiempos aparecían confusos por los remolinos armados por el lado del Entrerríos, había que tener presencia de ánimo y demostrar que el Imperio Colorado seguía a las mil maravillas; y divirtiéndose. En eso estaban los rosines porteños.

Con su lámpara central de trescientas luces, con las seis arañas desparramadas en otros rincones, el salón era pura fosforescencia lumínica. Afuera, un airecillo tibio soplaba como con ternura y el Coliseo, librado a la templanza del ambiente, resultaba acogedor. Pocos se acordaban del frío, las mujeres habían cambiado lanas por muselinas, aunque sin olvidarse del chal liviano para cubrir espaldas y hombros. Cintas rojas y guirnaldas blancas —y viceversa— pendían de candelabros y de todo promontorio apto. La brisa procedente del río movía guirnaldas y cintajos en tanto las parejas se movían sin necesidad de empuje eólico, mejor dicho, mecidas por la música

El minué, baile serio y tranquilo,
respirando decencia y honor,
con sus pasos medidos y graves,

se ha adueñado de salón y parejas. El Minué venía de Francia, pero se había hecho famoso en la ciudad, porque en la ciudad el Minué es el Minué Federal.

Competentes y serviciales, los bastoneros avanzaron; un lazo bermejo distingue atributo y función, la orquesta afinó los instrumentos, el general Agustín Pinedo solicitó la mano de Manuelita para bailar, la Niña se la concedió, el *British Packet* dejará impreso para la posteridad ese momento. Juntos, el General y la Niña se dirigieron hacia el centro del salón, se sumergieron en el mar rojialbo donde tules, sedas, muaré, muselinas, encajes, distintas texturas conjugaban dos colores en intermitencias y gradaciones varias. Rojo y blanco. Blanco y rojo. Qué impresionante visión festiva.

Después del Minué llegó el vals, muy a la moda, como en Europa, aunque algunas señoritas se marean; no terminan de acostumbrarse a tanto raudo giro. Pero allí estaban los caballeros para ofrecer el apoyo necesario. Juanita no se ha mareado pero se ha quedado quieta e inquieta porque espera a Javier ¿Estará con Moretti? Sabe que le pidió su ayuda a María Patria Sosa. Para una diligencia, le explicó sin explicarle nada.

Juanita, en ese hueco de nada que es su espera, se acercó a un grupo de damas en apacible descanso y conversación. La señora de Iturrioz —escucha Juanita— dice que en casa de los Anchorena no hay un cubierto que no sea de oro, ni una copa que no es puro cristal. Parece exagerado, reflexiona la señora de Marcet mientras se abanica con apuro: la gente cuanto más rica es, más mezquina resulta. Sí, retrucó la otra: pero con los de afuera: el rico sabe vivir. La señora de López Echarry entornó los ojos detrás del abanico porque ha sido rica y se ha quedado pobre: ese marido mío, murmuró. Nadie le preguntó nada porque las señoras ya están enteradas: el marido la fundió por cuestión de malos negocios y bellas damas y la arrastró a ella y a su fortuna en el mal negocio ¿Cómo no comprender el suspiro de la señora de Iturrioz y que el abanico haya acelerado su vaivén? Hay familias que van para abajo, reflexionó la señora López Echarry a quién, por su parte, sólo le queda el doble apellido.

La señora de Sáenz y la señora de Torruelo hablan de partos. Las dos están encinta, comparan sus síntomas, se les suma la de Orrataola que ya ha tenido su bebé y, como más ducha, puede darles algunos consejos. Fueron todas oídos las señoras de Sáenz y la de Torruelo, aunque la primera expuso sus dudas: no sabe si se animará a prender de sus pechos al futuro hijo para amamantarlo. La señora de Orrataola, enarcando las cejas, le ha dicho que no tenga miedo, que ella le enseñará. La señora de Sáenz aceptó que con mucho gusto, pero no dejó de confesar que igual siente miedo. Dijo también que su mamá la consolaba: todas las mujeres pasan por lo mismo. La señora de Torruelo, una rubia divina con ojos preciosos (que puso en blanco) sonrió: su madre preconiza lo mismo, pero cuando le habla del parto. Ay, dijo la bella Sáenz estremeciéndose: me cruza un chucho cuando pienso lo que será. ¿Por qué no existirá una manera más fácil para que los chicos vengan al mundo? ¡Si una hubiera sabido lo que era el matrimonio! Alguien lo dijo, apretando los labios, aunque puede presumirse que era reflexión del trío. Pero ¿acaso no te gustó? interfirió Juanita para chinchonearlas y porque quiere saber. Ah, gustar, gustar, dijo la de Torruelo y su mano llena de sortijas se cerró sobre la boca como quien deja caer la tapa sobre un cofre: no puede hablar, Juanita es soltera. Y eso que tiene, preguntó Juanita y escuchó la esquinada respuesta: Ya te llegará el momento, estas conversaciones no son para doncellas y el agregado de la viuda del General Osorno, con cara de disgusto: No hay caso, la moral del mundo está cambiando. El triángulo embarazado no hizo más caso ni de ella ni de nadie, se inclinaron a bisbisear entre ellas, sus cabecitas bien peinadas cayeron, como la tapa de un joyero, hasta sus respectivos vientres abultados parecieron conversar entre ellos, que nada las distrajera, allí se está cocinando un misterio. Juanita se fue.

Los señores, por su parte, no estaban en coqueteos sentimentales sino en otra cosa. En la política estaban. El señor Anchorena, presidente de la Asociación de Comerciantes, dijo que con esa fiesta reafirmaban todos su esperanza en la Consolidación Nacional. Pero el señor Otamendi, nada de acuerdo, retrucó golpeando sobre la mesa: no se engañe; el horno no está para bollos. El doctor Otaola dijo con una sesgada sonrisa que poco venía al caso, que él piensa lo mismo, pero que hay que confiar en las luces de los generales de Rosas. El coronel López Larralde insinuó, bajando la voz, que el Gobernador no parecía confiar mucho en las luces de los generales. ¿Por qué? quiso saber un entrometido con poca clase. Se hizo silencio, pero la situación era demasiado grave como para no arriesgar opiniones: porque le presentaron varios planes, explicó el doctor Iturroz. ¿Y cuál aceptó? No aceptó ninguno. Lo que pasa es que Rosas no se anima a desprenderse de sus divisiones, dijo el coronel Inchauspe, ducho en estrategia militar. El señor Gómez, que es sólo vendedor de cueros y tasajo no entiende. ¿Se hace o es inocente? ¿Por qué?, preguntó. ¿Acaso puede temer que sus hombres vuelvan sus armas contra él? Sacrilegio, protestó compungido don Carlos Otamendez, sacerdote y buen federal ¿Cómo puede temer de Mansilla o de Pacheco? ¿Cómo? dijo Javier que se había acercado, si Mansilla es su cuñado y Pacheco su criatura... ¿Y eso? volvió a la carga Otamendez, con cara de ángel. No me diga que no entiende. El señor Otalaora, que parecía el más enterado, explicó mesándose la barba: Chilavert, a principios de setiembre le dijo al Gobernador que tomar inmediatamente la ofensiva era el camino seguro para la victoria, el que golpea primero golpea dos veces, dijo el señor Otalaora que dijo el coronel Chilavert, pero Rosas dijo que no. Tiene razón el señor Rosas: golpear es perder el tiempo, dijo el señor Sánchez Lengu, que estaba gagá, hay que degollar, nomás. Pero el señor Gobernador mantiene intacta su valentía y su lucidez. También se mantiene la inflación, protestó el señor Anchorena. Con valentía y sin lucidez insistió en lo suyo el doctor Meléndez: Meléndez recordó de memoria algunas frases que dijo el señor Brigadier cuando lo visitaron en Palermo. Las recuerda porque le impresionaron. El señor Brigadier dijo: *Prometo defender el honor de esta tierra querida, cuanto más se empeña prácticamente la injusticia del pérfido gabinete brasilero en agredirla por sí y por su digno esclavo el inmundo loco, traidor, salvaje unitario Urquiza.* Usted esta inspirado, mi amigo. Usted es un piquito de oro, volvió a intervenir el señor Sánchez Lengu, siempre gagá. Algunos se sintieron tentados de aplaudir, como aplaudieron aquella tarde, pero se contuvieron porque no era el lugar o porque escucharon al señor García dictaminar: no estuvo muy elocuente con esa frase. Y varios pensaron: cómo estaremos para que el señor García (que es petiso, gordo y escaso de ánimo) se anime a expresar tal opinión. El señor Jefe de Policía, don Juan Moreno, quien pese a su alto cargo suele estar en la luna, se acercó e intervino: Ah, estaban recordando aquel día de gloria. Dijo eso y dijo haber sido él quien entonces organizó la serenata federal que recorrió las calles de la ciudad y homenajeó a los más conspicuos federales. Una manera de demostrar la unidad, dijo el señor Juan Moreno, e inclinando su cabezota, humildemente, confesó: todo salió maravilloso. El señor Arruspide recordó una de las cancioncillas escuchadas:

¡El sable a la mano!
¡Al brazo el fusil!
Sangre quiere Urquiza;
balas el Brasil.

Pero el señor Irrazábal (Juan, no Pedro), recordó otra, por inevitable asociación de ideas: acaba de dirigir sus ojos hacia Manuelita y la ve, inclinada junto a Terrero, en conciliábulos de enamorados. Estas letras recuerda el señor Irrazábal, Juan:

Miradla, un pueblo entero
se agita en torno suyo.
En el pendón guerrero
su nombre inscripto va.

El recuerdo y la visión de la Niña fue lluvia mansa, aire benéfico para los ánimos, provocó esperanzados cuchicheos, los ojos de los señores se entornaron, tiernos y melancólicos: por suerte, si al Gobernador llegara a pasarle algo, allí está la heredera. La Confederación nada sufriría. Por lo tanto, tampoco sus negocios. Alguno hasta la imagina con traje de brigadier, la banda de mando atravesándole el pecho, la espada pendiendo de la cintura, el cetro en el espeso pelo. Es una visión imperial. Que siguiera armando líos subversivos el Entrerriano. La realidad era ésa: música, juventud, seguridad, gran Rosas y Federación para rato. Que sigan nomás los otros. No llegarán a mucho.

De pronto, algo sucedió. ¿Qué sucede? Un tumulto, un revoltijo. Alguien levantó del suelo un volante blanco, de los muchos llegados desde el cielo, planeando por sobre la multitud. Ese alguien lo levantó, lo leyó y no pudo creer lo que leía. Damas y caballeros se apiñaron a su alrededor, se empujaron, sin importarles que no estaban en el Matadero sino en el Teatro Coliseo y que la función no era para carnear los vacunos con que se abastecía a la ciudad sino para homenajear a la Niña y hacer entrar en razones al Entrerriano.

Una mujer cayó y la levantaron con la boca llena de sangre. A una negrita del servicio la empujaron, la apretaron, la llevaron, la trajeron y cuando logró deshacerse del embrollo humano no sólo estaba sin la bandeja que portaba sino que le faltan zapatos, moño y delantal. Nadie fue tan audaz como para averiguar si le quedaron los calzones. Juanita, curiosa, buscó el centro del remolino pero un brazo la sacó antes de que pudiera concretar su operación personal en busca de la verdad. El brazo era de Javier y Javier la llevó a otro lado: *no te enloquezcas*, le dijo. Pero ya desde el centro clarificado del remolino surgía la voz que estaba leyendo:

Manuela bailando y el pueblo llorando.

Las damas llevaron sus manitas, enguantadas o no, a la boca, buscando retener el grito que ya lanzaron, en tanto la sorpresa estallaba por ojos y ademanes. Qué atrevimiento. Subversivos. Pero esa noche no pararían las impresiones, estaba visto, porque de más allá llegó una matrona, negra la tez, colorado el vestido, arreboladas las mejillas, jadeante el pecho, un papel en la mano. Era otro. Otro panfleto. Lo levantó como bandera, alguien se lo arrebató y leyó con toda su voz:

Yo no bailaré con gusto
hasta que venga don Justo.

Los ¡ay! y los ¡oh! se sucedieron estrepitosamente, algún coronel en desuso llevó la mano al lugar de la espada; pero en el lugar de la espada, no había espada, había nada. Otro protestó: estos unitarios no te dejan respirar, menos, bailar en paz.

Pero la paz parece que esa noche de gala había partido con incierto rumbo porque entonces llegó un petimetre, amanerado él, sofocado él, orgulloso él. ¿De qué? De ser portador del tercer panfleto, se diría que el peor, al menos por la broma insinuada. Porque decía:

Arreglen el Coliseo, que pronto celebraremos el triunfo de la libertad.

Todos coincidieron: habían llegado del cielo, mejor dicho, de arriba. Venían volando. Como pajaritos, volaban. ¿De qué artilugio de salón se habían valido? ¿Quién podía haber sido tan audaz? ¿Tan audaz? ¡Tan suicida! Y allá fue el señor Jefe de Policía, don Juan Moreno a indagar. Subió escaleras, recorrió pasillos, escudriñó cazuela, palcos, paraíso. Revisó. Husmeó. Era un perro perdiguero el señor Jefe de Policía. Pero nada. Volvió con la cara pálida, a punto de un ataque, vociferando, estremecido y estremeciendo a los demás. Ya me las van a pagar. Sentía a la jugarreta como un agravio personal. Esto se va a pagar.

Más prudente y oportuno, el Presidente de la Comisión de Comerciantes eligió un atajo.

—Orquesta, atención.

Invitó a subir al estrado a Manuelita, aquí no ha pasado nada, repartió a los invitados en dos bandos, los invitó a cantar. Y todos cantaron, los negros del servicio también cantaron y al ritmo de la música movieron los culos y las manos se levantaron y algunas sonrisas comenzaron a encenderse en los labios.

> *Salud ninfa hechicera,*
> *prenda de paz y de amor.*
> *A tus virtudes, gloria;*
> *gloria y eterno amor.*

Javier había quedado, en el improvisado coro, al lado de Moretti.
—Buena puntería —le dijo esforzándose en su vocalización.
—Más o menos —contestó el otro, modesto.
—Y el cargamento ¿dónde vino?... *¿tu connais?*
—El miriñaque de las damas es buen depósito.
—¿Y la dama?
—Secreto de Estado.

Pero Javier divisó a lo lejos, pronta para servir el ambigú a la concurrencia, a María Patria Sosa. ¿Andará en esas María Patria? Todo es posible cuando llega el Apocalipsis. Y el Apocalipsis estaba a las puertas de la Ciudad Colorada.

Quince

UNA SIESTA EN PALERMO

Era el aniversario de la muerte de la madre y Juanita estaba muy triste porque, de pronto, y entre otras cosas, había reparado en que ya no la vería más. Le contaba a Manuela:

—¿Sabés? Madre se declaró en estado de camisón, se metió en la cama y no se levantó más —y comenzó a moquear.

—Algo parecido le pasó a mamá —recordó Manuela, a quien mucho le había costado ver a esa varona que era doña Encarnación metida en la cama entre remedios y suspiros de dolor.

Juanita lamentaba como nunca, en ese día, que de ella sólo le quedara ese retrato detenido en una edad (cuando tenía veinte años), que ni siquiera era la de sus recuerdos sino la de una joven señora, repantigada en su sillón, una mano en la falda y la otra sosteniendo una rosa. La rosa ya estaba hecha polvo y la mano que sostenía esa rosa se había podrido bajo tierra. Por lo demás, esa imagen mucho no tenía que ver con la Madre de los últimos años. A duras penas podía extraer, desde una niebla espesa, la otra, por ella tan conocida; pero se deshacía enseguida. Sólo permanecía ese retrato, entonces, y el resonar de los consejos y las historias que ella sacaba de entre apretujados recuerdos como el mago saca de una galera sus conejitos, pero ya nunca más el sonido de la voz, la calidez de la mano apretando la suya o revolviendo su pelo.

—¿*Muytris*? —le preguntó Manuelita para quien, a veces, su corazón era un espejo.

—Sí, *muytris* —confesó recogiendo sus lagrimones.

—Entonces, vayamos de compras, como hace mi tía Agustina cuando está triste.

Fueron a la casa *Miguel Masculino*, una gran tienda donde se abastecían siempre de peinetones (que a Manuela le encantaban), y de cuanta prenda a la moda tenían ganas de comprar. Se divirtieron mucho porque se disfrazaron para que no las reconocieran. Manuelita se había teñido cara y manos de negro y sobre la cabeza puesto un gran rebozo rojo y brillante, en tanto que Juanita, hábil para imitar idiomas extranjeros, hacía de una inglesa más bien recién llegada al Río de la Plata. En verdad, imitaba a la difunta Clara la Inglesa, exagerándola, por cierto. Hasta el cochero que las llevó y que estaba al tanto de la traviesa impostura, apenas podía contener la risa.

—¡Qué amitas éstas! —murmuraba a cada rato.

Ya en lo de *Miguel Masculino* se entretuvieron removiendo géneros hasta que, quizá aburridas por el largo tiempo de la interpretación, o distraídas, o tal vez empecinadas en adquirir cierta tela, desbarataron el juego.

—Señora, de ningún modo puedo vendérsela porque está prometida a la señora de Corvalán —dijo el comerciante, hombre de edad indefinida y extraño pelo rojizo, ya cansado, dirigiéndose a la cargosa inglesa.

—Pues si ella es la señora de Corvalán —intervino Manuelita olvidando su cara renegrida—, yo soy Manuelita Rosas.

El empleado la miró divertido y se le rió en la cara.

—Y ella es mi Edecanita, Juana Sosa —concluyó la Niña.

—Sí. Y yo soy el señor Juan Manuel de Rosas —les contestó el hombre levantándose de hombros, pero como entraban otros clientes apresuró el trámite: les vendió la tela que querían y unos sombreritos para el sol, de variados colores, que a ambas les habían encantado y pensaban repartir entre las otras.

—¿*Muytris* o *muycont*? —preguntó la Niña al salir, apretando contentísima el paquetón en sus brazos, antes de subir al coche.

—*Muycont* —contestó la Edecanita, ya en el coche, desarmando el paquete y probándose el sombrerito que pensaba estrenar al día siguiente.

—Seguro que Agustinita Mansilla nos va a preguntar dónde lo compramos —aventuró mientras se miraba en un espejito.

—Pero vamos a dejar a la tía en dudas —rió Manuelita—. Que recorra la ciudad entera si quiere uno igual.

Pero al día siguiente los ánimos volvieron a cambiar y precisamente por los sombreritos para el sol.

Estaban en los jardines de las rosas, tomando refrescos, cuando vieron aparecer, avanzando por la avenida de álamos, una recua de burros luciendo muy orondos, en sus cabezotas sin sesos, las gorras recientemente compradas que Juanita y las otras habían utilizado esa mañana para preservar las suyas, llenas de rulos e ideas, cuando salían al solazo. No pudieron creer lo que estaban viendo y la novedad insólita las puso rabiosas. ¿Quién podía haber sido? Alguna aventuró:
—Biguá.
Otra:
—Don Eusebio.
Manuela y Juanita se miraron: les bastó ese intercambio visual mudo y rápido como relámpago para comprenderse. Y comprender. Pero guardaron silencio en tanto las demás seguían con sus rezongos y cábalas.
—¿Quién habrá sido?
—¡Habráse visto!
—Degenerados...
Estaban en eso cuando lo vieron al Gobernador, repantigado en su silla, riéndose a más no poder del desfile de los burros luciendo en sus peludas testas los sombreros de las preciosas.

Después, cuando don Juan Manuel se fue, las muchachas, capitaneadas por Juanita, decidieron hacer una fogata con tanto sombrererío ultrajado. Y así se hizo.

* * *

Era el rincón que Juanita llamaba náutico porque se escondía detrás del barco que, en ese lado, yacía entre altos yuyales y ortigas a las que no llegaba el ejército de jardineros custodios del parque. Porque en Palermo había hombres para todo: para perseguir hormigas, para limpiar las hojas de los árboles de los insectos que se les pegan, para recoger las hojas secas que el viento arranca de los árboles, para conservar las casuchas de totoras que protegen los naranjos (que son más de tres mil). Pero nadie de ese jardineril ejército llegaba a esos suburbios de Palermo, razón por la cual las hormigas estaban en la gloria haciendo de las suyas. Como contraparte, el lugar resultaba estupendo refugio para los enamorados. Unas tupidas higueras ocultaban todo y también un ombú, contemporáneo de los querandíes y de don Pedro de Mendoza y único en la quinta: Rosas, por más esfuerzos que hizo, nunca pudo conseguir que alguno arraigara. Los contras decían: porque el ombú es símbolo de libertad.

De modo que allí, detrás de las higueras y del ombú, se habían citado Javier y Juanita y allí estaban, en tertulia de enamorados. El iracundo rojo del chaleco de Javier parece un agravio a tanto verde y se lo quita.

—Así es más normal —murmuró como quien se saca el saco al entrar a su casa.

Es la pachorra de la siesta y restauran sus fuerzas los súbditos de la Restauración. El viento suave proveniente del río desordena pollerón y pelo de la muchacha pero ¿a quién puede desagradar ese pelo en estado de alboroto? No a Javier, que la mira con la intensidad que pone en todo lo que hace. Pero esos dos guijarros que enfrentan a Juanita, qué perturbadores. ¿Qué pasa si dos brasas te queman el rostro? se preguntaba la Edecanita.

Cuando lo había conocido a Javier, Manuelita averiguó:

—¿Qué te pareció el mozo?

Su respuesta fue:

—Me parecieron lindos sus ojos.

Esos ojos que entonces estaba mirando.

Juanita acababa de contarle a Javier el asunto de los sombreritos para el sol y los burros y la risa del Gobernador. La carita encendida por el sol y la circunstancia, se desahogaba:

—¿Te parece que ésas son cosas para que las haga nada menos que un gobernador? —preguntó la boquita fruncida en un mohín de rabia, las lágrimas a punto de estallar: por la ofensa y porque había perdido su lindo sombrerito.

Javier aprovechó la ocasión.

—¿Y qué te extraña? ¿No sabés que es capaz de cualquier cosa? ¿Acaso no permitió un día que Biguá tiroteara con huevos al General Guido, héroe de la Independencia? ¿Y no fue Su Excelencia en persona quién recibió al General Soler en calzoncillos? ¿Y no lo llama al General Pacheco, Angelito? Y esos dos son también guerreros de la independencia que entregaron su vida al país. Pero, qué hablar de esos desaires si no trepida en el asesinato. Fijate que en La Habana se dice que a la gente la acaba el vómito negro, en Lima, las tercianas, pero en la Confederación ¿sabés qué? En plena salud y juventud la gente pierde su vida por esa enfermedad endémica que se llama degüello. ¿Qué tal?

Respiró Javier, pero aún no había terminado.

—Fíjate que un amigo francés me escribe y me pregunta: ¿pero qué país es ése en el cual cuantos se nombran han muerto o en los combates o degollados? —Ha hablado Javier con acento de persona bien informada en lo suyo, pero amengua el tono, aminora sus arrestos.— ¿Qué te puede sorprender, entonces, que haya hecho eso con los sombreritos de estas beldades que rodean a Manuela y entre las que está la más encantadora?

—No te rías.

—No me río. Trato de hacerte comprender.

Desde hace un tiempito Javier ha tomado la costumbre de hablarle en cuanta ocasión encuentra, oportuna e importunamente, como San Pablo a los primeros cristianos.

—¿No te interesa la política, Edecanita?

—Me interesa la vida.

—En la vida está la política.

—Cierto. Pero en la vida hay también otras cosas.

—¿Que te atraen más?

—Sí.

—También a mí me pasa así. Pero a veces, para tener esas cosas que nos interesan, hace falta la política, mi amor.

Javier no cejaba en su empeño y eran tantas las lecciones impartidas y tanto su afán docente y tan multiplicadas las lecciones, que iba consiguiendo su pedagógico objetivo; Juanita estaba perdiendo su inocencia política en esas amorosas competencias retóricas.

En un primer momento, Juanita llegó a sentirse muy turbada por esa cuestión de lealtades enfrentadas. Tomó un atajo: fue a confesarse con cierto cura de San Francisco, un cura manso, encontrado por casualidad un día, cuando acompañaba a la Niña en unas visitas de beneficencia. Era un curita gordo y pacífico, rollizo, con ojos de bebé y una gran mansedumbre. Juanita no era para nada lo que se dice una chica devota, aunque había tenido sus ramalazos piadosos. En aquella época todo lo había medido con cronómetro religioso: un huevo pasado por agua le llevaba el tiempo de un Miserere. Un saludo, el de un *Dominus Vobiscum*. Una penitencia, el Padrenuestro. Etcétera. También creía que cada uno tenía su patrono en el cielo, que era algo así como un guardaespaldas celestial para cada evento y profesión que curaban quebrantos, suavizaban penas y hasta hacían milagros en casos extremos. Los guerreros tenían por patrono a San Sebastián (el lindo de las flechas en todo el cuerpo). Los panaderos a San Honorato (panes lucía su pendón). Los marineros a San Nicolás (¿acaso no transportó al Niño Jesús en sus hombros para cruzar un río?). Los pobres a San Martín (porque una vez repartió entre ellos su capa). Las solteras, como ella, a Santa Catalina (había sido muy hermosa y solicitada). Pero aquellos ramalazos piadosos se le pasaron cuando comenzó a aburrirse en Misa. Se aburría tanto que un día le preguntó a Madre. *¿Estás segura de que esta es una manera de ganarse el cielo?* Madre salió del paso con una anécdota, según su costumbre: un condenado a la horca se salvó por haber sido siempre devoto de la Santísima Virgen. Cuando lo fueron a colgar la Virgen, sin que nadie se diera cuenta, le mantuvo los pies levantados. El hombre no se murió. Moraleja: lo que hay que tener es fe.

Juanita no tuvo la necesaria puesto que dejó el cumplimiento dominical, aunque cada tanto volvía a la Iglesia y a esas cosas de Dios, como decía. Turbada por el adoctrinamiento de Javier, volvió a acercarse. Al menos a acercarse a un cura que le gustó porque era alegre y porque no vivía a la musulmana con sus barraganas, como algunos que ella bien conocía. Además, era solitario y reidor, carita de sol y sonrisa de ángel, venía de tierra adentro, donde había lidiado con indios sin perder ni compostura, ni sonrisa, ni los kilos de su humanidad. Era oriundo de la pampa, *ese redondel sin acabo, esa tierra de horizonte marino, donde el alma en las mañanitas parecía llenarse de espacio y alas,* decía con palabras de su amigo Luis Franco. Conocía el desierto de pe a pa. El geográfico y el que suele habitar el corazón del hombre y, pobre de solemnidad, justificaba su elección ("soy franciscano, hijo del Poverello") y la ejemplificaba con una anécdota:

"Un novicio le dijo un día al Santo que deseaba tener un salterio y San Francisco le contestó: 'cuando tengas un salterio querrás tener un breviario. Cuando tengas un breviario querrás sentarte en una silla como un gran prelado. Cuando seas un prelado dirás entonces a tu cofrade: *Hermano, tráeme mi breviario. Mejor estás así',* le dijo."

Y así se decía el curita mirándose la sotana raída, los pies con gastadas sandalias, las manos llenas sólo de callos, los reidores ojos de bebé. Eso sí, explicaba el curita gordinflón: trato de estar limpito para no convertir mi sotana en vivero de piojos. La tarde en que fue a verlo, Juanita le dijo, sin andar con vueltas:

—Padre, he perdido la fe.
—También yo, hija mía, la pierdo... varias veces al día.
Juanita le explicó:
—La fe rosina, padre. No la otra. De la fe rosina le estoy hablando.
—Ah —replicó el rollizo servidor del Señor—. Eso no tiene importancia. A esa fe no la tuve nunca.
Juanita se quedó muda, porque para ella tenía muchísima importancia. Pero junto con el amor a Javier le estaba viniendo su interés por la política y ese interés amenazaba acabar más que con sus convicciones, con los amores que habían alimentado su vida: Manuelita, Palermo.
Pero el cura seguía en lo suyo.
—¿Acaso no lo han destituido a San Martín de Tours por flojo y mal federal? ¿Por qué tengo, entonces, que seguir atado a una política que maltrata a los míos? —alardeaba el cura sin bajar su voz para nada.
Juanita estaba acostumbrada a escuchar sólo susurros y bisbiseos cuando materia semejante se trataba. Y esa experiencia se la estuvo contando a Javier.
—Rosas siempre rondó a los curas, los quiere en su redil. Entre otras cosas, le gusta andar bien con ellos porque le resultan buenos socios: pueden amenazar a los enemigos con el infierno, mientras el sólo consigue importunarlos con el degüello. *Propaganda fide* a la federala, querida.
Esas cosas le estaba diciendo Javier a una Juanita sopresivamente muda. Hay que aprender a leer los silencios, supone Javier y también calla. Pero antes le ha dicho:
—Preguntáme lo que quieras saber.
En realidad, la Edecanita no encontraba cosas que aclarar. ¿Cómo aclarar lo que no se tiene? Hasta entonces esas cuestiones de su entorno no le interesaban. Mientras afuera los hombres se destripaban no por un quítame de allí esas pajas, sino córreme esas fronteras o degüéllame a ese adversario, ella estaba en lo suyo, en los sentimientos que la barrenaban, en averiguar cómo era ella misma. ¡Ah! y en descifrar el mundo. Esas cosas. Cosas de mujer y de adolescente. Su vida le preocupaba mucho más que la historia, es decir, que el Régimen. Quizá su espíritu hasta alimentaba un ligero desdén por tales materias. ¿Acaso sólo las épocas pacíficas pueden permitir las efusividades de la felicidad?

Pero Javier ha abierto una puerta y ella comienza a mirar el afuera y su confusión es grande: junto con el amor de Javier y sus delicias le está llegando la lucidez política y para entender en ese magma, el escollo más grande resulta Manuelita. Cuando Javier insistía en los crímenes del Gobernador, ella sólo atinaba a pensar pero ¿cómo? ¿Acaso Manuelita no sabía que su padre mataba? Probablemente, es cierto, nunca lo habría visto a don Juan Manuel lancear o degollar con sus manos pero seguro que lo había oído hablar de muerte y dar órdenes de muerte. Ella, Juanita, recordaba cómo Manuelita decía que decía Tatita: para consolidar el sistema. Juanita siempre había creído lo que decía Tatita y repetía Manuelita. Pero entonces se preguntaba: ¿tantas muertes habían sido necesarias? ¿Tantos años? Y ¿no se habría enterado la Niña de que don Juan Manuel era considerado una calamidad nacional? Pero, digo, se decía Juanita ¿acaso yo me había enterado?

De modo que así estaba Juanita, escucha que te escucha y Javier transmitiéndole lo que quería saber sobre el Régimen y aún más de lo que quería saber porque, por supuesto que a la muchacha muy poca gracia le hacía el derrumbe de tantas cosas sospechadas, quizá, en medio de sus delirios aventureramente premonitorios, pero jamás racionalizados.

Javier, en tanto, avanzaba, cauta pero implacablemente, en su docencia; lo estaba haciendo en esta siesta. Mientras todos dormían, ellos se entregaban a placeres que no eran los de la modorra en un cuarto sombreado, sino los de la docencia y el amor por cierto hábilmente entrelazados.

Como Palermo está construido sobre lodazales ganados al río, los mosquitos siempre dicen presente y, esa tarde, comenzaron su actividad temprano. De manera tal que Javier y Juanita, entre consideraciones políticas y ternezas y matando bebedores de sangre, pasaron unas lindas horitas camino a la consolidación amorosa y doctrinaria.

—Casi todos los hombres públicos se creen salvadores de la patria. Rosas está convencido de haber sudado la gota gorda para alcanzar ese título. Y no te equivoques —le decía Javier con la obstinación de quién está seguro de sus razones—, Manuelita también lo está.

—Y a mí me convencieron —se lamenta Juanita acurrucándose junto a Javier. Pero su fe, aunque ya enclenque, tenía todavía pilares que la sostenían. No sabe mucho pero recuerda.— ¿Y la Legislatura?

—Que la Legislatura diga siempre que sí a las sugerencias del Restaurador, es parte de las libertades democráticas que permite Tatita. Por la imagen, te das cuenta. Pero la Legislatura es una junta de compadres, Juani, que se encarga de otorgarle una vez y otra las facultades extraordinarias para que él pueda mandar a su antojo.

—Y quedar bien con esas renuncias recurrentes de "yo estoy dispuesto a irme pero no me dejan" —agregó Juanita, nada lerda para entender.

Con todo, su entusiasmo era más bien escaso: las cosas que estaba escuchando la descolocaban.

—Tengo que pensar —dijo de pronto y agregó como encontrando la solución— Y a lo mejor consultar.

Buscaba respaldos, la Edecanita; recaer en antiguas seguridades. Javier se estremeció. Miró el talle erguido de la niña, sentada sobre el césped, el pelo que el viento imprudentemente ha desordenado, los ojos oscuros que lo están mirando con inquieta transparencia. Cuánto margen de duda en ellos. Mirarla es pensar en la gracia del junco, en la belleza de la rosa. Pero él no puede fomentar ni dudas ni flaquezas.

—Juanita, por favor —le dijo tomándola con fuerza—. Ni se te ocurra consultar con nadie. Con nadie ¿entendés? Estamos viviendo tiempos muy peligrosos ¿sabés? —y volvió a apretar su brazo con energía; nunca le había hablado con tanta contundencia.

—Me hacés daño —protestó. Pero siguió en lo suyo—. Sí, pero yo debo entender muchas cosas. Estoy tan confundida.

—Mi vida, te entiendo; creeme que te entiendo —dijo Javier aflojando la presión de su mano, la dureza de su voz—. Yo te explicaré todo lo que quieras, pero no preguntes a nadie. A nadie podés tenerle confianza.

—¿A nadie? ¿Ni a mis amigas? —quiso saber, más que extrañada, dolorida.

—Ni siquiera a tus amigas. Tal vez a ellas menos que a nadie. No. Además, no me nombres para nada. Por favor, no me nombres.

—¿Ni siquiera nombrarte? —preguntó extrañada a más no poder.

—No, mi vida. Sería complicar las cosas.

—¿Por qué?

—Porque podría perder la cabeza.

—¿Así que vos sos algo así como el hombre cuyo nombre no puedo nombrar? —preguntó Juanita haciendo un mohín e imprimiendo a su pregunta cierto tono frívolo que aventaba la tierna preocupación instalada en su rostro arrebolado por el calor.

Era un buen atajo. Javier le siguió el tren.

—Así es, de aquí en adelante, señorita, yo soy el hombre cuyo nombre usted no puede decir. Pero al que podés querer. Y con locura —dijo y la abrazó con fuerza.

—Al que quiero —confirmó Juanita—. Con locura.

Era demasiado esa confesión, Javier tomó a la muchacha entre sus brazos.

—Esto es lo más lindo que me ha pasado en la vida —le susurró al oído.

—También para mí es lo mejor que pude haber esperado —murmuró ella.

Qué importa el calor, qué los mosquitos, qué el Régimen y sus peligros, en el juego del amor los roza el placer, la prefiguración del Paraíso, la levedad del instante pleno.

De pronto, en la cercana maraña algo se movió. ¿Qué? ¿Una oveja despistada? ¿Algún gato vagabundo? ¿Un espión? Javier tenía sentido del peligro; Juanita, del tiempo. Ambos se levantaron, Juanita alisó su falda, acomodó su pelo, Javier volvió a enfundar su chaleco colorado, incómodo error del gusto rosín con semejante calor, volvió a tomarla entre sus brazos en amoroso embrollo.

Cuesta la separación. Pero se separan.

Bajo el sol rioplatense, un vientito insidioso comienza a zamarrear los árboles mientras caminan con sigilo. Mejor que no los vean para salvar las apariencias, aunque en Palermo siempre algún ojo mira lo que no debe ser mirado, piensa Juanita, que conoce quinta, costumbres y adyacencias; piensa Javier, desconfiado más que por naturaleza por momentáneo oficio.

Y regresan, con los pelos alborotados, picaduras de mosquitos y el corazón bailoteándoles.

A poco andar, vieron gente de la guardia. Los soldados, para no dormirse, habían pasado la siesta guerreando con naipes y haciendo circular la ronda del mate y aunque no era hora de guitarreo, alguien tenía una y no ociosa:

—Es Pancho Esquivel —dijo Javier—, hombre de Corvalán y de mala entraña que le hizo pisar el palito a Maza. Esquivel —siguió bisbiseando en el oído de Juanita—, diestro en la lanza y siniestro en la guitarra.

Pobre de ellos si los llegara a ver. Javier sospecha algún jarro de vino tinto oculto.

—Al hombre le dicen herradura: siempre está pegado al vaso —agrega la Edecanita que también tiene sus noticias de la gente.

¿Qué guardia podrán hacer así? Por algo el Gobernador tenía a esa gente al trote. Se dan el último abrazo; toman rumbos distintos. Javier se escabulle con precauciones de malevo en fuga, a pasos de la ronda, sin ser visto.

Juanita, por su parte, al llegar a la galería se encontró con dos negras. Una la saludó con sonrisa de choclo, puro diente su boca: era joven. La otra con sonrisa de marlo, desdentada: era vieja. Las dos, la de choclo y la de marlo la miraron sorprendidas. *En qué andarán*, pensó Juanita. *En qué andará*, pensaron a su vez la de choclo y la de marlo.

Juanita se encerró en su cuarto, feliz por el encuentro, turbada por la conversación. Las demás seguían en sus descansos o en sus labores solitarias. Y yo aquí, haciéndome un alma nueva, pensó. Qué vamos a hacer: los seres humanos, como las casas, siempre están construyéndose. Siempre en veremos.

ESTATUA X

Soy la desolación

Y ME VOLVIÓ A PILLAR *otra vez y otra vez a la siesta, hacía calor, el invierno había durado lo que tardó en llegar el verano y los pañuelos se empapaban enjugando sudores y secando humedades; los días se alargaron, ya no corría ningún frescor, los mosquitos andaban enloquecidos y te enloquecían y el Gobernador parecía no dar pie con bola, no se concentraba en el trabajo para nada, gritaba por cualquier cosa; ni a los bufones les tenía paciencia, hasta hizo esperar, gran anomalía, a una delegación de la negra Nación de Mozambique él, que nunca les infligía antesalas. Todos estos datos eran mínimos, triviales si se quiere, pero te hacían ver que algo andaba para la mierda, como decía Moretti, el escribiente amigo del hombre cuyo nombre no puedo decir. La misma Manuela bien que se daba cuenta y sufría la pobre, por cierto, aunque siempre lo hacía con señorío, como diciendo sufro pero no se preocupe, que estoy acostumbrada; como disculpándose hasta de estar apesadumbrada. Pero por aquellos días, que eran los días de diciembre según estoy diciendo, cuando yo le preguntaba ¿muytris o muycont? me contestaba meneando suavemente la cabeza* muytris, Edecanita *¿acaso podría ser de otro modo? Y aunque se había vuelto poco comunicativa alguna vez me dijo con* Tatita tan nervioso, con las noticias que llegan del Entrerríos y los rumores que corren ¿cómo querés que esté? Pero aquí no pasa nada, Manuelita, *le decía yo sin creer para nada en lo que le decía porque el hombre cuyo nombre no puedo nombrar me tenía al tanto y requete-*

170

sabía que aquí no pasaba nada porque las cosas pasaban en otro lado, y porque aquí al Brigadier le había entrado como un desgano suicida. Con todo, yo trataba de animarla, con mis chistes y cuentos que a veces eran muy malos porque los hacía a desgano, cuando la veía muytris. Recuerdo uno de los últimos. ¿Sabés el cuento de la embarazada? No ¿cómo es? *me preguntó por cumplido. Así, le dije:* está la pizpireta señora muy oronda sobando su panza, mira tiernamente al marido, y entre un arrumaco y otro le pregunta: ¿qué te gustaría que fuese? *Mío, le respondió el marido rapidísimo y Manuelita rió festejando mi cuento pero yo no me animé a preguntarle si ya estaba* muycont *porque me di cuenta de que seguía* muytris. *En un mediodía apabullante por el calor y la humedad, cuando todo Palermo parecía envuelto en infinito sopor, sentí que la puerta de mi cuarto se entreabría y escuché una voz de tumba o voz de sótano, diciéndome* Juanita, *y ni tiempo tuve para contestar, ni para echarme algo encima (en enaguas estaba; había salido de mi vestido por razón del calor y la siesta), y así, entonces, como estaba, con apenas una camisa que logré atrapar y echarme mal que mal encima, pregunté, puro asombro en ojos y voz* ¿Gobernador? *porque quien en la puerta estaba con aire de sonámbulo o de gato escaldado era nada menos que el mismísimo Gobernador de cuerpo presente y con su habitual veraniego traje de paisano. Y el Gobernador, con esa cara de sonámbulo, que era cara de entristecido, se me acercó y me dijo* ¿querés que platiquemos? *mientras comenzaba a medir con pasos marciales la extensión del cuarto y yo iba a decirle* ¿así? ¿ahora? *(porque esa era situación de entrecasa, para la Eugenia era esa situación, no para mí), pero me dio como un no sé qué el despiste de esa cara siempre tan altanera, y como lo sentí empeñado en su paseada, supuse: a este hombre lo que le falta es conversación: desahogarse, le hace falta; y me pareció que podía hacerle un bien escuchándolo y que podía hacer un bien bis si esa conversa se la pasaba luego al hombre cuyo nombre no puedo decir, así que atiné a murmurar* como usted diga, señor Gobernador *y ya iba a preguntarle* ¿de qué quiere que hablemos? *aunque ya me sospechaba: quiere que hablemos de la Niña, hacerme algunas recomendaciones desea, para cuando llegue lo que sabemos está por llegar; cuando yo me hacía esa composición de lugar (yo, la Edecanita, depositaria de la voluntad de S.E. en receso. Yo, la Edecanita, testigo depositaria de sus preocupaciones últimas antes de la abdicación. Yo, la Edecanita, consuelo por venir para la Niña); cuando todos estos pensamientos en ristra pasaban por esta cabecita mía que puede ser cualquier cosa pero siempre llena de imaginaciones, cuando estaba en esas elucubraciones, digo, siento un manotón y como si algún bicho de improviso lo hubiera picado (o quizá ya venía picado y lo anterior había sido puro prolegómeno engañador) el hombre se volvió gato, pero ya no gato escaldado sino montés, se abalanzó sobre su presa, que era esta servidora a quien tomó de la mano, tapó con la suya mi boca llena de gritos, mientras decía, ya nada entristecido sino atropellador,* quieta, quieta, no seas tan remilgada, nada de gritos si ya sabés cómo es. *Y otra vez yo, la vivaracha, la vocinglera, me quedé muda, muerta me quedé, estaqueada, mientras el hombre cumplía sus maniobras que fueron esforzadas, porque a algunos el miedo y el nerviosismo les da por la languidez y a otros les da por el desafuero sexual. Pero al final el Gobernador después de escarbar en mi cuerpo para satisfacer necesidades unilaterales llegó al término de sus maniobras, que eran maniobras eróticas, resolló clamorosamente y tiró la extensión de su humanidad al lado de esta desgraciada que estaba quieta, que estaba helada, que estaba muerta. ¿Por qué? Porque esta desgraciada quería evitar el escándalo y el griterío y el bochorno, como el que pasó aquella vez con María Patria: cerca de allí estaba Manuelita, y más allá el hombre cuyo nombre no puedo decir y más allá las chicas de Manuelita y cómo iba yo a pasar a ser mujer de dominio público, y cómo iba a explicar que todo era puro atropellamiento y salvajada de Gobernador en celo. Cómo. Cuando el hombre que para mí ya no era ni Gobernador ni cristiano sino pura bestia, empezó su perorata:* Juanita no sé lo que va a pasar, Urquiza se viene nomás. Quiero que estés cerca de Manuela. Probablemente tengamos que irnos y yo quiero que te vengas con nosotros... *Cuando le escuché esto y las otras cosas que todavía escucho en mis noches de insomnio, manejé mis uñas como si fueran tijeras y a esas tijeras se las puse en la cara mientras le decía* no...no...no *y pegué un salto y me fui a un rincón y me tiré al suelo y me ovillé como un perrito, como el feto que quería volver a ser en el vientre de Madre, en un gesto que ahora entiendo era de pena y desamparo como el de ahora cuando estoy puro ovillito buscando mi centro, aislándome de todo lo de afuera porque lo que viene de afuera es siempre dañino y siempre te destroza y así me quedé, horas me quedé inutilizada para la vida y no me moví aunque el Gobernador me sacudió y quiso levantarme y me palmeó la espalda y me dijo una y otra vez, (¡sería esa su declaración de amor!), vamos, Juanita, no es para tanto, nunca te voy a abandonar, afuera podremos empezar una vida nueva, por lo cual se veía que no entendía para nada la fuente de mi pesadumbre y yo lo oía pero no le escuchaba, lo sentía pero no registraba el peso de sus manos, me estaba convirtiendo en esta estatua que ahora estoy haciendo y que es la mismísima estatua de la desolación, la cual, al fin y al cabo, nunca tendría que haber dejado de hacer porque díganme, la reincidencia del hombre que hizo en mí de las suyas sin que yo atinara a impedírselo ¿no me convertía en amante del Restaurador? porque, pienso yo, que una vez ocurra algo así es violación, desgracia o casualidad pero ¿quién podría creer que dos veces vuelve a ser casualidad, desgracia o violación? Por eso, déjeme así, déjeme así, le grité al Gobernador, que al fin se largó del cuarto dando un portazo para irse con la música a otra parte. Déjeme así, déjeme así, le dije a la mulata Romilda que pasaba por allí, lo vio salir todo arrebolado y entró a sospechar, por lo cual penetró en mi habitación para encontrarme como me encontró y entender todo sin que yo abriera la boca. En un arrebato de sentido común murmuró para sí mientras arreglaba en la cama revuelta las señales obcenas del ultraje, aunque bien que yo la oí:* mire qué horas para hacer esto, podía haber aguantado hasta la noche; pero se ve que al Gobernador antes que la inoportunidad de la hora le interesa no perder la oportunidad de la calentura, habráse visto. *Así rezongaba la mulata Romilda mientras me estrechaba contra sus tetas, tan suntuosas, acariciaba mi cara inerme, me sacudía y yo nada, nada, porque esa fue la primera vez que pude desprenderme del mundo, como lo hago cada vez que me convierto en estatua en este afán por memorizar olvidos en que estoy empeñada, como ahora, cuando soy esta estatua de la desolación que me viene como guante al dedo, porque una cosa es meter al hombre que te gusta en tu cama según tantas hacen y al fin y al cabo me hubiera gustado a mi hacer con el hombre cuyo nombre no puedo decir, y otra que el hombre que no te gusta se meta en la tuya por pura prepotencia; lindo regalo, aunque sea metida de Gobernador, como a mí me pasó cuando me vi, por pura prepotencia, encamada con todo un señor Gobernador.*

Dieciséis

NOTICIAS DE LA OTRA BANDA

LA NOCHE DE LA FUNCIÓN en el Coliseo que había acabado en apoteótico homenaje a la Niña, Javier abandonó al grupo para ir a buscar a la tía Eloísa, es verdad, pero también para hacer otro trámite: recoger una carta que el doctor Pedro Ortiz le enviaba desde el Entrerríos. El emisario había sido uno de los que tenían que ver con el sitio de los brasileños, asentados desde aquella noche en el río.

Lo encontró en el barrio del Tambor y era hombre de Urquiza, que había estado al servicio de Diógenes y que éste utilizaba en sus contactos con los brasileños. En la carta del amigo halló las noticias que esperaba. Datos acerca de la marcha de los preparativos en las fuerzas que venían de Montevideo y las que se estaban armando en Entre Ríos. También venían instrucciones para enviar los informes que Javier debía hacerles llegar. Pero Ortiz no podía con su genio y le contaba sus propias aventuras porque entre tantos generales importantes y veteranos guerreros, había también encontrado damiselas encantadoras que le hacían más llevaderos los tiempos previos a la batalla. Pero no se podía olvidar de las porteñas. ¿Cómo estaba la Niña? ¿Y su Edecanita?

Dicharachero como era, el doctor Ortiz volcaba en el papel, ya que no podía hacerlo oralmente, la abundancia del corazón, es decir, la multitud de sensaciones y acontecimientos esperanzados que estaba viviendo. Dos cosas le habían impresionado sobremanera: el encuentro con los veteranos del sitio de Montevideo y el encuentro con Urquiza.

Los veteranos eran aquellos tercios de Rosas destinados al sitio de Montevideo que se habían creído invencibles, pero a los cuales Urquiza les acababa de demostrar lo contrario. La cuestión había sido así y así la explicaba el doctor puntano: cuando Urquiza se pronunció contra Rosas el primero de mayo, invocó a la libertad y en su tierra, que es tierra arisca y contestataria esa apelación siempre trae buenos resultados. El pueblo afiló los dientes para la cruzada pero él, sagaz, aprovechó otra bolada: nada menos que las tropas enviadas por Rosas a Entre Ríos para ser empleadas contra el Uruguay. Porque, aunque en el estilo de Urquiza no estaba el ser oblicuo, razones estratégicas le señalaban claramente que, para derribar al Restaurador debía vencer primero a Oribe y liberar Montevideo, sitiada desde una década atrás. A nado, seis mil caballos de la brida, el sable a la dragona y a la espalda la lanza, los hombres habían vadeado el Uruguay. A su paso, las tropas desertoras se le iban uniendo y en el Cerrito obligó a Oribe a capitular.

Pues bien, era a esos veteranos de la larga guerra a los que uno veía tendidos, decía el doctor Ortiz, tendidos de medio lado, vestidos de rojo desde el chiripá al gorro y envueltos en sus largos ponchos de paño, algunos en estado de inalterable soponcio, como ídolos adormecidos o criaturas ya sin anhelos de ninguna especie. El doctor Ortiz decía que Sarmiento se preguntaba *de cuántos actos de barbarie habrían sido ejecutores estos soldados de fisonomías graves como árabes y como antiguos soldados, caras llenas de cicatrices y de arrugas*. Sobre las cabezas de todos parecía haber nevado aquella mañana, pero no era nieve la que así los había dejado, blancos de canas, sino el paso del tiempo. La mayoría estaba desde el comienzo del sitio: diez años sin el abrigo de un techo, con sólo el precario reparo de campamentos y enramadas, en el calor de los vivaques, comiendo sólo carne asada en escaso fuego, algunos enfundados en capas de grasa, otros en estado de total magritud, de modo tal que uno no podía menos que preguntarse ¿cómo dieta semejante pudo envejecerlos de modo tan distinto? Las afecciones de la familia por la tan larga ausencia, extinguidas; los goces de las ciudades, olvidados; todos los instintos humanos adormecidos; la pasión del amor, poderosa e indomable en el hombre como en el bruto, comprimida. Y *nunca murmuraron, nunca murmuraron, nunca murmuraron*. Así repetía Sarmiento, repetía el doctor Pedro Ortiz desde el Entrerríos.

Porque el puntano se había reencontrado con Sarmiento en esa tierra y en esas vísperas. Anzoátegui decía que Sarmiento tenía cara de vieja pero Anzoátegui es un deslenguado que no lo conoció, decía el doctor Ortiz: Sarmiento tiene cara de cargador de bolsas, pero en lugar de bolsas carga ideas. Además, aunque hubiera tenido cara de vieja, ¿acaso los libros se escriben con la cara?

Sarmiento estaba intrigadísimo, decía Pedro Ortiz, y a cada rato se preguntaba: ¿qué era Rosas para esos hombres que formaban una inmensa familia de bayonetas o de regimientos condenados a destino mortífero, en los cuales la única facultad despierta parecía ser la de matar o morir? *¿Qué era Rosas para esos hombres?* —escribía el doctor Pedro Ortiz que decía el señor Sarmiento—. *O más bien ¿qué seres había hecho de los que tomó en sus filas y había convertido en estatuas, en máquinas pasivas para el sol, la lluvia, las privaciones, la intemperie, los estímulos de la carne, el instinto de mejorar, de elevarse, de adquirir, y sólo activos para matar y recibir la muerte?*

Te debo aclarar —le aclaraba Ortiz— que Sarmiento había aparecido con Mitre, Aquino, Paunero y otros desde Chile, después de contornear todo el país por el Sur, en el *Medici*. Rosas decía de ellos: *son más o menos inservibles*.

Al llegar a Montevideo, estos hombres, que venían para sumarse al ejército de Urquiza, como yo lo hice desde Buenos Aires escribía Ortiz, lo primero que preguntaron, ayunos como estaban de noticias después de más de dos meses de zarandeo acuático fue *¿Quién manda en Montevideo? ¿Oribe o Urquiza?*

Según los cálculos que habían hecho, Urquiza ya debía estar por allí. Pero con el destino nunca se sabe y ellos sólo veían, desde el barco, el Cerro y grandes campamentos de tropas, tiendas de campaña, soldados. Interrogaron a los boteros que los llevaban a la orilla:
—Hola ¿quién manda en la plaza?
—El gobierno.
—¿Oribe?
—Está en su casa.
—¿Y Urquiza?
—Se embarcó anteayer para Entre Ríos.
—¿Y el sitio sigue?
—Se acabó ya: todos se entregaron; hay paz.
Entonces fue la locura, los besos, los abrazos, las lágrimas y los esfuerzos para conseguir embarcación para cruzar el Uruguay.

Ortiz fechaba su carta en Gualeguaychú, donde había llegado después de desembarcar en un lugar llamado Landa: *vieras la odisea, le escribía a Javier, del vapor a una lancha, de la lancha a los hombros de un soldado entrerriano, de los hombros entrerrianos a la tierra entrerriana y de la tierra entrerriana al lomo de un caballo que por fin me depositó en Gualeguaychú, después de seis leguas de trajinar entre cuchillas espesas de pastos y espinillos.*

Y fue también en Gualeguaychú, ciudad fresca y próspera, donde conoció a Urquiza, hombre de cincuenta y cinco años, mediano de estatura, de contextura recia, de facciones regulares, de fisonomía interesante, de ojos pardos suavísimos. A pesar de la regularidad general de los rasgos de su fisonomía, la energía de su carácter se revela en la boca apretada, voluntariosa y en el mentón duro y potente. En la mirada escrudiñadora de sus ojos de color pardo acerado, que cuando la pasión o la cólera encienden el ánimo, lanzan fulgores de relámpagos. La cabeza negra, orlando una frente despejada y la patilla haciendo marco al rostro bronceado por los soles de las largas campañas, dan un aire de nobleza a su semblante. Según le decía, acostumbra a guiñar el ojo izquierdo y a estar con el sombrero puesto, propensión que mucho no le resulta a Ortiz, elegante y mundano. Es un paisano de campaña, le sigue diciendo Ortiz. Pero le dice también que lo ve rápido en sus resoluciones, vivo en las decisiones que toma, hábil en las alianzas que arma y desarma. Le cuenta después algo singular: aunque tiene edecán y secretario, Urquiza se vale en primer término de un perro enorme, *Purvis* de nombre, en recuerdo del Almirante inglés que ayudó a los montevideanos a resistir el sitio de Oribe. *Como ves*, le escribe, *aquí hasta los perros están politizados. Purvis* antes de ser *Purvis* había sido un cachorro en posesión del general Galarza que se prendió a los talones del general. De la campaña oriental el hombre volvió, entonces, con compromisos y con *Purvis*, animalote grande, oscuro, de fuertes colmillos y aire temible que lo siguió por todos lados. Grande de tamaño y mordedor de carácter, impide que alguien se acerque a la tienda del General. Si el general no dice *"Purvis"*, *Purvis* se abalanza y da el tarascón. Si el General dice *"Purvis"*, *Purvis* se queda piola. Entonces el visitante suspira y entra. *Purvis* mordió a un montón, incluyendo al secretario Elías y al propio hijo de Urquiza, Teófilo. Al doctor Pedro Ortiz, también lo mordió. *Dios me libre de repetir la experiencia, le escribe a su amigo: te juro que el Purvis éste no tendrá ni de Almirante ni de inglés, pese a su nombre, pero tiene* mucho de tigre; si lo sabré. Y le sigue contando que a Sarmiento no lo mordió raspando. Fue así la cosa: cuando el sanjuanino vio cariz, carácter y fama del perro, se armó por si las pulgas. Pero ese día el perro estaba de carácter benévolo y Urquiza atento. Sarmiento pasó, con la mano en el arma; pero no tuvo necesidad de usarla. *¡Ah, Purvis, de lo que te salvaste!* diría toda su vida.

Ortiz ha entablado una linda relación con Sarmiento. Le cuenta que, después de la entrevista que éste tuvo con el General (de la cual salió medio turulato por la impresión de *Purvis,* primero, y por la impenetrabilidad de Urquiza, después) debió llevarle cierto mensaje nada grato, dado el carácter del sanjuanino, levantisco, como pocos. El secretario Angel Elía le había dicho que Urquiza le había dicho: *el escritor ése no lleva la cinta colorada.* Javier supone el asunto: con lo que había escrito Sarmiento en contra de esa exigencia de la divisa rosina, por él considerado tan humillante y con lo que el de *Argirópolis* abominaba de toda política de cintajos y caudillejos, como para seguir usando divisas estaría... Pobre doctor Ortiz. A cuanto humor debió haber acudido para superar el mal trago. Pero la verdad, escribía Ortiz, fue que el sanjuanino permaneció firme en su oposición y como dio muestras de buena voluntad resultó gananciosos en ese enfrentamiento entablado por interpósitas personas: después de una entrevista con el General salió convertido en Boletinero del Ejército Grande. Por lo demás, debe decirse, decía —mejor dicho, escribía, el doctor Ortiz—, el General había derogado el antiguo lema de *Mueran los salvajes unitarios,* y el de *Mueran los enemigos de la Organización Nacional.* Sólo quedó en uso el *Viva la Confederación Argentina.* Ah, y acaba de tirar un Decreto permitiendo el uso de los colores celeste y verde, informa el doctor Ortiz.

El doctor Ortiz le decía que Gualeguaychú los recibió adornada con arcos triunfales y música y calles y plazas con muchas, muchísimas banderas celestes y blancas, enfatizaba, y todo lleno de cuchicheos festivos y le decía también cómo siento que no estés aquí para vivir esta alegría anticipada por la caída del que te dije. Pero ya llegaremos con nuestro jolgorio al Río de la Plata. Y, muy cortés, agregaba: siento que Manuelita no va a estar con ánimo de acompañar nuestra alegría, pero tratá de salvarla a Juanita: que se arrime a nuestro bando, así por lo menos tendremos a alguna de las preciosas acompañándonos.

La carta del doctor Ortiz era como un inmenso río que se dividía y subdividía en múltiples afluentes. Javier pensó en el Paraná y en las bifurcaciones que tomaba —a cuyas adyacencias el amigo y el Ejército Grande se irían acercando— para comparar esa arrolladora masa de palabras que le estaba transmitiendo noticias del Entrerríos y su gente.

Entonces, a la altura de la carta-narración, el doctor Ortiz le hace conocer a la Isla de Fragas, colocada graciosamente en medio de la ciudad y enfrente de la Aduana. Allí se hacían fiestas dos por tres, en medio de los preparativos. Yo, que desde mi salida de Buenos Aires he suspendido toda relación con el agua (entiéndase: baño o ablución) aproveché para nadar en las hermosas playas, le cuenta Ortiz y le cuenta también que Sarmiento se ha enamorado de esa isla y que parece que Urquiza también está enamorado, pero no de esa isla, sino de una veinteañera que se llama Dolores Costa. La niña es de familia afincada en el poblado entrerriano y dicen los maliciosos que, en su honor, el General ascendió a Gualeguaychú al rango de ciudad.

Como el baile es la pasión favorita del General, está elevado a institución pública y todas las tardes se transmite la orden oficial a las familias y a los vecinos mediante bando y golpeteo particular de zaguanes y ventanas. Los hombres deben acudir de poncho y para que las chinas no bailen descalzas, una de las primeras medidas ha sido la distribución de zapatos a cuenta del gobierno. De modo que el General festeja los sucesos de Montevideo con baile corrido. Sobrio en sus costumbres, no bebe el vino que entibia el corazón y enrojece el rostro, vicio que llena de nubes la cabeza y retira el raciocinio, no fuma, no permite el juego que vuelve a los hombres ansiosos de dinero pero baila de lo lindo. Los bailes le permiten esconder o mostrar sus intenciones según le convenga y arreglar sus asuntos políticos en tiempo de mazurca o contradanza. En semejante clima ¿qué puede extrañar que una noche hasta Sarmiento bailara una contradanza? *Véanlo al viejo, bailando*, dijo Urquiza muerto de risa, le escribe el doctor Pedro Ortiz a Javier Insiarte.

El mismo Sarmiento se asombra. De los bailes y de lo increíble que resulta ver cómo el General ha acabado en su tierra con el juego y el robo y cómo mantiene a todos a raya con la bebida. Desgraciadamente fomenta el concubinato que es el sistema provincial, rezonga dos por tres el de *Argirópolis*. Como el General tiene hasta tres queridas simultáneas y públicas, a los demás se les da por vanagloriarse de igual número. Las chinitas en el cielo, acota este desgraciado, se dice Javier. Le cuenta una anécdota de la que fue testigo: salieron de exploración, los agarró la noche, el General se arrimó a un rancho. A la mañana siguiente él vio cómo antes de partir, el general agradecía la atención y le daba a la china unos pesos mientras le decía: *para los pañales.*

Pero a todos no les da el cuero para tanto. Dicen también que Vicente López, escribe el doctor Ortiz lo que le dijo Sarmiento, se atrevió a tocar el tema con el entrerriano: que tenía que acabar con esos hábitos de solterón. Que una familia aquieta las pasiones. Que en Buenos Aires le pueden recomendar a una viuda (por razón de edad), de buena familia (por razón de prestigio) y de Buenos Aires (por razón de ineludible preeminencia porteña). Pero me parece, adelanta Ortiz a su amigo Insiarte, me parece que el General se está entusiasmando con la jovencita de los Costa. Con Dolores, de la cual te hablé hace como una semana; porque comprenderás que la construcción de esta carta me ha llevado varios días.

Volviendo a Urquiza y ese nuevo amor, Daniel Larriqueta me dijo que los encontró —al General y a la Dolores— juntos a orillas del río, enfrente de la Isla de Fragas, en uno de los festejos, muy querendones, porque el General, se sabe, es atropellador y poco vueltero. Sabrás que tiene hijos que ya andan por los treinta. Pero él sigue, solterita su alma y siempre en emprendimientos sentimentales.

Como verás, hermano, continúa, aquí estamos de jolgorio y preparativos a más no poder, hay un entusiasmo bárbaro, las muchachas con tanta exaltación están de lo más generosas, nunca te dicen que no y yo vuelvo a decirte, hermano cómo lamento no tenerte a mi lado para cuando llegue el gran día. Aunque pienso que en algún momento podrás zafarte de Palermo y esas cosas para arrimarte a nosotros y al campo de batalla, que todavía no se sabe dónde será y ése es uno de los datos que tenés que ir averiguándonos: las intenciones del Gigante Amapolas y el número de los ingredientes de que dispone y de los monigotes que lo acompañarán en su partida final. Final final: de eso no te quepa duda. Acordáte que la Edecanita viene al pelo por la cercanía con los Rosas, no me la desatiendas. Ya sabés cómo nos comunicamos, si no hay contraorden. Todas las precauciones son pocas, no lo olvidés. Por aquí sabemos que si nosotros nos preparamos para la batalla, vos ya estás en ella. Hasta la victoria.

Entre paréntesis le pone: te digo que por aquí he visto todo lo digno de ser visto y te he escrito todo lo digno de ser recordado. Y después venía el nombre convenido y después doctor en Medicina,

Ayudante de Caballería y ahora que no está Irigoyen el más elegante del Ejército Grande, Tu S.S. ¡Qué Doctor Ortiz éste!, piensa sonriendo Javier. Se ve que el Ejército Grande es para él lo que Troya para Homero: fuente de inspiración. Pero cómo le levanta el ánimo. Y cómo se los levantará a los otros, cuando les trasmita las novedades.

En la Banda Oriental, el poeta Mármol escribía:

Bendito mil veces el rayo divino
Que ya en el Oriente del Cielo argentino
Anuncia la aurora de su libertad.
Benditos los días de paz y de gloria
Que, en pos de los tiempos de ingrata memoria
Vendrán con la aurora de su libertad.

Manos anónimas, por la noche, los habían tirado en el puerto de la ciudad colorada.

ESTATUA XI

Sigo siendo un bufón

A MÍ ME GUSTARÍA *hacer la estatua de mi misma, que vengo a ser un alma en pena, como me gustaría hacer la de alguna de aquellas que fueron también recluidas por diversas razones, mujercitas que pasaron encerradas porque los pájaros sueltos de sus propias cabezas les hacían trastadas inauditas para gente decente de vida convencional y sana. Sé de la Princesa de Eboli, nacida doña Ana de Silva y de Mendoza, hija única de los príncipes de Melito, extrañamente hermosa, con el fuego de su único ojo encendido para temor de muchos, mujer de Ruy Gómez de Silva, campesino portugués y el hombre más influyente de las Españas allá por los años del mil quinientos y sé que la dama del ojo cubierto con oscuro rombo de seda, amada tiernamente por el marido al que muy joven la habían unido y que diez veces la hizo madre, nada menos, era mirada y acariciada por las manos reales, en las noches que Ruy Gómez consumía en trajines por la grandeza ibérica, pero de manera tan imprudente que la traviesa y enredadora dama, duquesa tuerta y poderosa terminó al fin y al cabo, finado el marido, entre prisiones y conventos, atentando contra la fortuna doméstica y la paz de las carmelitas de Teresa la santa que trotaba y sudaba la gota gorda con una Reforma en la cual la princesa quiso entrometerse en Pastrana; pero concluido tal suceso y el astuto Ruy Gómez de Silva enterrado, la princesa del ojo emplastado de seda se pasó los últimos días de su vida encarcelada en su palacio, desde uno de cuyos balcones le estaba permitido asomarse a la Plaza y a la vega para mirar aquellas posesiones durante una hora concedida por benevolencia de carceleros, razón por la cual aquel rectángulo contemplado por el ojo único de la dama se llama Plaza de la Hora y dicen que en la reja del balcón huellas quedan de los dedos principescos y cautivos de la dama. Tales decires llegaron a oídos de esta cautiva rioplatense, como llegaron las noticias de doña María Carlota Amelia de Bélgica, Emperatriz de México de América, mujer primero y viuda luego de Fernando Maximiliano José, Archiduque de Austria, Príncipe de Hungría y de Bohemia, fusilado en Queretano por fusiles mexicanos que a ella la dejaron viuda y desterrada, loca y encerrada en un Castillo, el de Bouchout, como encerrada la tienen a esta servidora porque según parece mis quimeras también molestan a servidores del orden y devotos de las buenas costumbres. De estas mujeres y de otras de similar estofa me dan cuenta recuerdos y versiones actuales, como si yo necesitara de legados extraños, como si no pudiera disponer de mis propias ficciones para arrimar los leños que me están consumiendo mientras hilo noticias del pasado y ejecuto los pasos de estas estatuas que fortuitas visitas admiran y celebran, ahora, cuando la cabeza me funciona tan al revés y para entretenerme traigo noticias de Palermo y su gente como este Biguá del que me estoy acordando, bufón de ciento cincuenta centímetros de alto y noventa de ancho al cual el Gobernador compró por doscientos pesos y bautizó Biguá por ese desgarbado pajarraco de río, de aspecto dormilón, entre atontado y filosófico, nombre bien puesto porque el Biguá era medio idiota, combado y haragán,* feo de cara, largo de pescuezo, mal entrazado, una mano más corta que la otra, manco del codo, el ombligo algo saltado con tres vueltas, *pese a lo cual Su Excelencia lo llamaba invariablemente Su Paternidad y con él o con la sombra negra de algún otro bufón se paseaba el rubio Gobernador por Palermo y representaba pantomimas tragicómicas (como aquella vez que lo mandó a Biguá, vestido de cura, para confesar a los hermanos Reinafé que aguardaban la sentencia de muerte), que así aligeraba sus preocupaciones gubernamentales, con ese histrionismo que, a decir verdad, ni a Manuela ni a mí ni a las muchachas nos caía bien, como nada de gracia nos hacía que el Gobernador estuviera siempre acompañado, a sol y a sombra, en sus paseos por el río y en las cabalgatas y en los asados, y en las reuniones serias por esos energúmenos siempre ventajeros que al fin y al cabo terminaron tan mal, porque un día el Biguá se subió a la torre de una Iglesia, creo que a la de los franciscanos y desde allí se estrelló contra el suelo, donde quedó como escupitajo sanguinolento, en el empedrado el triperío y la cabeza hecha una tortilla como tal vez quedaría yo si tuviera una torre cerca, bendita o sin bendecir, porque ahora que soy loca en actividad no sé si me aguantaría las ganas de enviarme a mí misma al vacío como estoy enviando al aire estos gestos sin destino que recuerdan al Biguá, bufón de la Santa Federación.*

Diecisiete
CAMPAMENTO EN MARCHA

EL PRIMER MARIDO de la parda Flor de Mburucuyá había sido un soldado portugués con el cual huyó por entre montes y pantanos de las iras de cierto coronel al que se la había arrebatado, hasta que fueron a parar a Montevideo después de numerosas postas. En Montevideo los agarró el sitio. Como mucho no tuvieron que hacer, se entretuvieron haciendo hijos. Nueve hicieron.

El soldado portugués era alto y jaranero, amigo del candombe y del tinto y de utilizar noche a noche y varias veces a su parda. A las pruebas me remito, decía el soldado portugués que se llamaba Euterpes, señalando la ristra de mulatitos. Pero con el sitio y las necesidades el hombre se fue desmejorando hasta que un día se murió. De muerte natural, se dijo, aunque siempre hubo sospechas. En el cajón, al Euterpes le habían puesto un pañuelo que le agarraba cogote y media cara. ¿Qué había debajo del lienzo? Algunos decían que flor de agujero. Pero de decires, ninguno pasó.

Flor de Mburucuyá que no llegaba a los treinta de edad después del enterramiento se acolloró con un tal Ramón. Cuando todavía las uñas y el pelo le crecían al muerto se acolloró. Algunos precisaban que desde antes de la difunteada del Euterpes ya estaban juntos. Pero la nueva pareja siempre dijo sus *requiescat* por el alma del muertito. Y con los dos, los nueve críos oraban; el más chico, igualito al Ramón, que era Salduendo. ¿Cuestión de casualidad? ¿Quién dice que no? Flor de Mburucuyá siempre le recordó al benjamín: *tu tata está en el cielo.* Cuestión de criarlos sin diferenciaciones. Pero para el nuevo marido los hijos cosechados en el matrimonio previo, fueron hijos. El Ramón Salduendo era del otro lado del río. El río era el Uruguay y el hombre de un poblado de *Landa, departamento de Gualeguaychú, provincia de Entre Ríos, para servir a usté.* Así decía el Ramón Salduendo a quien quisiera escucharlo y también a quien no.

Cuando el General don Justo José arregló el largo entuerto guerrero, venciendo a quien debía vencer, el Ramón cruzó el río para seguir al general, tan entrerriano como él y como él con los huevos bien puestos. También la embarcó a la parda y también a los nueve críos que ya eran suyos por cuestión de sentimientos. Aunque solía rezongar: *esta es la peor manera de tomar mujer, quiero decir, con tanto gurisaje.* Apechugó a lo macho su mucha paternidad. Por cierto, la parda siempre fue clara: *a mi sola no me llevás ni siquiera hasta aquél montecito.*

En la isla de Fraga y en el campamento allí asentado, la parda fue la que más polvareda le sacó al piso con los zapatos nuevos, regalos del General, por orden administrativa, para las bailantas. Por algo era: sangre portuguesa tenía la parda. Portuguesa venida de ultramar africano.

Pero la desgracia volvió a tocarle a Flor de Mburucuyá, esta vez sin intervención de interpósita persona interesada en el hecho. En pleno campamento, mientras se preparaba con tantos otros para ir a liberar Buenos Aires del tirano, al Ramón Salduendo se le escapó un tiro. El tiro fue del trabuco propio: el hombre no era hábil para esos artefactos puesto que él se había entendido siempre con cuchillos y tacuaras y ajenas le eran esas modernidades: se le escapó un tiro que fue a dar, justito, en cabeza propia. Había que ver el enchastre de sesos que consiguió hacer. El solito y de sí mismo.

Papilla pura los sesos del sargento Salduendo después de la descarga propia del trabuco personal. Dicen que el pedazo mayor apenas si tenía el grandor de un níspero y no de los muy desarrollados. El general se compadeció de tan pulverizado destino: *mirá lo que hiciste, Salduendo,* reflexionó ante el desparramo humano, más o menos rearmado por los asistentes a fin de que no se impresionara tanto. Pero se impresionó lo mismo el General, que enterró con salvas y honores al hombre y se hizo cargo de los deudos. Y, cosa nunca vista, porque el General nunca quiso saber nada de mujerío siguiendo a la tropa, permitió que la viuda y los correspondientes huérfanos se quedaran en el

Campamento que ya era Ejército Grande en Marcha. Con la parda no sólo hizo la vista gorda, sino que dio su consentimiento porque los sesos del Salduendo lo impresionaron por demás, dijeron muchos.

De manera que, víctima de sus dos viudeces, la parda siguió al Ejército. Con el paso de los días, se convirtió en ayudanta de cocina y apaciguadora de ardores viriles, pero nunca en exclusividad porque se había juramentado a sí misma: *marido fijo jamás.* Y parece que así se lo prometió no por cuestión de gusto sino de superstición: por ahí era ella la que traía mal de ojo a esos hombres que, por razón de guerra, eran patriotas. De ahora para adelante, los hijos y la patria, se dijo. Y así marchó, lejos de los ojos del General, eso sí, por respeto a su persona que, amigo de las polleras en la intimidad, en el campamento no las quería. Y así debía ser, porque el General de eso sabía por demás.

De modo que el Ejército Grande avanzaba por las cuchillas y la parda con él en el cumplimiento de su destino, que era ayudar. Cuando aparecía algún abichado o enfermo, allí estaba. Y para los batidos y emplastos de hierbas, animales o alimañas, bebibles o untables, según el mal y el paciente. La portuguesa sabía de esas cosas. Hasta milagros parece que hizo en ese largo peregrinaje hacia la Capital, primero por los campos del Entrerríos y después pampa adentro. Eso sí, todo el viaje de la liberación se la pasó buscando la raíz de mandrágora. En el Brasil había escuchado: en la selva de Montiel se encuentra la mandrágora. Ella entonces se dijo: hay que aprovechar el viaje. Pero la parda nunca halló ni tal raíz ni tal planta. Estaba por encontrarla cuando llegaron a la Punta del Diamante y allí, con tanto revuelo para cruzar el río, ni tiempo tuvo de seguir buscando. Mucho trabajo. Como para no: cruzar ese tendal de gente no era moco de pavo. ¿Podía acaso ser cosa fácil pasar tanto hombrerío y semejante caballada por el río con tamaño de mar? No lo era. Y eso que ya estaban baqueanos en semejantes trotes. ¿Acaso no habían cruzado el Uruguay cinco mil hombres y diez mil caballos en un sólo día, los caballos tirados de la brida, las armas atravesadas a la espalda, las banderas y banderolas en alto? Por cierto, esta vez, en Punta Gorda, era como mucho más de lo mismo: de agua, de pertrechos, de animales y parque.

Fue un espectáculo impresionante esa flota de balsas, y lanchones, y los dos bergantines, y las dos goletas, y los tres paquebotes y las balsas correntinas, circundadas por estacas, como si fueran potreros flotantes, que se lanzaban al río y adentro se apretujaban hasta setenta caballos, una vez y otra vez y otra hasta que los caballos se acabaron y en ocasiones algunas balsas también. El vapor *Don Pedro* remolcaba las tales balsas y las divisiones de la vanguardia brasileña pasaban lo que podían y los demás presenciaban desde la otra orilla el dificultoso embarque y otros, nativos (centenares esos otros), pasaban sus caballerías según la antigua usanza indígena, a nado. Los soldados durante horas y horas luchaban con agua y caballos y algunos, en ocasiones, en mitad del río decidían dar marcha atrás y volver al pago y había que hacerles cambiar de opinión y esa era tarea de baquianos y veintiocho mil soldados cruzaron así el río, y cincuenta y cinco mil caballos lo cruzaron y cientos y cientos de vehículos y otros tantos cientos de piezas de artillería lo cruzaron.

Un día memorable, la imprenta del señor Sarmiento lanzó su crónica: *La operación que arredra a los más grandes capitanes, está pues, ejecutada; y el pasaje del Paraná realizado por tan gran ejército y por medios tan diversos, será considerado por el guerrero, el político, el pintor o el poeta, como uno de los sucesos más sorprendentes y extraordinarios de los tiempos modernos.*

Y el General Urquiza en Punta Gorda vio lo nunca visto. Vio la maravilla de la Villa del Diamante en uno de los sitios más hermosos del mundo. La vio desde sus alturas, escalonada en planos ascendentes. Vio el vasto panorama de esa ingente masa acuosa del Paraná. Vio las planicies inconmensurables en las vecinas islas. Vio, en el lejano horizonte, brazos del grande río y la costa firme de Santa Fe. Allí, punto de encuentro de la gran cruzada de los pueblos argentinos, vio las banderas que comenzaban a desplegarse, los batallones que abrían al Sol sus tiendas, los rojos escuadrones de caballería desparramándose en la verde llanura.

El boletinero señor Sarmiento registró el hecho en el número tres del Boletín. Flor de Mburucuyá no sabe leer. Se lo leen: *La vanguardia del Ejército Grande está ya en el campo de sus operaciones. Entre el tirano medroso y nuestras lanzas, entre el despotismo que desaparece y la libertad que se levanta, no media más tiempo que el necesario para atravesar la pampa al correr ligero de nuestros intrépidos jinetes.* Le leen a la parda el Boletín número tres y Flor de Mburucuyá la parda, llora.

Lloran también los nueve gurises de la parda que van dejando de ser gurises porque la guerra apresura el crecimiento. Bomberos se hicieron los hijos de la parda. Había que verlos agazapados en las panzas de las cabalgaduras, como hacían los indios, avanzar por los campos, abriéndole el camino a divisiones y vanguardias. *Mis soldaditos*, decía la parda. *Mis soldaditos*, dijo, cuando se los mandaron a las islas a buscar macacos perdidos entre el agua y el monte.

Así había sido la cuestión: una división brasileña de unos seiscientos hombres se extravió en el laberinto de las islas paranaenses. Sin carne, sin baqueanos, dispersos por escuadrones, los infelices buscaban vanamente el rastro de quienes los habían precedido. Rastro les había ido dejando el general en jefe que los precedía pero arenas y malezas acabaron tales rastros. Como el viento dispersa las nubes los había acabado. Alguien trajo el aviso. Baqueanos hacían falta. Pero ¿dónde encontrarlos? El General se los había llevado para el cruce y estaban ya del otro lado. *Nosotros podemos*, dijeron cuatro de los nueve parditos y salieron en ayuda de los perdidos. Jóvenes y hábiles, escurridizos como sanguijuelas, fuertes como toritos, ágiles como monos, partieron hacia islas y extraviados y volvieron comandando un pelotón de moribundos resucitados a fuerza de vituallas y ánimos. Algunos no volvieron, ahogados o picados por las rayas *ese pez o demonio enterrado en el fango armado de espinas venenosas en la cola* que es desgracia encontrar. Algunos tuvieron esa desgracia. Los demás, recuperados para guerra y batalla, se unieron al Ejército Grande. Como se fueron uniendo los demás. Los demás eran: santafecinos llegados de Santa Fe, rosarinos sumados en Rosario, desertores del General Mansilla y los directamente llegados de Palermo en patriótica disparada.

* * *

La noche del cruce, el General Urquiza se hizo abrir la petaca en que llevaba la ropa de repuesto. El General Urquiza miró las ropas de repuesto colocadas en su petaca personal. Todo estaba previsto. Aparecieron prendas a la última moda. El chaleco color patito, apareció. Y el frac que lucirá en las solemnidades cercanas. El General se miró la cara en el espejo de mano y se vio de cuerpo entero y en Palermo. El General Justo José salió a la puerta de su tienda. Subió al caballo. Avanzó hacia la victoria.

Dieciocho

LA TRAICION DEL ESPINILLO

EL VOLIDO DE LA PERDIZ, asustada por el paso de las cabalgaduras, estremeció a los hombres. A esas horas del atardecer, cuando todo estaba quedando negro (y el cielo también), cualquier cosa asustaba. Tiempos de guerra eran, aunque por allí la guerra todavía andaba en preparativos. Los hombres que avanzaban eran cuatro. El teniente coronel Mitre, el capitán Forest y otros dos compañeros. Sarmiento debía haber sido de la partida, pero quehaceres de último momento se lo habían impedido. Forest le tomaba el pelo al sanjuanino que, como buen civil, no tenía pertrechos marciales y los amigos habían tenido que vestirlo gratis para la guerra. A saber: el señor J. Batlle, ministro de Guerra del Uruguay le regaló una espada de muy buena calidad *que tiene la especialidad de deber su progenie a la confianza que tenía Rosas de entrar triunfante en Montevideo* (así le escribió el mentado señor Batlle). Rafael Lavalle, por su parte, le había enviado unas espuelas usadas por el general Lavalle y *mandadas hacer por él en su campaña de Quito*. Urquiza, por fin, le hizo el regalo mayor: los dineros para que comprara en Montevideo la imprenta, niña de los ojos del escritor. Ha quedado vestido a la europea el señor Sarmiento, con los últimos hallazgos de la moda militar. Y de periodista. *Vaya que se las arregla bien el sanjuanino,* dijo Forest mientras trataba de orientarse en medio de la oscuridad.

Los cuatro de la partida iban al encuentro del coronel Aquino, quien los había citado para últimos detalles en su campamento de *El*

Espinillo, entre el convento de San Lorenzo y la Villa del Rosario. La macana era que como el hombre se había acantonado muy tierra adentro ellos andaban con el rumbo perdido. Aunque quisieron disimularlo, sentían escalofríos; noche y terreno desconocido ¿sería esa la Pampa? Sarmiento decía que la Pampa era así, desierto verde, llanura inacabable *evadiéndose sin tregua, escurriéndose bajo las marchas como arena entre las manos*. Casi el vértigo. Se veían brillazones de aguada y cuando el extraviado se topaba con el agua, era tan salada que si no le envenenaba sus entrañas se las adobaba. De sopetón, el caballo caía en guadales o tucurales para quedarse allí, en larguísima agonía. Había sapos que mordían como *bulldogs*, capaces de dar cuenta de un caballo en menos de un ay. Y zorrinos que orinaban fuego y enceguecían a hombres y alimañas (orina de zorrino que te toca, o te ciega o te quema, no hay vuelta). Perros cimarrones que enloquecían con sus aullidos y destrozaban con dientes de fierro. Vientos que a uno lo levantaban como si fuera de tul. Y pastos que crecían con tanto apuro que ni daban tiempo al cristiano para escapar. *Vientos soplando y pastos creciendo*, decían los gauchos. Telar de riesgos, la Pampa: con solazos que incendiaban los pajonales y pajonales encendidos que avanzaban como caballerías ígneas. Y fríos que quemaban los abrojales o días en que todo era sábana helada. Y ausencia de todo camino: las rastrilladas de malones y aventureros eran hechas trizas por el viento o el pasto. Y había que dormir sobre el caballo. O atar la cabalgadura a una estaca: sin el caballo el hombre en la Pampa es hombre muerto.

    Les costó reencontrar el rumbo. Al fin, ya entrada la noche, alcanzaron a distinguir el blanquecino y difuso perfil de la tienda del jefe. La negrura de la noche, con ellos. Pero también el silencio. Un silencio insólito, dada la presunta cercanía de gente acampada. Ni trepidar de fogatas, ni bisbiseos de conversaciones ni rasguear de guitarras, ni jadear de animales. Nada. Dieron voces y sólo les respondieron los habituales misteriosos sonidos de la Pampa. Se miraron asombrados. ¿Qué pasaba? Volvieron a llamar. Sólo eco de cabalgaduras y respiración. Forest se adelantó. Alcanzó a divisar algunos hombres acostados. Durmiendo, supuso. Probablemente era más tarde de lo que creían y la gente ya descansaba. Forest habló a los acostados. Al no recibir respuesta alguna, bajó de su cabalgadura. Zamarreó a uno. A otro. Borrachos. Esa gente, sin duda, estaba borracha. El mismo Aquino tenía fama de darle al trago —situación que a Urquiza lo tenía molesto— y se le habría ido la mano a él y a su gente en la bebida. Alguna fiestucha, supuso Forest. En eso se dio cuenta de algo: sus manos estaban húmedas. ¿Qué había humedecido sus manos? ¿El rocío? se preguntó y buscó secarlas en la camisa. Sobre la camisa, a la luz de la lumbre que encendió vio un trazo oscuro. Sangre. Esa mano pringosa y húmeda tenía sangre. Palideció Forest y comprendió. La sangre de sus manos era la de ese hombre que había tocado. Y la de aquél. Y si no tenía más sangre era porque no había zamarreado aquellos otros que estaban allí, derrengados, guiñapos de los que se ha ido la vida. Forest se estremeció.

Montó su cabalgadura y alcanzó a los otros.

—Estamos perdidos —les dijo—. Estos hombres están degollados; han sido sorprendidos por el enemigo.

Entonces ya no fue uno el pálido y alterado. Entonces fueron tres más. Escucharon. Nada. Sólo las armonías del silencio. Ni rumor de caballada en huida, ni susurro de hombre al acecho. El campo y su soledad. Bajaron todos. Uno de ellos con el pie tocó una cabeza. La cabeza estaba sobre una pendiente y rodó. Ese no está degollado solamente: está decapitado.

¿Y Aquino? Avanzaron hacia su tienda, armas en mano. Temblaban. ¿Con qué se encontrarían? ¿Con qué? Lo que debían encontrar lo hallaron antes de penetrar en la tienda. Dos cadáveres —ya sabían, aun antes de comprobarlo que no podían encontrar más que cadáveres— estaban tirados, tiesos en el pastizal humedecido. Uno era la del sargento de granaderos a caballo, licenciado Elgueta. El otro era el del mismísimo Aquino. La cara devastada del coronel Aquino. Y el cuerpo desangrado.

Se les humedecieron los ojos a los cuatro. Aquino era un amigo. De familia porteña de pro, soldado desde joven, oficial de Lavalle ¿merecía esa muerte a traición? Lavalle había tenido por él especial predilección. Le impartió enseñanzas particulares. Ante un encontronazo importante, lo llamaba: *venga, hijo, tome una lección,* le decía y cargaban juntos el general Lavalle y el coronel Aquino. Cuando lo mataron a traición al Jefe, Aquino hizo el largo peregrinaje acompañando primero las carnes podridas de Lavalle y después sus huesos mondados hasta llegar a Bolivia. Luego estuvo en Perú, el amigo Aquino que entonces ya era amigo difunto. Compadre de gringos y de yanquis. Del brandy y de la ginebra. Del ron y de las bromas. Franco y dicharachero, derramaba dinero y risas sin mayores distingos.

De pie frente al cadáver del amigo, los cuatro enhebraron recuerdos y oraciones. En eso estaban cuando escucharon un quejido y un pedido de auxilio. Buscaron, hurgaron hasta dar con el mayor Terrada herido, desencajado, único cronista de la masacre.

Así había sido: estaba Aquino conversando con él, precisamente, con Terrada, cuando se oyó disparada de caballos. Aquino, contó Terrada, salió a la puerta de su tienda para ver qué pasaba. No alcanzó a recibir el frescor de la noche cuando una lanza, adelantándose, lo atravesó de lado a lado. Cayó muerto en el acto. Las demás heridas vinieron después. También vino la degollada de gracia. Otro de los hombres estaba con un compañero: en ese momento le pedía un poco de tabaco. Antes de que la frase se extinguiera en los labios y, por cierto, de que el tabaco llegara a sus manos, lo alcanzó el hachazo y cabeza y cuerpo rodaron, pendiente abajo, porque estaban en una alturita. ¿Que cómo se salvó Terrada? Terrada lo cuenta. Por compasión de uno y hartazgo de otro se salvó. Ya tenía el cuchillo en la garganta cuando su asistente le dijo al ejecutor: *¿Por qué matás a este pobre diablo? Sacále la ropa y dejálo.* Y oh, misterio oh, milagro: el otro asintió, probablemente harto de sangre y alaridos. Su asistente ordenó entonces a quien debía darle órdenes: *Señor, arrástrese hacia esos pajonales. Si no será hombre muerto.* Terrada así lo hizo. Buscó cobijo en maraña y oscuridad, con las sogas que le habían alcanzado a poner y con la vida que había alcanzado a salvar.

Al coronel Aquino lo transportaron, destrozado el cuerpo, *el semblante de imponente seriedad, el ceño un poco fruncido y en los extremos de los labios la contracción iniciada de la cólera, los ojos abiertos, aunque turbios, como si mirase, y los labios cerrados con naturalidad.* Así lo vio Sarmiento y así lo dijo y así lo escribirá, según prometió, escribe ahora el doctor Pedro Ortiz a Javier Insiarte y Javier Insiarte lee lo que le ha escrito Pedro Ortiz.

Sarmiento había quedado impresionadísimo porque eran muy amigos. Juntos habían partido de Chile, juntos llegaron a Montevideo, anduvieron por el río juntos, para arribar a Landa y los dos estuvieron en Diamante. Aquino había tenido signos premonitorios. Pero ¿quién hace caso a los signos? No Aquino, festivo y desprejuiciado como era. Al subir al barco, en Chile, camino a la patria y al Ejército Grande, no vio una escollera abierta y se fue de cabeza. Salió, contuso y muerto de risa. Aunque dijo "mal agüero". Pero se embarcó nomás. Los compatriotas, en Valparaíso, armaron una fiesta de despedida.

Uno de los discurseadores, con poco tacto, se mandó una frasecita de hiel: *este banquete puede ser para alguno de nosotros la Cena de los Girondinos*. Sus ojos tropezaron con Aquino. Aquino de mala gana registró la mirada. Pero Aquino se embarcó. Un amigo se le acercó y le dijo: *no vayas, Aquino*. Aquino no hizo caso. Llegó a Montevideo, llegó a Landa, llegó a Gualeguaychú, llegó a Punta Gorda. Una noche de amistad y confidencias, contó lo que pasaba en su división: era un caos. Hombres díscolos, torvos. Duros y selváticos. De entre cuatrocientos, sólo catorce soldados sabían leer y escribir mal. *Y con esta gente hay que hacer el país*. En eso se le disparó el caballo, ensillado y todo. Una vieja que pasaba dijo: *No de aquí sino en el campo de batalla saldrá solo ese caballo*. Aquino murmuró *cruz diablo* y siguió conversando con los amigos.

Pero estaba anunciado que no moriría en la batalla, sino víctima de la traición. Así escribió Pedro Ortiz con lágrimas por el amigo y así leyó la carta Insiarte, acongojado por el héroe a quien no ha conocido, pero a quien también llora.

Aquino murió porque la división, formada por viejos guerreros de Rosas, se le sublevó una noche. A las puertas de Buenos Aires, esos gauchos que hacía más de diez años no veían su tierra, no aguantaron las ganas de tirarse un trotecito "hacia las casas", que veían "ahicito nomás" y marchar al encuentro de chinas y gurises, dejados más de una década atrás. El cabo Segovia preparó la asonada. Los demás, con gusto o disgusto, tuvieron que sumarse. Para escaparse debían matar. Y mataron.

Sarmiento buscaba otras causas: esto pasó porque no hay orden. Porque no existe organización. Porque es un Ejército sin disciplina. Aquino era una anomalía. Una cabeza de mármol en un cuerpo de arcilla. Aquino era Jefe de táctica: se desesperaba al tocar el arma con la que debía combatir y encontrarla pesada, mohosa e inmanejable. Se empeñó en adoctrinar a su regimiento. Prolongó más allá de la cuenta los ejercicios y el aprendizaje. Pero los soldados eran viejos. Eran ineptos. Eran soldados de montonera y no de Ejército regular. Aquino se fue exasperando. Y la gente se cansó.

Aquino, como precaución, para prevenir sorpresas, ordenó tener cabalgaduras prontas y cabalgaduras de repuesto. La tentación fue demasiado grande: los levantiscos aprovecharon las cabalgaduras. El peligro fue endógeno, no exógeno, escribe Pedro Ortiz, desde el Campamento en Marcha. Pero Sarmiento dice: todo viene de más arriba, viene de la desorganización del Ejército, viene de la falta de un Estado Mayor. Por eso, dice Pedro Ortiz que dice Sarmiento: cuando los tiempos cambien, cuando ya no esté más el tirano, las fuerzas del orden deberán crear un Ejército organizado. Pedro Ortiz dice que le dijo: cuando el tirano no esté habrá que crear la paz. Pero para que la paz exista debe existir un Ejército Organizado, insistió Sarmiento, empecinado como él solo. Y Ortiz, dice Ortiz, entonces le preguntó: ¿Y quién cree usted que lo hará? (pensando en Urquiza, en quien el sanjuanino gastaba quejas y pullas). Si nadie lo hace, lo haré yo, dijo él, siempre con la última palabra. Y capaz que lo hace, escribe Pedro Ortiz, para vengar la muerte del amigo en los campos de *El Espinillo*.

Los soldados lo siguen viendo al coronel Aquino. Lo ven con ese rostro serio que le modeló la muerte a traición. Un oficial recibió una orden del coronel Aquino: *por allí no*, le dijo. Y allí era una emboscada de la que se salvó el oficial y su regimiento. Estoy seguro de que lo verán al llegar a Palermo: el difunto acompañará toda la marcha del Ejército Grande y cuando la compañía divise las muchas torrecitas de la Quinta, lleno de la sangre de la masacre y del polvo del camino, el coronel Aquino se hará visible. *Allí está. Llegamos.* Dirá y desaparecerá, por fin, para descansar, dirán los veteranos que también, después de añares, podrán irse a sus casas.

Así decía en su carta Pedro Ortiz y le decía también: Te mando *El Federal Entrerriano* para que te entretengas con las noticias de por aquí aunque creo que ya te di bastantes.

* * *

Javier Insiarte está con Moretti, al cual ha informado del contenido de la larga carta que vuelve a poner en el lugar correspondiente: el hueco disimulado en el grueso collar del perro que desde hace un tiempo acompaña al mozo. El collar es de cuero, el perro se llama *Guardián* y tenerlo es una costumbre que todos señalaron como parisina. El principio hubo extrañeza. Por entonces, acostumbramiento.

Los dos muchachos están solos porque el Gran Rosas pasa el día en la ciudad. Ellos quedaron de guardia en esa oficina y aprovecharon para ponerse al día en sus cosas.

—Pero el amigo Ortiz no sabe el final de la historia —le está diciendo Javier—. Que la legión desertora llegó, enterita, a Luján. Que Rosas decretó honores y recompensas.

—Y que ahora los expedientes están en tus manos —puntualiza Moretti.
—Así es —dice y lee—: *Juan Irrazábal, teniente de Escolta, hecho capitán con veinte mil pesos. Pedro Osorno, veinte mil pesos,* etcétera...
—Los dineros de Judas —señala Moretti mirando hacia la puerta por las dudas.
—Cuántas energías debemos empeñar los argentinos para que no nos maten otros argentinos —dice Insiarte tristemente.
—¿Acaso la existencia de un tirano no presupone la de una barbarie? —reflexiona Moretti—. ¿Qué puede esperarse?
—Para que no te entristezcas tanto te digo que se confirmaron los rumores que habíamos escuchado por la gente del Carancho del Monte: cincuenta hombres del General Mansilla y los tenientes López y Pavón se presentaron nomás en el Ejército Grande. El Carancho está que muerde...
—Y yo me voy. Quiero dispararle a la lluvia y está por empezar a llover.
—Y yo termino con esto que tengo pendiente y también me voy.

* * *

En la gran mesa de trabajo, martirizada por los cuchillos y los cortaplumas de docenas de escribientes, desmerecida por los años y el uso, Javier estudia sus papeles. Los que están a la vista. Los que debe copiar ahora, archivar después. Y los otros, subterráneos y comprometidos que le llegan a través de esa intrincada red de oficiosos informantes, de sacrificados intermediarios que ha ido construyendo.

Pero ya llueve sobre Palermo. Llueve y ha quedado solo. Escucha el repicar de las gotas sobre tejas y zinc de techos y galerías. Llueve desganadamente, pero con persistencia. Palermo se ha vuelto ceniciento por esa cortina de agua mansa que no deja de caer. Palermo está desvaído y contemporiza con su ánimo el triste matiz. De pronto, una sombra se insinúa en la puerta y la sombra avanza. Es el coronel Lazcano. ¿Qué busca el coronel Lazcano? Parece que conversación.

Una tos sin entusiasmo hace de preámbulo. El coronel Lazcano, con la cara picada de viruela, con el hueco del brazo que perdió en la batalla de *La Larga*, con sus ojitos siempre llenos de destellos malignos. Aquí está.

Insiarte sonríe al visitante y disimuladamente escamotea a los ojos inquisidores los papeles que maneja. Uno sobre todo. Las carpetas se cierran y también los cajones.

—Ya terminaba —justifica su actitud—. Pero qué gusto verlo. Lo hacía con el señor Gobernador en la ciudad.

Insiarte desconfía de esta visita como desconfía del coronel Lazcano. No puede olvidar el encuentro de Juanita con el hombre la noche aquella, cuando la turbadora renuncia del Gobernador Rosas, propuesta por vigésima vez con cansadora persistencia, movilizó Legislatura y fuerzas vivas ciudadanas hasta Palermo. Javier no está seguro de lo que Lazcano vio o sospechó. De lo que está seguro es de que Lazcano desconfía de él. Porque la misión de Lazcano ahora es esa: desconfiar.

En los años cuarenta Lazcano le había tomado gusto al cuchillo. Fue de los primeros que empezó a degollar al son de la Refalosa. La impuesta novedad musical hizo que los comienzos fueran bravos. Demasiado lentos. Hasta que la gente aprendió a tomar el ritmo. *Piano, pianissimo, staccato*. Lazcano siempre fue muy esmerado en el uso del cuchillo. Llegó a ser un virtuoso. Cuántos cayeron bajo el tajo de su instrumento en aquellos años. Pero él ya había olvidado tales tiempos. Entonces estaba en otra. En el espionaje. En la diplomacia interior. En la seguridad. Seguía siendo un sicario de Rosas pero en otro escalón. Antes era un hombre fortachón: podía levantar de un saque a un hombre. También a dos, si se hacía necesario. Desde que está manco y en tren de espionaje no tiene esos alardes. Su mirada, eso sí, se ha vuelto más oblicua y afilada como el borde de una navaja. La expresión lobuna se ha trocado zorrina.

En ese momento, el ojo zahorí del Coronel Lazcano alcanzó a ver el pase de prestidigitador hecho por Insiarte pero no a ver qué decía el papel escondido. (Decía: *En las Islas del Baradero y de San Pedro están asilados más de quinientos hombres de las fuerzas de Rosas que han desertado, esperando que se aproxime el Ejército Libertador*. Y decía también el comunicado escamoteado por Insiarte: *buques de cabotaje que pasan los auxilian con bastimentos, galleta, etcétera*.) Esa nochecita Insiarte deberá hacer de yegua en el Hueco de la idem. Por allí pasará el campesino inglés que ya lo ayudó en otras, se armará una pelotera y así recibirá el mensaje que, de posta en posta, llegará hasta donde corresponda a fin de no desatender a ese medio millar de patriotas arrinconado en las Islas del Baradero y de San Pedro.

El Coronel Lazcano, diestro entonces en sus miradas como antes lo fue con el brazo cuyo hueco pende de la manga vacía, vio la manganeta del escribiente. ¿Qué escondió el hombre con tanto apuro y aparente displicencia? ¿Qué? Lazcano no es hombre al que se engañe muy fácilmente. Por más vivo que sea ese Insiarte, difícil que se le escape, si lo pone en su mira. Y en su mira está, aunque el Gobernador lo defienda.

Si algo jodía a Lazcano era que lo tomaran por sonso. Comenzó a desconfiar de Insiarte antes aun del encuentro con la Edecanita, pero esa noche confirmó sus presunciones. Para nadie era un secreto la amistad que unía a la muchacha y el escribiente. Más que amigos eran, aunque Manuelita, a veces en la luna —con perdón por el atrevimiento—, dijera, complacida: *ojalá que lleguen a algo más; pero, por ahora...* Vaya, que en ocasiones parecía muy poco perspicaz la Niña. Eso que era Rosas y Ezcurra. La madre de Manuelita sí que había sido viva. Qué agallas la de aquella mujer. Por algo fue la Heroína de la Federación. Más aún: la Heroína del Siglo la llamaron. Con toda justicia, *en aquella época pavorosa en que su ilustre marido se lanzó a empresas inmortales fue digna compañera del joven ciudadano que en los escabrosos campos de la gloria recibía lozanos laureles y era saludado Libertador por el pueblo*, según dijo, conmovida, la Gaceta Mercantil en la nota necrológica de la dama.

Y ¿acaso en las elecciones de la Legislatura, en el treinta y tres, cuando se enfrentaron tan duramente los federales de categoría o casaca y la gente baja, acaudillada por comisarios de la ciudad y jueces de paz de la campaña, no fue esta bravía mujer la que mantuvo las cosas en orden? *Las masas están cada día más bien dispuestas y lo estarían mejor si tu círculo no fuera tan cagado, pues hay quien tiene más miedo que vergüenza, pero yo les hago frente a todos y lo mismo peleo con los cismáticos que con los apostólicos débiles, pues los que me gustan son de hacha y tiza*, le escribía al marido que andaba venteándose entre indios mientras ella permanecía en el centro de las luchas facciosas. Charles Darwin, que por esos tiempos husmeaba Buenos Aires en busca del humano eslabón perdido, miraba complacido el embrollo entre lomos negros y apostólicos, federales de casaca o rasos, y a Doña Encarnación, oficiando de domadora. Bravía la hembra. ¿Alguno no llegó a decir que hasta llevaba entre los faldones un par de pistolas y un puñal? Mujeres como aquella le hacían falta al Régimen. No niñas que sólo servían para pedir clemencia, con todo respeto por la Manuela, pensaba el Coronel Lazcano.

Aquella noche del dilatado homenaje legislativo, el manco, después de acompañar a Juanita hasta el círculo de niñas de la Niña, volvió a la otra galería, donde estaban los despachos oficiales. Como un pálpito tenía; se le hacía de mentirillas esa descompostura esgrimida por la Edecanita. De ñanga pichanga. Por cierto que la muchacha estaba pálida. Por cierto que le llegó el olor a pachulí y a polvo de tocador de la mujer. Pero había algo más. ¿Qué? Otro olor: el olor a miedo. El olor que tuvo la Mica, la vez de los dos tarascones, cuando los pezones de su mujer saltaron al suelo como higos maduros y allí se quedaron: dos redondeles oscuros sobre el piso mientras el pecho de la Mica se convertía en puro vertedero de sangre. El olor que percibió aquella otra ocasión cuando, cuchillo en mano, comenzó a tajar el cogote del salvaje Aduriz, arrinconado cerca de la balandra que lo llevariola a la otra Banda. El olor de tantos innominados cuyas caras ni podía recordar aunque retenía el olor. El miedo huele. Se lo había dicho un doctor rosín maestro en algunos virtuosismos profesionales *verbi gratia*: cómo despenar rápido, cómo ralentado, cómo *pianissimo* o *staccatto*. Ese olor: ése era el de la edecanita aquella noche. Ni el pachulí ni el polvo de tocador lo pudieron anular.

Por tales razones, el Coronel Lazcano aquella noche del homenaje a Rosas había vuelto en derechura a la galería. Internado en las sombras esperaba. Buscaba y tuvo suerte: alguien abrió la puerta del despacho. Alguien miró a las sombras, buscando seguridad. Alguien: el mozo Insiarte. Ya me parecía, se dijo el manco: donde andaba la Edecanita difícil que no estuviera el escribiente afrancesado. Pero ¿en qué andaban? ¿Sólo en amores? Difícil. Malos tiempos corrían para andar sólo en escarceos sentimentales, se dijo. Y le dijo al otro, a Javier, haciéndose el encontradizo:

—Buenas, amigo. ¿En qué anda, a estas horas?

—Fresqueando —respondió un Insiarte tomado de sorpresa.

—¿Fresqueando en el despacho? Vaya mozo trabajador.

¿Palideció Insiarte? Lazcano sospechó que sí. Pero la oscuridad era mucha y no pudo registrarlo con certeza. Escuchó, en cambio la voz, aplomada, de quién ya ha podido reconstituirse.

—No se crea que es tanto amor al trabajo, Coronel. Lo que pasa es que tenía pendiente un asunto que debo entregar mañana sin falta. Un asunto de aduanas —confesó como señalándole su confianza—. Y con esto del homenaje... ¿Quién se podía perder un acto tan importante y justiciero como pedirle al señor Gobernador que no se vaya y nos salve? ¿Quién? No este servidor...

Mozo rápido este Insiarte. Habría que tener cuidado con él aunque el Gobernador dijera que no. El Gobernador, en esos últimos tiempos estaba como apático. Como dormido estaba. Y echando panza. Mala cosa. Alguien debería abrirle los ojos. El Coronel Lazcano tiembla. No gana para sustos. Con el Ejército del Entrerriano al trote para Buenos Aires. Con los gobiernos provinciales que a la primera de cambio, cambian. Por unas chauchas cambian, tan interesados son.

Lazcano, frente a la mesa del escribiente y al escribiente miró la vacía manga de su uniforme con tristeza. Javier, que vio la dirección de la mirada, le preguntó, solícito:

—¿Le duele? —porque de eso solía quejarse el manco.

—Un poco. Con la humedad me duele, aunque ya no esté...

¡Ah, si estuviera entero, como antes! Pero ahora sólo le queda el uniforme. El uniforme es todo para él desde que le falta el brazo. Porque mire que de cuchillero de la Mazorca a Coronel de la Guardia de Rosas el paso fue grande. Se miraba en el espejo y no lo podía creer. La Mica tenía orden de mantenerle brillosas botas y correajes, galones y aderezos marciales. Y los seguía llevando, aunque ya su tarea era pasiva. Pasiva un decir: era supletoria. ¿Y quién dice que a lo mejor en esta emergencia no era más provechoso usar el ojo zahorí y sus tareas de inteligencia que aquellas cruentas estrategias iniciales? Sobre todo entonces, cuando parecía que el Gran Rosas estaba como quien no da pie con bola. Si caía Rosas, caía el Régimen, caía el país, caía él. Eso no podía ser. Ni pensarlo.

Lo que había dejado de caer era la lluvia sobre Palermo. En los charcos, comenzaban a croar las ranas, pidiendo agua. Más agua. Y Lazcano ¿qué pedía entonces? Plática quería el hombre.

—¿Sabe las novedades? —le estaba preguntando, en son de confidencia, el ojo alerta, la manga vacía en el hueco del correspondiente bolsillo, la otra, confianzudamente, removiendo papeles en el escritorio.

—Según de qué novedades me está hablando, Coronel. Sé las que trae *La Gaceta Mercantil*.

—Esas son noticias para los de afuera. Las inventa don Pedro De Angelis y las refrenda el Gobernador, usted sabe. Yo le digo las otras noticias.

—¿Las que vienen de Entre Ríos? —Javier decidió tomar el toro por las astas—. No, de esas sé pocas. Usted se imagina. Todo el día aquí, en Palermo y entre papeles, detrás del escritorio ¿de qué puedo enterarme?

—De papeles precisamente se trata.

—¿De papeles? —preguntó con cara inocentona.

—Sí: de unos informes muy importantes que le desaparecieron al Gobernador —se despachó el manco.

—Qué raro. ¿Acaso los papeles importantes no están bajo llave y la llave en manos del Gobernador?

—Así es. Pero esa llave, por lo menos en algún momento, estuvo en otras manos.

—¿Y no se sabe en las de quién?

—Eso se está averiguando.

—¿Se sospecha de alguien?

—Así es.

—¿De quién? Digo: si se puede saber.

—Sí. Se lo digo para su resguardo, porque es de alguien que está cerca de usted.

—Dígame, Coronel. Me tiene sobre ascuas.

—De Juan Carlos Moretti se sospecha, señor Insiarte.

—¿De Moretti? No puede ser. A ese mozo sólo le gustan la farra y las muchachas.

—No se crea. Se sospecha que está muy complicado. Pero el hombre resultó más anguila de lo que creíamos. Desapareció de su casa. Se lo digo porque usted tiene toda la confianza del Gobernador. Y porque ese hombre es amigo suyo.

—Compañeros. Es escribiente como yo, usted sabe. Pero nada más —aclaró ampulosamente Javier y se sintió Judas.

—Tenga cuidado, Insiarte. También se dice que tuvo que ver con los volantes de los otros días. Lo andamos buscando. Así que, si sabe algo...

—Por supuesto. Se lo comunicaré enseguida, Coronel.

—Así deberá hacerlo, señor escribiente. Y trate de no andar a deshoras en lugares comprometidos. Podría entrar en sospechas. Por ejemplo: cuando se vaya del despacho, se va y no vuelve. Una lástima

sería que se comprometiera. Usted, un joven tan simpático. Y tan amigo de la Edecanita y, por lo tanto, de Manuela. Una lástima.
—¿Cuál es la lástima, coronel Lazcano?
—Que se comprometiera, digo.
—Pierda cuidado. Mi único compromiso es con el Gobernador —lo tranquilizó Javier con ganas de sacarlo a empellones.

Pero el hombre se fue solito, no sin antes palmearlo confianzudamente con su única mano.

Quien posee un secreto es siempre un hombre muy solo. ¡Qué solo se siente Javier!

Otra vez había comenzado a llover sobre Palermo, pero entonces con más furia. Las gotas golpeaban sobre los techos de zinc. Sobre las tejas. Sobre el corazón del escribiente Insiarte.

Una columna de humo salía de una de las tantas chimeneas y tomaba el rumbo del río. Javier tomó el rumbo de la ciudad y de su casa, la casa de la tía Eloísa. Qué joder con ese Lazcano. Habría que andar con pie de plomo. Y hacerlo desaparecer a Moretti cuanto antes.

Se pondría en comunicación con ese tío que Moretti tiene para el lado de Dolores y con el que está en contacto por el asunto de Urquiza. El tío anda asustado con las levas para el ejército que ya empezaron y se lo quiere llevar para esconderlo en su estancia. Sería buena salida.

En el camino Javier cambió de dirección: primero pasaría por lo de la difunta Clara la Inglesa para avisarle a María Patria Sosa que le comunicara al mozo el urgente mutis por el foro que deberá hacer cuanto antes. Cuanto antes, porque ya todo está que arde.

ESTATUA XII

Soy la estatua que no se hizo

ESTIRO LARGAMENTE *mi mirada por sobre rejas y patios desmantelados y es mansa y resignada mi mirada, pero algo grita de pronto, y es grito de gavilán o degollado, grito de susto o muerte, grito que abre compuertas ocultas en mi mente y que tanto extravío me ocasionan; entonces uno mi propio grito al grito innominado y ese recuerdo desprevenido pero atento en mi sótano sale al cruce y es como un aguilucho pronto al zarpazo, bordea mi celda-prisión-enfermería, me está por arrancar los ojos, apunta a mis entrañas, en mi delirio tiene un solo ojo ese aguilucho y de esa acuosa mirada impar de pronto rueda una lágrima, una solita, líquida, fría, salobre, por el hombre cuyo nombre no puedo ni nombrar. Y yo abro mi boca, mi lengua extiendo y la bebo para aquietar la sed y entonces caen otras pero ya no vienen del ojo impar del aguilucho sino del cielo vienen, del aguacero, las manos de la lluvia alivian la materia sedienta de mi cuerpo y también esta boa que cultivo sin que nadie lo sepa en ocultas galerías de mi alma, para que ella, la boa, compasiva, me ahogue cuando yo, Juanita Sosa, ya no dé para más. Pero esta noche no: los dedos de la lluvia me van apaciguando, impiden que mis lobos estallen en aullidos, me incitan a realizar aquello que siempre me procura la calma porque aparejado viene a recuerdos que llenan mi silencio, aquellos de Palermo y su gente cuando era la Edecanita alegre y vivaracha que reía y hacía reír a tantos porque creía como Alfredo Veirave que la sonrisa es una forma abierta de la comunicación y con Manuela y las muchachas hacíamos estatuas a fin de entretenernos, como hago ahora una, en esta tarde de lluvia sin visitas ni enfermeras ni médicos ni vida, con mis lobos guardados y los recuerdos sueltos. ¿Qué estatua elige esta desgraciada? Una que nunca se atrevió a hacer en las plácidas tardes de Palermo o en los días de invierno y de ciudad, porque la dueña de la imagen resultaba temible por variadas razones como su cercanía del Gobernador y su propio poder. Pero un día en que Manuelita andaba amoscada porque había debido abandonar su palique con el Terrero por mandato del Tatita (que lo estaba necesitando al hombre), pero que, como buena profesional de la política y la domesticidad, en ella muy mezcladas, sabía poner al mal tiempo buena cara, para distraerse me dijo: ¿y si hiciéramos la estatua de la tía? y le entendí enseguida porque aunque las tías eran varias, por el lado de las Ezcurra Arguibel y de las Rosas Osorio, la tía sólo era una: doña María Josefa, aquella que además de oficiar casi de madre putativa cuando murió la Heroína doña Encarnación, asumió las actividades políticas de la difunta, mujer de pelo en pecho* que peleó lo mismo con cismáticos que con los apostólicos débiles, pues los que le gustaban eran los de hacha y tiza y no los cagones, *de modo que por tales razones Don Juan Manuel y la María Josefa, Gobernador y cuñada, anduvieron muchos años en entramados propios, marchando muy juntitos acordes en sus cosas, hasta que en un momento dado, porque la Niña creció, o porque Don Juan Manuel se cansó de tanta devoción cuñaderil, la María Josefa se recluyó en su casona y aunque siguió dando apoyo éste fue desde lejos y como atemperado.* Se me está volviendo unitaria la Josefa, *decía Juan Manuel de la tía, escueta de figura, flaca y nerviosa, siempre el ceño fruncido y su enjambre de pardas y mulatas mensajeras de infundios, fisgoneras de casas y barrios rodeándola en la vieja casona de la calle Potosí. Era precisamente a esa cuñada y tía respectivamente, a la que queríamos ver en estatua durante aquella tarde, y ya Manuela se iba en busca de aderezos necesarios para imitar a esa especie de lombricita empalada que era la María Josefa, y ya se había ido cuando me tocó ser testigo presencial de un hecho que juro por los santos yo jamás comenté aunque sé que algún otro lo hizo porque hace poco el mismísimo señor Don Faustino Sarmiento, antiguo salvajón de larga estirpe lo dejó escrito y publicado y así fue la cosa, aunque no sé cómo la cuenta el señor don Sarmiento: el Gobernador estaba con uno de sus ministros, cuyo nombre quizá por efecto de la vergüenza se me ha olvidado, el cual Ministro había tenido la ocurrencia de llevar a su esposa para los saludos pertinentes a S.E. y cuando la señora fue a descender de su cabalgadura como se vio en algún aprieto en el descenso mentado, fue socorrida por el señor Gobernador que acudió para ayudarla con tal alevosía como para meter su mano por debajo de los pollerones de la dama y allí entretenerse de modo tal que, sea verdad o mentira, hizo como que en la mano entrometida y guaranga que había andado hurgando por donde no debía porque no era pollerón ni de legítima esposa ni de amante (entiéndase: pollerón de la Eugenia Castro), en la mano, digo, quedaran restos de las olorosas humedades pertinentes a ser humano de sexo femenino. Pero no paró allí Su Excelencia sino que, estando cerca y habiendo visto el Obispo Medrano la burda operación de salvataje e inspección táctil llevada a cabo por prepotencia de Gobernador y anuencia o indiferencia de dama, no encontró nada mejor que pasar por las narices mismas del mentado Obispo Medrano sus dedos presuntamente untados con las humedades de la señora sustraídas de los resquicios íntimos ocultos por sus pollerones, que pasárselos, digo, por las narices eclesiásticas en tanto le decía, socarrón y luciferino:* huela un polvo, Su Señoría *hecho lo cual Su Excelencia se quedó muy serio, bien compuesto en su uniforme (porque ese día andaba uniformado en razón de protocolar reunión), con sus entorchados y medallas tal cual, frente al patitieso señor Obispo Medrano que no dijo ni pío (porque donde manda capataz el peón envaina), pero enseguida fue la desbandada de Ministro, Ministra consorte, Obispo, damiselas, incluida ésta, la Juanita Sosa que atravesó galerías y patios como alma que lleva el diablo hasta encontrarla a Manuela y apurarla con el cuento de hacer la estatua prometida, que no se pudo hacer aquella tarde porque Manuela estaba en otra y ya no se hizo más, porque andando los tiempos esta servidora supo de algunos hechos que la enternecieron puesto que tenían que ver con cuestiones de amoríos lejanos y mal concluidos, y cada vez que quería llevar a cabo la estatua de esa lombriz empalada, es decir, de doña María Josefa, le salía al cruce la imagen de una joven trotando hacia el norte, en seguimiento de su amado o acunando al hijo que nunca pudo reconocer como suyo y qué quieren ustedes, esta servidora no podía seguir con su jueguito y a Manuela y a las otras les decía:* No, esta estatua no me sale *como tampoco me sale como estatua en esta tarde doña María Josefa, por lo cual esta servidora se va a dormir.*

Diecinueve

DONDE COMIENZA EL ACABOSE

LA LEVA de muchachos jóvenes se vino con furia. Había que engrosar el ejército para ir a defender al Gobernador en Caseros, que era donde el Restaurador quería que se ofreciera batalla. Allí dispuso que fuera el enfrentamiento con el Ejército Grande. Muchos decían que tal decisión era un disparate. Pero Rosas en sus trece. En los corrillos se comentaba: El general Mansilla está informado sobre la situación. Exige que Pacheco dirija las maniobras. Expone sus puntos de vista. Pero el Gobernador decide:

—Esta campaña la dirijo yo.

—¿Usted? —dicen que dijo el general y cuñado Mansilla con aire sorprendido. Y le lanzó una carcajada en la cara.

—Sí, yo —confirmó Su Excelencia.

Y así estaba siendo.

El doctor Victorica, secretario del general Pacheco, ha traído otras nuevas. Enviado por su Jefe, fue a llevarle al Restaurador noticias de la marcha de los acontecimientos, nada buenas por cierto: al coronel Lagos lo habían derrotado. La situación era muy delicada.

Victorica encontró a Rosas en Santos Lugares, alojado a dos cuadras de *Las Crujías*. El mayor Antonino Reyes lo recibió. A él le transmitió la urgencia que traía para entregar el mensaje. Rosas dormía la siesta y como Rosas quería seguir durmiendo la siesta, opuso reparos a la entrada del mensajero. Al fin, aceptó. Victorica se encontró con el Gobernador casi en cueros, acostado sobre un catre tijera, en un cuarto pintado, cuando no, de rabioso colorado y pobremente amueblado.

El doctor Victorica transmite al desarropado Gobernador el mensaje de su Jefe. El transmitido mensaje del Jefe dice que las papas queman y que algo debe hacerse. Rosas escucha el mensaje de que las papas queman como si estuviera oyendo llover cuando es época de lluvias y la cosa no llama la atención. Al terminar el uno de hablar y el otro de escuchar como quien oye llover en temporada de lluvia, le pregunta, ahogando un bostezo:

—¿Usted es Victorica?

—Sí, señor Gobernador.

—Tiene usted muy buena letra.

—Muchas gracias señor —escucha el mensajero, sorprendido.

—Pero he observado que no coloca bien los encabezamientos en las carpetas.

Dicho lo cual el desarropado señor Gobernador en vísperas del desastre final se embarca en una fútil explicación acerca de cómo debía llevarse ortodoxamente ese detalle de labor oficinesca. Ante semejante perorata, para nada oportuna dada la situación de papas quemándose, el doctor Victorica supuso, *son los humos de la siesta y quizá del calor los que han hecho que el siempre avispado señor Gobernador no haya entendido el mensaje.* Intenta, con buenos modales y el apremio correspondiente, transmitírselo de nuevo a Su Excelencia. Pero Su Excelencia lo interrumpe bruscamente:

—Sí, señor. Lo he comprendido bien. —Lo mira fijamente como quien mira una mierda y se da el gusto de repetir al joven y azorado doctor Victorica, secretario del general en jefe Angel Pacheco, los términos de la información transmitida de entrada.

Dicho lo cual el Restaurador sigue con su siesta.

El joven Victorica vuelve al campamento. Encuentra al general Pacheco. Trasmite la información.

—Pero entonces Rosas está loco —murmura el General agarrándose la cabeza.

—¿No lo habrá estado siempre? —aventura el secretario.

—¡No hombre! El peligro lo perturbará o tendrá seguridades en la victoria que dependerán de sucesos que no conocemos —quiso esperanzarse el General en Jefe que en esos momentos no sabe que ya no es General en Jefe porque el Restaurador desconfía de él.

Como desconfía de todos. Pero si la desconfianza inmoviliza al mandamás hasta extremos inconcebibles, no pasa lo mismo con algunos de sus personeros. *Verbi gratia*, con el coronel Lazcano, el manco picado de viruelas que en un ataque de nervios rebanó las tetas a su mujer, la Micaela, apodada la Mica, está convertido en un basilisco. Y en una serpiente. Sus dardos han apuntado a los jóvenes escribientes, sobre todo a Insiarte y Moretti. Pero el escribiente Moretti lo jodió de lo lindo: consiguió escaparse de sus garras. El no sabe hacia dónde, pero fue hacia el sur y el campo donde vive su tío.

Muchos estaban haciendo lo mismo, a fin de salvaguardar a una juventud a la cual el Restaurador quería llevar al matadero. En su estancia *Las Toninas*, bien al sur y al reparo de los aires políticos, el tío Moretti convertiría a su sobrino mujeriego y tarambana en rudo peón de campo. Que se aburriera mirando los paisajes crepusculares de la pampa. Que sus manos se llenaran de callos y se curtiera su piel por los latigazos del sol y del viento. Que aprendiera cómo es de dura la tierra de cuyo usufructo gozan los señoritos de la ciudad. Así salvaría su vida. Allí no llegarían las levas. Cuando todo pasara, ya volvería al jolgorio de la dulce ciudad, el señorito que hasta entonces, y por altas influencias, había oficiado de escribiente de Su Señoría y amigo de la Niña y de su corte. Pero ya la ciudad no sería colorada. Ni probablemente tan dulce para los de su clase.

Así pensaba el tío de Juan Carlos Moretti, un rudo de las pampas hecho a la intemperie. Había salvado su vida, no sabía cómo, en la Revolución del Sur y entonces quiso salvarlo al sobrino. Y lo salvó.

Aunque extraña la ausencia, Javier ve con satisfacción ese mutis por el foro del amigo, héroe de archivos casi sin darse cuenta. Moretti se había estado comprometiendo más de la cuenta. Decía: *me falta el don y empujón para ser un héroe*. Pero se metía. Quizá no tanto por convicciones políticas cuanto por espíritu de divertimento. Si se habrá reído con el asunto de los panfletos del Coliseo. Con la cara de susto del comisario Moreno. Con la de asco de los serviles caballeros que veían peligrar sus privilegios. Cómo lo acompañó Insiarte en sus risas al alocado amigo. Pero aquella había sido una acción política, no una payasada. Y Moretti no distinguía el deslinde. Más que una ayuda el amigo iba a ser un estorbo cuando las aguas bajaran turbias. Y turbias estaban bajando. Sintió el alejamiento. Lo sintió como una batalla perdida. Pero pensó: mejor así. El estado perentorio de los tiempos no permitía descanso. Equipado con nuevas esperanzas, Javier se dijo: esto ya va a acabar. Y se quedó para seguir cumpliendo su destino administrativo sin gloria. Y el otro, el secreto. Pero tenía que cuidarse. Otras veces debió luchar por conservar el coraje. Entonces debía hacerlo para conservar la prudencia. La que no quedó para nada satisfecha fue Juanita. Ella hubiera querido que también Javier partiera a la pampa y el apartamiento. Poco a poco, incluso con resistencia interior, había ido comprendiendo hasta qué punto el escribiente que le había encendido el corazón estaba comprometido. Como migajas fue recogiendo datos, hebras que le permitieron armar la trama. Poco a poco. Primero fue ese destello entre irónico y crítico que le encendía la mirada al muchacho cada vez que se tocaban determinados asuntos. Los que tenían que ver con el Régimen. O con Palermo. O con la marcha de los asuntos públicos. O con la parafernalia federal. Después llegó, para su descubrimiento, la frase incisiva. La reflexión desvalorizadora. La mirada iracunda. Muy pronto las reflexiones abiertas. Las consideraciones directas. Por fin, las confidencias. Pero tales graduales pasos de conocimiento, para nada extinguieron el quemante amor de la Edecanita. No podía ya prescindir de Javier Insiarte. *Y no quiero,* se decía. Por lo demás, no estaba sólo enamorada. Estaba también convencida. De la perversidad del Régimen. De la venalidad de los operadores. Y de Manuela ¿qué? Seguía queriéndola. Seguía respetándola. Continuaba creyendo en la bondad del corazón de la Niña. Pero la sentía equivocada. Equivocada y débil la sentía. Manipuladora de su propia bondad. Incondicional ante los genuflexos, débil frente a los otros, los matones a sueldo de Tatita. Y que entre tanto extravío, no defienda más lo único valioso de veras, la pasión de Terrero, tan acollarado por las manías depredadoras del Restaurador. No puede perdonársele. Ella, que es pura llama. Ah, los repliegues del alma. Juanita ha abierto los ojos. Pero, cuánto duele a las pupilas acostumbradas a la oscuridad el choque con la luz.

    Cuando Juan Carlos Moretti partió al trabajo y al destierro interior, Javier Insiarte se preparó para la repechada final. El verano había llegado con todo sus bríos y las actividades aumentaban. Las que debía cumplir desde su burocrático escritorio de escribiente y las otras. Las subterráneas. Javier seguía tranquilo. Pero ¿bajó la guardia, quizá? Probablemente no. Fue el coronel Lazcano quién aguzó su ojo zahorí.

* * *

Palermo estaba enloquecido, aunque no se hacía nada. Se chismeaba todo el día, eso sí. Dimes y diretes. Que el Gobernador está sereno porque la verdad está con él. Pero que hay gente protestona: habría que hacer algo, dice esa gente. Pero el Gobernador de algo se preocupa: de recibir a las caravanas de federales que vienen a darle sus respetos y a ofrecerle la ayuda pertinente. Y vienen legiones. Las naciones negras: las de Mozambique, vienen y vienen las de Alugumgami. Y las del Tambo Congo. Y las del Tambo Mina. Y las del Tambo Angola. Y las de la Nación Augunga y la Nación Banguela. Y la Nación Mondongo. Y la Nación Mayombí. Y todos cantando con variantes y modalidades diversas:

Poleso la Camunda
Lo Casanche, Lo Cabinda
Lo Banguela, Lo Mayolo
tulo canta, tulo glita.
Ya vites en el candombe
como glitan los molenos:
¡Viva nuestro Padle Losas,
el Gobelnadol más Güeno!

La morenada federal rebulle por los caminos de Palermo. Como las cosas arden, los especializados en las artes delatorias hacen de las suyas en esa efervescencia de vísperas guerreras llegadas a la ciudad. El negrerío alcanza su máximo fervor con sus parloteos y sus vivas cuando van a despedir a los soldados que marchan a Santos Lugares.

En tanto, en otro lugar de la ciudad, se reunían los que pensaban hacerle un corte de manga al Gobernador. En una casa céntrica y abandonada se encontraban los más exaltados. Los que ya no se conformaban con trasladar papelitos de una banda a otra del río, como decía Javier, de un campamento a otro. Los que querían ahorrar unos cientos de vidas a la patria, decían.

El plan era arriesgado pero simple: tomar preso al Restaurador, conservarlo como rehén hasta la llegada de Urquiza. Si Rosas desaparecía, víctima del secuestro que se proponían, el ánimo de todos se vendría al suelo. Y se evitarían muchas muertes.

Juanita ya había entrado en la confabulación. Los ayudaba. *El Gobernador hoy irá a la Ciudad. Mañana, a las diez de la mañana, recibirá al consejero de Estados Unidos. Debajo de la glorieta de madreselvas lo recibirá. Partirá para Santos Lugares a las seis. Irá acompañado por tantos hombres.* Datos que no le resultaba difícil sonsacar a la Niña. A una Niña cada vez más apesadumbrada por los sucesos que veía precipitarse, mientras en ella aumentaban los decibeles de su amor por Javier y el fervor de su novísima fe reparadora.

Javier esperaba el momento oportuno para movilizar la máquina desde esa casa que había sido de Clara la Inglesa, quien, antes de morir, designó como custodia de ella a María Patria Sosa, mientras duraran los trámites testamentarios, lentos en razón de los disturbios políticos. Pero su patrona no había olvidado a la muchacha. Le había dejado en propiedad una pequeña casa levantada en los fondos de la casa grande y con ella comunicada. Allí solía recibir al señorito de los Moretti, el buen mozo y jaranero escribiente de S.E. Porque para entonces a María Patria Sosa se le había acabado ya el escozor de la carne vuelta virtuosa a fuerza de latigazos y había aprendido nuevamente a sonreír.

Por esos tiempos, lo había acompañado en más de un trámite difícil. Por ejemplo, en el de los panfletos del Coliseo transportados en sus pollerones. O cuando se apostó a un individuo en Palermo, mientras el Gobernador, rodeado de sus *castritos*, se entregaba al sopor de la siesta. Trámite que mal concluyó porque al vasco, que vasco era el enviado, *le dio no sé qué matarlo delante de esas criaturas inocentes y esperaba que estuviera solo,* según confesó, en los ojos el aire de postrimerías que le llegaron, enseguida, con los tiros de las tercerolas que el Gobernador ni oyó porque había retomado su sietita reparadora. Pero María Patria Sosa también a la niña Juanita Sosa brindaba sus oficios para los intercambios amorosos con el escribiente Insiarte. Al comienzo la muchacha no se aparecía por Palermo. Estaba con Clara la Inglesa. Y era a la casa de Clara la Inglesa donde llegaban los demás, fiestera como fue la dama hasta último momento. Pero, muerta la señora, se atrevió a regresar a la Quinta. Sobre todo porque así convenía a los intereses del grupo.

La casa de Clara la Inglesa, mientras tanto, fue quedando abandonada. Nadie vivía en ella. Estaba cerrada. Permanecía silenciosa. Era el lugar ideal: un día, María Patria Sosa entregó a Javier Insiarte una llave de la casa y allí comenzaron a reunirse los complotados.

Cuando más se iban alargando los días de la espera, más se ponían de relieve las debilidades del Régimen y las esperanzas de los confabulados. Llovían adhesiones, muchos indecisos terminaban plegándose y las reuniones resultaban cada vez más numerosas. Se vivían días de exaltación en tanto se aguardaba el momento oportuno.¿Para qué? Para echar mano al tirano. Cada día se ajustaba el diseño del plan y hacerlo era como preparar el concertado encuentro de actores en el escenario. La partida que lo secuestraría. El lugar del escondrijo. El turno de los cuidadores. Quien debería dialogar con los generales. Quién llevar la noticia al General Urquiza. Los vínculos entre los complotados eran cada vez más firmes y comprometidos. Les iba la vida, la cabeza de cada uno ante cualquier error. Pero con el paso de los días y la exaltación frente a la empresa, fueron menguando los controles. La euforia obnubiló a muchos. La audacia sustituyó la cordura. Mal cambio. El coraje tiene diversos grados: uno de ellos es la prudencia. La prudencia fue abandonando al grupo de complotados. Cosa peor no podía haber ocurrido.

Los más exaltados eran los llegados a último momento, como si quisieran hacerse perdonar los titubeos de tiempos anteriores. ¿Llegó por ellos la perdición? Nadie puede jactarse de haber sido vehículo del destino adverso. Nadie más que el coronel Lazcano. Y su ojo zahorí.

El coronel Lazcano siempre supuso que había un lugar vacante en la historia rosina que debía llenarlo él. Cuando perdió el brazo, se dijo mi sueño acabó. Cuando entró en los servicios secretos del Gobernador recuperó la esperanza: el hueco en la historia rosina seguía aguardándolo. Decidió ocuparlo. Maniobró cauta y sagazmente para cumplir su sueño. Lazcano aunaba las virtudes del estratega con las del espía. Y puso ambas condiciones al servicio de su plan. No le dijo nada al Restaurador. El Restaurador estaba más bien en babia. ¿Quién puede soportar la existencia de un ejército organizado a las puertas de su imperio?

De modo que, por su cuenta, Lazcano compró espías, tendió un cerco de informantes, hombres y mujeres, mulatos unos, gauchos otros, alrededor de la presa elegida: Javier Insiarte. Acróbata tenía que haber sido Javier para poder evitarlo.

* * *

Desde el lugar en que está ubicada, María Patria Sosa ve el conjunto y también los escucha, aunque no siempre entiende todo lo que dicen. Cuando se nombran personas, hechos concretos, cifras o disposiciones pragmáticas, comprende todo. Cuando los complotados se embarcan en disquisiciones teóricas o doctrinarias, María Patria Sosa siente que un velo de sombras desciende para separar su cabecita de ese sector de humanidad que está contemplando. Comprende, sí, que los sueños de todos coinciden. Está cansada María Patria Sosa. Todo el día ha andado lidiando. Mensajes y esas cosas. Ha tenido que ir a Palermo (donde en medio del revuelo se anima a ir). Y volver. Y estar atenta para que la gente, al llegar, tuviera lo que necesita: los jarrones con agua fría, alguna sangría. Y las ventanas cerradas a cal y canto. Y las sillas preparadas —como siempre— en el saloncito del fondo, allí donde para nada llegan rumores de la calle o impertinencias de vecinos. María Patria Sosa abanica su cara perlada de sudor. El calor es impresionante pero no puede abrir ninguna ventana.

Entre tanto, Javier los está fustigando con sus reflexiones. Necesitan armas. Necesitan conexiones. Fíjense que todavía el gobierno está fuerte. Cuidado que los espías andan sueltos. Ojo con las conversaciones. María escucha el rum rum, mira a los hombres, descubre una mosca. Quién sabe por donde se metió la cretina. La aventa con su abanico. La mosca revolotea por el aire caldeado del cuarto y va a parar a la nariz de uno de los contertulios. El hombre la espanta de un manotazo. La mosca, indecisa, no sabe qué hacer. Como ella. Javier le ha dicho que no los espere. Pero María no queda tranquila hasta que los ve partir. Controla entonces el vecindario, la puerta, la habitación. Que no queden rastros. María Patria Sosa no puede olvidar su lejana transgresión y el iracundo castigo federal. Ahora no corre peligro ella sola. Están todos esos otros. La mayoría muchachos jóvenes como Javier, dos o tres personas mayores. Todos en lo mismo. En lo mismo está ella también. La muchacha mira a Javier. Ayer estuvo hablando de él con Juanita Sosa. Cómo le ha tocado el corazón a su niña el buen mozo de Javier. Juanita, siempre alegre, está convertida en pura castañuela. Le ha contado: Javier le ofreció casamiento. Pero ella, por ahora no, le ha dicho que no. ¿Por qué? ¿Acaso toda muchacha lo que quiere no es casarse? ¿Acaso ella misma no lo soñó años y años? Cuando le hizo esas preguntas, Juanita bajó los ojos, como confundida. *Es por Manuelita*, le contestó. *Mientras ella no se case*, dijo. A ella le pareció que podía ser verdad, aunque sólo una parte de la verdad. ¡Pero qué tendrá que ver! le retrucó María Patria, impaciente. ¡Qué tendrá que ver! *Si Manuelita aguanta con lo enamorada que está de su Máximo Terrero, bien que puedo aguantar también yo*, dio sus razones. Pero no es ninguna razón. Ella lo hace por el padre.

De pronto, una lucecita se iluminó en la cabeza de María Patria Sosa. *¿No me dirá que tampoco se quiere casar por no disgustar al Gobernador?* María Patria Sosa vio cómo Juanita quedaba pálida primero, arrebolada después. Y cómo se largaba a llorar. Pleno ataque de histeria. ¿Qué le pasaba a esta chica? Lloraba y le decía: *¡Ay, María, qué desgraciada soy!* Y se abrazaba a ella y abrazada a ella lloraba. Por la fuerza del apretón María Patria Sosa comprendió el alcance de la aflicción de la Edecanita y se dijo sin decírselo: *Pobre Juanita ¿será posible que todo haya llegado tarde?* Pero a la muchacha le arrimó su consuelo: *Juanita, ánimo. Esto ya no va a durar mucho. Ya se acaba.* Pero a sí misma se preguntó: *¿quién puede cambiar el curso de los acontecimientos?* Sólo Dios. A ella, como a Juanita, no le quedaba otro remedio que esperar. Cuanto más pensaba en los vericuetos de la vida, más se convencía de que, en definitiva, pocas cosas quedaban en las manos de uno, porque uno era como el territorio ocupado por Otro. Y era el Otro quien decidía por uno.

En estas cuestiones piensa la muchacha mientras mira como en sueños a los hombres que siguen ajustando el plan que debería traer a todos la felicidad. Al menos esa forma de felicidad que se llama paz. María Patria Sosa cierra los ojos. Está muy cansada. Pero detrás de los ojos cerrados María Patria Sosa sigue viendo la escena que ha estado mirando con los ojos abiertos. Lo ve a Javier Insiarte sentado, apoyando los brazos en el mármol vacío del escritorio que alguna vez fue de la señora Clara la Inglesa. Donde la señora Clara se entregó a los dulces placeres de la lectura y la meditación cuando otros placeres ya no eran para ella. El escritorio que ahora, por disposición testamentaria, pertenece a la Iglesia de San Francisco. Pero que, como tal disposición aún no se ha cumplido, puede permanecer en esa sala que era la salita íntima de la señora. Y por eso, porque permanece en la salita íntima de la señora puede servir de apoyo a los brazos del joven Insiarte, mientras el joven Insiarte habla. Habla con voz baja pero enérgica. Sus palabras ajustan los pasos de la operación que entre todos deberán cumplir. Lo escuchan atentos y esperanzados. Pero sobre todo decididos. María Patria Sosa ve la decisión en los agudos ojos de ese joven que es el joven de los Martelli, apenas veinte años, familia rosina, abogado de profesión, famoso como bailarín, rico heredero de familia rica. Mira los austeros rasgos del doctor Larraméndez. El doctor Larraméndez tiene once hijos y varios comercios importantes, pero al doctor Larraméndez le mató un hijo la Mazorca. Por una equivocación, se excusaron. El doctor Larraméndez perdonó el crimen, pero no el sistema que había permitido semejante equivocación. Y por eso le dijo a los conjurados: *soy de la partida*. Ve el cuerpo delgado, casi escuálido, de Augusto Mettler, un manojo de nervios que descarga en la acción, de aquí para allá siempre. Tiene hormigas en el culo, decía Morelli. Si no puede moverse se descarga en el humo de los cigarros que expele sin interrupción. María Patria Sosa no puede ver el rostro del señor Augusto Mettler porque el señor Augusto, que no puede moverse, porque están todos escuchando a Insiarte, alrededor de esa mesa, y no puede fumar porque María Patria Sosa lo ha prohibido por razón de prudencia, tiene el rostro entre sus manos. Y las manos en los brazos, y los codos de esos brazos apoyados sobre la mesa de mármol de Clara la Inglesa. Detrás de los ojos cerrados de María Patria Sosa pasan los demás: Carlos Bernardes, el poeta que después de haber cantado en su juventud algunas loas al Régimen comprendió que ése no era el camino ni para la patria ni para él. Ha dado muestras de fidelidad a los complotados. Y aquí está. Pasa el doctor Daniel Antueno, alto y elegante, siempre a la última moda, sueño inalcanzable de las muchachas solteritas de la sociedad. Inalcanzable porque, aunque libre según la ley, su corazón permanece anclado en la casa de una viuda que ya ha dado su dictamen: mientras sus hijas no se casen, nada puede suceder. Al menos a la luz del sol. En la penumbra pasan otras cosas. Siempre según decires de bocas murmuradoras.

—La patria, este vasto cuerpo debilitado por el Régimen, ya no da más. El tirano está, en su quinta de Palermo, como una bestia acosada. Y el Ejército Grande y el general Urquiza casi a las puertas de la ciudad. Y nosotros debilitándonos en tanta inacción. Este es el momento. No podemos dudarlo. Si no lo aprovechamos ¿cuándo se nos presentará otro igual? ¿O esperaremos, para sacudirnos este perverso gobierno, que mueran miles de inocentes? No. Pero debemos obrar con cautela. Como el animal cercado, esta gente puede debatirse bestialmente. Un paso en falso nos precipitará al desastre. No debemos darlo. El viernes, a esta misma hora, nos volveremos a encontrar aquí. Para entonces ya sabremos cuándo pondremos mano a la obra. Hasta entonces, los cursos de acción son estos...

María Patria Sosa con los ojos cerrados se pierde en la maraña murmurante. Sigue viendo detrás de sus párpados los rostros amables o severos, jóvenes o maduros y hasta el más castigado por los años del señor Larraméndez. Sigue escuchando la voz de Javier Insiarte. Pero, de pronto, María Patria Sosa abre los ojos. Entre la voz de Insiarte y el silencio, se ha colado un crujido. Nadie ha escuchado nada. Sólo su oído de antigua cautiva habituada desde niña a recoger los ecos de la pampa, sólo su intuición de mujer herida a quien el peligro mantiene alerta, sólo ella pudo detectar ese suave susurro de pétalo. Ese lento vaivén de alguna hoja. Ese tráfico sutil de nada que ha rasgado el aire. Esa mínima exhalación humana. Sólo ella. Nadie más. Pero fue suficiente.

María Patria Sosa dio un salto. Como gato montés salta. Como tigresa herida. Se da maña para alcanzar la lámpara que desde un rincón ilumina el cuarto. Animo se da para urgir a los hombres con voz apenas audible:

—A la izquierda. La segunda ventana del tercer cuarto tiene un barrote flojo.

Se da tiempo para tomar a Insiarte de un brazo y ordenarle:

—Venga conmigo.

Y no hubo tiempo para más. Porque la avalancha entra. Estalla el alboroto. Diez matones. Gente de la Mazorca, ya en desuso casi pero recuperada para esa ocasión por el odio insidioso del Coronel Lazcano. Por la fuerza de su ojo zahorí.

Entran con estrépito. Primero es el escándalo de la puerta que cae bajo la fuerza de todos. Todos eran diez bestias. Después, el vendaval de esos hombres de caras achinadas quitando aire y espacio a la habitación para nada abundante de medidas. Después, el rumoroso vaivén ciego de esos perros perdigueros buscando las víctimas. Para entonces ya todo es pura oscuridad. Y caos. Resonar de pasos apresurados. De estampida incierta. Otras puertas —las puertas interiores— se abren y cierran en loco trajinar. De pronto comienza el griterío. Gritos de quienes buscan con sus propias voces darse ánimo para la masacre que venían dispuestos a cumplir. Gritos de los escurridizos probables masacrados que como ratones cercados que estiran el momento del cerco final, toman rumbos y ritmos distintos. ¿Quién es capaz de distinguir en la oscuridad? Algunos lo logran.

Al señor Larraméndez los cazadores lo cazan enseguida. Quizá el señor Larraméndez se dejó cazar. Quizá, en ese instante turbio en que la realidad de la delación se hizo presente, supuso: *Para qué alar-*

gar más lo que deberá ser. Para qué si todo está ya perdido, como pasó con m'hijo, en la puerta de los Costa, a la vuelta de la Gobernación. Quizá fue así. Quizá no hubo ni razonamiento filosófico ni reflexión alguna: simplemente se entregó a la injuria del cuchillo; hubo peso del cuerpo envejecido, entrega de un espíritu demasiado exigido por años y dolor. Al señor Larraméndez lo alcanza un matón y le clava un cuchillo. Juntos llegaron el grito del señor Larraméndez, comerciante conspicuo de la ciudad, y el puñal que acertaba con el centro vital del señor Larraméndez.

El señor Augusto Mettler, manojo de nervios como es por configuración personal, salta por sobre la mesa, traspasa la puerta, corre, va a dar al patio embaldosado, en el patio embaldosado se levanta un limonero enorme, trepa el ágil señor Augusto Mettler al limonero, se agazapa en lo alto. Pero no tardan en descubrirlo los matones, que han encendido luces. Al nervioso señor Augusto Mettler lo ensartan y lo bajan y lo matan. Y se muere quizá soñando con la última pitada de su último cigarro: aquel que María Patria Sosa no le dejó encender por cuestión de seguridad.

El doctor Daniel Antueno, con incomparable presencia de ánimo toma a la izquierda, según oyó decir a la mujer y busca en el segundo cuarto y en la ventana el barrote flojo que le permitirá ganar la calle. Pero el tercer barrote no se suelta. Error de información. De modo que al pobre doctor Daniel Antueno por información mal entendida, lo alcanzan y lo estrellan de un golpe y de otro y otro contra el piso. Luego lo deguellan. La sangre cubre las pulcras vestimentas que el doctor Antueno se había puesto, porque, después de esa reunión debía encontrarse con la viuda que le niega favores a la luz del sol pero lo recibe a la de su quinqué y en su alcoba. Esa noche lo esperará en vano. Quizá el doctor Antueno antes de su última boqueada alcanzó a murmurar el nombre de la amada. Quizá. En eso no repararon los matones a sueldo que no entienden cosas del corazón y del sentimiento.

El joven de los Martelli, por su parte, apenas de veinte años, con agilidad de bailarín, ve unas cortinas y tras ellas se esconde. Espera que el tropel se disperse. Bien ha entendido la orden de María Patria Sosa el joven de los Martelli. Y aguanta. Cuenta tres cuartos, cuando llega el momento. Con prudencia los cuenta. Y avanza cuando los demás invaden patios y cochera. Cuenta los tres, y cuenta las dos ventanas de ese cuarto tercero y prueba un barrote y otro y otro. Salta un barrote y salta el otro y salta hacia la calle el joven de los Martelli. La calle allí es a la vuelta de la ochava de la casa. Nadie lo ve al joven de los Martelli. Avanza apretado a las sombras que cubren las paredes. Elude la zona de influencia de los faroles. Marcha lentamente. Luego corre y corre. Y golpea una puerta y esa puerta se abre y es familia rosina la que le abre la puerta. El joven de los Martelli es también de familia rosina, ya está dicho. La puerta se cierra y no se vuelve a abrir. El joven de los Martelli siente que es un resucitado. Y así es. Se ha salvado raspando.

El joven Carlos Bernárdez había mordido el anzuelo de las Musas. El poeta que alguna vez fraguó coplas federales y ahora cultiva variaciones poéticas en honor de Urquiza, no tuvo tanta suerte. O tanta agilidad. El escogió también una cortina. La que resguardaba de solazos y vientos la alcoba de la Inglesa. Se escondió allí pero, exceso de prudencia o imprudencia de un corazón de ritmo demasiado excitado, detrás de las cortinas de la alcoba lo intuyó un mazorquero y sin decirle alto lo clavó a su cuchillo. Empecinadamente, el muchacho se opone al llamado de la gravedad. Resiste, se prende a la roja cortina de brocato pero al fin se allana al mandato de la tierra y cae. La cortina con él también se cae. Uno de los matones mira a los dos en el suelo. Mira el anillo que brilla en la mano aún prendida a la tela. Con su cuchillo saca la mano, saca el dedo, saca el anillo y saca las monedas que encuentra en el bolsillo. El joven poeta Carlos Bernárdez se fue al otro mundo sin sus variaciones poéticas en honor del General Urquiza. ¡Qué lástima! Tenía mucha fe en su poema. Aparejaba el verso como el capitán un bajel de cuidada prestancia. Arbitrariedades del destino. No alcanzó a terminarlo. Antes con él terminó el puñal de ese malevo pagado con la plata del Coronel Lazcano. El quedó con los ojos abiertos, sorprendido. La cara devastada, el cuerpo sin su mano, la mano sin anillo que era anillo de boda.

* * *

Y Javier Insiarte ¿qué? ¿Qué mientras la salvajada se desata y sus amigos huyen y mueren? Qué ha hecho en tanto Larraméndez es atravesado por un puñal, y Augusto Mettler bajado de su limonero casi salvador, y Daniel Antueno degollado frente al falso barrote y Carlos Bernárdez atravesado tras la tersura sedosa de una cortina de la alcoba de la Inglesa, y el joven de los Martelli huye enloquecido a la calle y a la salvación. ¿Qué ha hecho?

Con el mismo impulso con que apagó la luz, María Patria Sosa tomó a Javier Insiarte de la mano, apremiándolo:
—Por aquí. Por aquí.
María era la única que conocía los recovecos de la casa, sus vericuetos, la conexión con la otra casa, la de los fondos. María Patria Sosa lo guía con apuro y seguridad. Detrás de ellos explotan los gritos y el caos. Delante, se abre la oscuridad. Pero ella avanza. Segura. Camino requeteconocido es el que hace. Todo lo ha previsto en sus noches de vigilia y de miedo. Desde aún antes. Quiero decir: desde antes del complot y el acabóse. Desde las largas pláticas con Clara la Inglesa en noches de invierno, en lentas horas de vigilia y de nada. María Clara la Inglesa había vivido muchos años y múltiples problemas. Cuando compró esa casa la preparó para emergencias. ¿Qué emergencias? En las noches de insomnio, cuando el sueño tardaba en llegar y las horas estiraban su ritmo, Clara la Inglesa hablaba. Confidencias le hacía a la niña que había llegado a ella tan desprovista de porvenir (y también de pasado, dada su condición de cautiva). Una noche, cuando el complot de los Maza fue descubierto y la sangre volvió a escurrirse por cuartos y zaguanes, Clara la Inglesa habló: podían volver tiempos difíciles. Con este país y con semejante gobierno nunca se sabía. Podía volver a correr la sangre y a peligrar la vida. Previendo esos momentos, había tomado sus recaudos. A la casa comprada y en tiempo oportuno, le agregó artilugios. ¿Artilugios? Sí. De defensa. Pasadizos secretos. Recámaras ocultas.La llave estaba en su poder, pero desde esa noche la tendría María. Las llaves y el secreto serían de María.
Por eso marcha tan segura María Patria Sosa.
—¿Y los demás? —pregunta exaltado Javier, como despertando de un sueño—. ¿Y los demás? No podemos dejarlos.
—También los otros tienen la posibilidad de escapar, señor —contesta con voz que intenta aparecer serena.
—Pero ¿por qué los demás no han venido con nosotros?
—Porque todos era imposible.
—¿Por qué yo? —casi es un grito el que lanza Javier.
La muchacha lo mira con fijeza. Responde sin titubeos.
—Digamos que por la Edecanita. Por favor, señor, adelante.
Lo toma de la mano con ademán perentorio. Adelante. Adelante es el patio primero. Y adelante es el otro patio, el de la servidumbre. Y adelante, la huerta. Y adelante el muro que separa de la otra casa, la que da a la calle opuesta. Y la puerta oculta. Y después el aljibe. Y al

lado del aljibe, esa puerta falsa. A ras del suelo. En la cochera. María Patria Sosa desdeña el llavero que cuelga de su cintura. Hurga en su pecho. Saca una llave. La llave abre la puerta oculta. Los dos entran. La noche entra con ellos. Adentro los espera también la oscuridad que borra todo menos las plegarias levantadas desde el corazón de María. Y el helado desánimo de Javier.

La puerta clandestina se cierra como un párpado ante el cielo que la luna comienza a iluminar.

Veinte
EL MADRUGON DE URQUIZA

URQUIZA SE ADELANTA una o dos jornadas de marcha al grueso del Ejército. Avanza con la vanguardia a sus directas órdenes. Son diez mil hombres con él. Son veinte mil caballos. Lleva baquianos para buscar aguadas. Lugares de pastoreo. Parajes propicios para el descanso. Con él van las caballerías de Lamadrid, Galarza, Medina, López. El cuerpo de batalla, después. En cinco columnas avanzan: sobre un frente de siete kilómetros, avanzan. Luego, las divisiones de infantería. La argentina. La oriental. La brasileña. En los flancos las caballerías de Urdinarrain y Avalos. Y los trenes, y los parques y comisarías y bagajes. Un arco iris avanza sobre la pampa. El rojo de los argentinos. El oscuro del oriental. El verde y el blanco de los brasileños. Y sobre todos, el sol ardiente de ese enero de 1852. El ejército inmenso se refleja en el horizonte. El horizonte está reseco y el espejismo los repite como fantasmas trasladados sobre mentida superficie acuosa.

Por los campos yermos avanza el ejército. Enorme. Es un gusano inconmensurable. Lentamente avanza, pero sin detenerse. Dios ha mandado que cesara la lluvia y el sol requema campos y cristianos. Rosas ha mandado prender fuego a los campos y la llanura recalentada es ceniza de muerte. Los tiempos mandan que las langostas azoten sembrados y las langostas obedecen la ley del instinto. Pero Urquiza dice: *adelante*. Y se sigue adelante. Con la precisión de un engranaje puesto a punto. De animal en celo. Por las noches, el gran, el inconmensurable gusano multicolor se detiene. Se ven fogatas, se huele olor a carne asada. Se presienten hombrecitos agotados al borde del sueño o del ensueño. *Purvis* vela los cabezazos de su amo, adentro de la tienda. Los dos vigilan.

Tanta monotonía fatiga. No hay un árbol a cuyo reparo guarecerse. No hay una hierba. Verano y dictador dispusieron ese desierto ardiente para recibir al Ejército Grande. No importa. Las noticias que llegan son buenas. En Rosario los aclaman. En San Nicolás soplan aires levantiscos. Al llegar al Arroyo del Medio hay una ceremonia que conmueve a muchos de aquellos veteranos curtidos. Se entrega a los cuerpos que habían sido de los tercios de Rosas y ahora son del Ejército Libertador, la bandera azul y blanca. A cambio de la otra, la rosina. Muchos de los oficiales de Rosas aún no la conocían. A la bandera azul y blanca, claro.

Bajo los torrentes o sobre las llamas del incendio del campo, abrasados por el sol de enero, desafiando los rayos de las tempestades. ¡A Palermo sea nuestro grito de guerra! ¡A Palermo! Así dice el Boletín número 14 que ha escrito el señor Sarmiento.

El coronel Hilario Lagos opera como vanguardia del ejército de Rosas en la línea del Arroyo del Medio. Es militar competente. Tiene siete mil soldados que entorpecen como pueden la marcha del gusano interminable y fluorescente. Pero mucho no pueden. Incendian los campos, ensucian las aguadas, aventan a los pobladores. Y eso ¿qué? El Ejército Grande cuerpea las llamas. Hay veces que cabalgan doblándose hacia un lado o el otro, según el viento maneje las llamas. Limpian hasta donde es posible las aguadas. Oh, contradicción: tierra de ríos la que pasan y se están muriendo de sed. Pero se las arreglan. Y siguen.

En la Guardia de Luján aguarda el general Pacheco. El general Pacheco es el Comandante en Jefe. Debe sostener a Lagos en sus escaramuzas. Debe aguardarlo luego. Debe elegir con él momento y lugar para la Gran Batalla. Más cerca de Buenos Aires, dicen. Más cerca de Santos Lugares y Palermo. En Puente de Márquez o en el río de las Conchas, dicen. Unos trece mil hombres serán. Y un potente tren de artillería.

Pero Rosas no domina el arte militar. En sus mocedades combatió contra los indios, un ojo puesto en las tolderías y otro en sus intereses políticos que le cuidaba doña Encarnación. Cuando sus generales guerrearon a lo largo del país para que él se perpetuara en el mando, nunca meditó mayormente en azares tácticos. Sus batallas eran a pura intuición. El es incapaz de trazar un plan. ¿Cómo se explica, si no, que no adelante el enfrentamiento? ¿Que exponga tanto a Palermo y la ciudad a una eventual derrota? Se lo dicen sus generales. Pacheco se lo dice. Pero Rosas no escucha. Sigue con tácticas rudimentarias que pudieron darle respiro y aun éxito frente a ejércitos menores. Pero ante estos casi treinta mil soldados y esa caballada de cincuenta mil animales, y tan potente tren de artillería, ¿qué? Y por si fuera poco, la escuadra aliada bloqueándole el puerto. Y dominando los ríos.

Además de sus escasísimos y rudimentarios conocimientos militares, el Gobernador es terco. Donde debía encontrarse comprensión y habilidad, se halla empecinamiento. Un coronel que se pasó con su división en el Arroyo del Medio, le cuenta a Urquiza:

Es Palermo y una división práctica de ejercicios militares. Disciplina el batallón un señor Romero, veterano y ducho en tales menesteres. Llega el señor Gobernador. El señor Gobernador se hace cargo del ejercicio. Se pone al frente. Da la voz de mando. La tropa no obedece. Se enfurece el señor Gobernador. ¿Qué pasa? Apercibe al disminuido señor Romero. Respetuoso, el señor Romero vuelve a hacerse cargo de las órdenes. Ordena y sus órdenes son acatadas por la gente uniformada. Pálido, desencajado, el señor Romero explica al señor Gobernador con la voz más tenue que halla en su registro vocal:

—Excelentísimo Señor: el batallón no ha obedecido porque la voz que le dio V.E. es de caballería. Rosas lo mira con aire suficiente.

—Sí. Pero yo la uso en infantería.

Y se marcha, muy orondo, el señor Gobernador. A su cargo está la Dirección Superior de las Operaciones.

Rosas es receloso. También receloso de sus generales. ¿Quién no lo sabe? Al menos lo sabe Urquiza. Y lo aprovecha. Ha leído concienzudamente la lista de los generales rosines. Una vez y otra vez repara en un hombre: Pacheco. Angel Pacheco. Ese será su hombre.

Urquiza es hábil en la guerra de zapa. Zorro viejo, aprendió del teru teru: pone el huevo en un lado. Y grita en otro. Maquina embrollos. Da pistas falsas. Siempre lo ha hecho en sus operaciones políticas y militares. Lo hará ahora.

En las tertulias de fogón, comienza su tarea. Sutilmente lanza el nombre del general de Rosas:

—Es un gran militar —dice una tarde en la ronda del mate.

—Es el único general digno —insinúa entre sus soldados.

—Es el más capaz de los generales rosistas —les asegura a sus baquianos.

—Es quien más antecedentes tiene por ser hijo de Buenos Aires y por su inteligencia para gobernar a la provincia —insiste.

El nombre de Pacheco comienza a circular. La maquinación del entrerriano avanza. En el ejército hay miles de veteranos. Muchos capitularon en Montevideo. Sirvieron a las órdenes de Pacheco. Los hombres lo conocen. Entienden: Urquiza y Pacheco están en arreglos. Desparraman la buena nueva. La noticia cunde. Urquiza va más lejos. En un alto de esa larga marcha llama a uno de sus jefes.

—Coronel. Voy a confiarle un secreto. Necesito un oficial inteligente y sobre todo valiente, que no le tema a la muerte.

—Yo mi general.

—A usted lo necesito. Otro. Lo más probable será que muera. Llega el capitán Barrientos. Es joven, valiente, está de novio.

—Deberá llevar estos pliegos dirigidos al general Pacheco, que contestan cartas del general Pacheco que no he recibido nunca porque el general Angel Pacheco jamás me las escribió. Estas cartas deben llegar, en forma insospechable, a manos de algún Jefe adicto a Rosas. Usted comprenderá para qué.

—Sí, mi general.

—Comprenderá también el peligro que corre el mensajero. Pero necesito que sea un oficial quien las lleve. Hay que hacer creíble el engaño.

—Sí, mi general. Estoy dispuesto.

—Si vuelve, capitán, como lo deseamos, tendrá el ascenso correspondiente. Si no, la patria y yo guardaremos memoria del capitán Barrientos y cuidaremos de su familia. Por favor, deje usted sus disposiciones, capitán.

—He entregado al coronel una carta para mi novia. Se la recomiendo, mi general —respondió con voz firme.

Hay un abrazo y hay emoción en los dos. La patria es así. ¿La patria o la guerra?

* * *

Al capitán Barrientos lo tomaron prisionero, le quitaron la correspondencia, lo fusilaron y como aún no se fiaban de que estuviera muerto, le cortaron la cabeza.

Pero Urquiza sigue mandando sus chasquis. No sacrificará más oficiales pero la intriga avanza.

Al hijo mayor de la parda Flor de Mburucuyá le da un pliego. Es amistoso y confidencial. Es para el general Pacheco. Cualquiera que lo lea entenderá que hay un acuerdo previo entre los dos hombres. El hijo mayor de la parda debe llevar esa carta hasta la ciudad. Hasta Palermo debe llevarla, si eso es posible. El mismo Rosas debe leerla. Rosas debe enterarse de esa imaginaria connivencia entre ambos. Entre el general entrerriano y el general rosista.

Acostumbrada a todos los golpes menos a los de la fortuna, la parda tembló cuando supo de la partida. La parda abraza a su hijo mayor, le da un poncho por si vuelve la lluvia, le pone un talismán para que le traiga suerte, le cuelga una medalla a fin de que la Virgen lo proteja, mete en su petaca ciertos ungüentos de múltiples usos, le dice:

—M'hijo, las guerras son un disparate, si lo sabré yo tu madre que por sucesos de guerra he perdido dos maridos y a los dos los he llorado porque los dos eran buenísimos. Pero esta guerra es contra un tirano y debemos acabarla. M'hijito querido cuidate mucho porque ya he perdido dos maridos pero me muero si pierdo un hijo. M'hijito querido, su voluntad siempre dispuesta me lo lleva a esta misión que es misión de hazaña. La voluntad de Dios que es generosa me lo devolverá enterito en el nombre del Padre y del Hijo y del Espíritu y de toda la corte celestial y que la Virgen le haga ver el peligro y lo libre de males, odios, venenos, tiros, degüellos...

A la parda Flor de Mburucuyá hubo que arrancarla del caballo del hijo que fue lo último a lo que se prendió. Porque tenía mal pálpito y cuando estaba así a la parda se le daba por entretenimientos de conversación. Pero se le pasó.

Se le pasó en cuanto se dijo: a Dios no lo obligan reglamentos como a los militares, así que esto será peligroso pero Dios puede hacer los milagros que se le canten y seguro que en este caso hará los necesarios. Se tranquilizó. Y se dedicó a acumular días y rezos mientas esperaba la victoria y el hijo.

* * *

El hijo mayor de la parda Flor de Mburucuyá avanza por caminos desiertos. Corre envuelto en círculo de humo y por momentos de llamas: los cardales encendidos por las partidas rosistas han prendido de lo lindo. Detrás del hijo mayor de la parda Flor de Mburucuyá marcha el Ejército Grande. Delante, las avanzadas rosistas. Tan cerca están que un día el muchacho tropieza con las reses sacrificadas por los hombres del coronel Lagos. Come el muchacho. Y deja para que los suyos coman. Entre crepitar de cardales avanza el hijo mayor de la parda. Un día escucha una gran explosión a sus espaldas: las llamas alcanzaron alguna carreta repleta de municiones. Pero el hijo de la parda avanza. Como prosiguen su marcha las divisiones libertadoras. Cuando llega a los aledaños de la ciudad, se hace más disimulado. Por algo ha sido siempre bomberito de la patria. Sabe su oficio. Nunca ha estado en Buenos Aires, pero se orienta. Es demasiado chico para ser peligroso. Nadie puede sospechar cómo ese largo trámite de la guerra lo ha madurado. Bajo la cara de niño hay un guerrero. Nadie lo sabe. Pero el guerrero actúa. En su cabecita analfabeta hay direcciones y nombres. El hijo mayor de la parda Flor de Mburucuyá llega donde debe llegar. Entrega sus papeles. Los papeles irán a parar donde deben. Misión cumplida. El general Pacheco no dirigirá el Ejército de Rosas.

Pero hay una carta que no alcanza su destino. Es la que dice *Javier Insiarte*. Es la que el doctor Pedro Ortiz le entregó para Javier Insiarte. Javier Insiarte no está en casa de la tía Eloísa. No está en Palermo. No está en lo de su amigo Juan Carlos Moretti (tampoco está su amigo Juan Carlos Moretti).

El hijo mayor de la parda Flor de Mburucuyá deambula por los barrios de Buenos Aires esperando que llegue el general. Mientras tanto, ayuda en lo que puede para que llegue victorioso. Y lo sigue buscando a Javier Insiarte.

Pero a Javier Insiarte se lo ha tragado la tierra.

Veintiuno

LA OSCURIDAD NO ES OTRO SOL

PEQUEÑO Y HÚMEDO el recinto se abre a un pasadizo de ladrillos descubiertos que desemboca en escalones. Los escalones descienden y van a dar a un cuarto de paredes sin revocar, con olor a húmedo, que tiene una cama, una mesa muy pequeña, una silla.
—Siempre fue previsora la señora —murmura la muchacha señalando un par de velas.

Javier la mira con ojos alucinados. Había obrado como un autómata y entonces estaba inmóvil, asociado al miedo, la cara sin rastro de color, los ojos desorbitados. Cuántas veces imaginó que algo así podía suceder; pero lo acontecido ha superado sus más temidas fantasías y es como si la razón hubiera huido de esa mente hasta entonces lúcida. La realidad ha corregido de un golpe sus utópicos ensueños y no puede superar el cimbronazo. Ha trastabillado. Por fin, atina a murmurar:
—¿Y los demás? ¿Y los otros?
María Patria Sosa comprende la situación. Pero no es tiempo de explicaciones ni consuelos. Su voz se precipita con urgencia.
—Señor, tengo que ir a mi casa. Debo demostrar que soy ajena a esto. Y ver qué ha pasado con los otros. Creo que habrán podido huir. Algunos al menos —miente a sabiendas.
Sobre todos ha planeado veredicto de muerte. ¿Alguien habrá podido eludirlo? Javier reacciona. Que no se fuera, le pide. La toma de las manos:

—Te agarrarán, María —le dice. Y suplica:— No me dejes solo. La muchacha se concede unos momentos a la emoción. Le acaricia el pelo, como a un niño. Se permite una sonrisa. ¿De dónde pudo sacarla?

—Debo volver a mi casa, señor Javier. Todo tiene que aparecer lo más natural posible. No creo que vayan esta noche; no saben la comunicación que hay entre la casa grande y ésta. De revisar la mía deberían revisar las de la cuadra entera y eso no lo harán... Pero es probable que mañana sí.

Para Javier son las palabras. Pero también se las está diciendo a sí mismo.

—Si salís, te matarán —se exalta Javier.

María se recompone con esfuerzo: debe dar ánimo, quebrar la desesperación del muchacho.

—No señor. Por favor, guardemos la calma —vuelve a acariciarle la cabeza, vuelve a sonreirle—. Todo irá bien. Usted se queda aquí, esta noche. Falta muy poco para la mañana. Regresaré. Pensaré qué podemos hacer. Por ahora lo mejor es esto. En cuanto consiga noticias de qué sucedió, lo vengo a ver para contarle. Además, tengo que avisar a alguien que usted queda aquí... Por si a mí me pasa algo.

Los ojos de Javier dicen un nombre sin decirlo.

—Sí, le avisaré a Juanita. No se preocupe.

—No la comprometas, María. Por Dios, no la asustes.

—No me comprometa usted a mí, por favor. Quédese en silencio. Sea fuerte. Mañana le traeré ropa, agua, comida. Lo que necesite.

Javier le pregunta cuándo volverá. En cuanto pueda. Le pregunta cuánto deberá quedarse allí. Le dice que no sabe, que se verá. Le aclara:

—Usted corre peligro, señor. Quien le tendió la trampa no lo dejará en paz —insiste. Pero le da ánimos—. Todo irá bien. Ya verá.

—Pero ¿cuánto tiempo? —vuelve a preguntar, al verla marchar hacia la puerta.

—El que sea necesario.

—¿Para qué?

—Para que venga el general Urquiza.

Al escuchar el nombre, los dos sienten que aún hay esperanzas.

Al día siguiente, muy al alba, llegaron a la casa de la difunta Clara la Inglesa unos carros grandes y levantaron los cadáveres desparramados por la casa como quien recoge la vajilla después de un festín. Peones rudos y de catadura pésima entraron, buscaron los muertos, los cargaron sobre los hombros, los pusieron en bolsas, los llevaron al osario. Las familias de los desaparecidos se enteraron. De la masacre, por un lado. De la ausencia de los suyos, por el otro. Con la intuición ofrecida por la experiencia, relacionaron las dos situaciones. Indagaron, buscaron, interpelaron. Nadie daba razones de nada. El Gobernador estaba en otra cosa. En la guerra cercana, estaba. Manuelita, más o menos en lo mismo. Por fin, los parientes de los desaparecidos fueron al osario. Allí los encontraron. Cuatro encontraron. Todos desnudos, malolientes, bastante comidos por los perros.

Nadie pudo averiguar nada. Los muertos fueron llorados y enterrados por sus deudos, como manda la Santa Religión; la razón de la muerte, según manda la justicia de un país organizado, no pudo averiguarse. Lazcano quedó con la sangre en el ojo. El traidor principal se le había escapado. Por los barrotes falsos se le había escapado. Era evidente. Pero ¿solo o con otros? ¿Con cuántos? Los asesinos decían que les parecía que había otros. ¿Más de uno? Imposible saberlo. Seguiría averiguando. No pararía hasta dar con el escribiente hecho humo. Si la situación política hubiera sido normal, el coronel Lazcano podría haber maniobrado con más facilidad. Pero en la incertidumbre en que estaban, con el miserable entrerriano a las puertas de la ciudad, con el Gobernador convertido en un ente, con la Niña jodiendo todo el día por el peligro en que está Tatita, nadie le daba la hora. Se las seguiría arreglando solo. Para empezar ¿quién había facilitado la entrada a esa casa? Claro que era una casa abandonada pero esa muchacha, la que había acompañado hasta su muerte a la señora inglesa ¿no estaba acaso, como encargada o algo así?

Habría que ver por ese lado, decidió el coronel, manco y empecinado.

María Patria Sosa, por su parte, tenía que comunicarse con alguien. Hacerle saber a Juanita la situación del escribiente. Pero ¿cómo? No se animaba a ir a Palermo y seguía haciendo su vida normal. Iba al río por el lavado de ropa. Al mercado por víveres. A misa acompañando a la señora de los Barrandeguy, una persona muy mayor, como hacía desde que su antigua patrona murió. Le ayudaba a comer y después volvía a su casa, en la cual se pasa la tarde cosiendo. María Patria Sosa tenía buena mano para el bordado.

Después de lo acontecido en casa de la difunta Clara la Inglesa, todo seguía tal cual. El primer día, los vecinos se admiraron del estropicio interno de la casa de los fantasmas; curiosearon lo que pudieron. No se entrometieron demasiado. En esas cosas, mejor dejar que la policía obrara. Nadie había visto nada. Ni oído. Y si la policía hacía la vista gorda, mejor dejar así. Por algo sería. En subversión habrían andado esos señores. Además, con el peligro de Urquiza a las puertas de la ciudad, no se ganaba para sustos. Nadie hizo nada. La casa volvió a ser la casa abandonada. Con más fantasmas.

María deja que corran algunos días. No se fía de nadie. Pero así no puede seguir. Un día por fin, consigue deslizar un inocente mensaje para alguien de Palermo. Para alguien de confianza de la Niña. Hay que cubrir todos los flancos. Para la negra Romilda es el mensaje: que venga, que ella ya terminó de bordar el rebozo que le había encargado, le manda decir. Ya está listo. Quedó precioso, le agregó. Y que si podía la trajera a María Rosa, porque le quería tomar unas medidas, agregó como al descuido al mensaje a viva voz y que cualquiera podía escuchar.

La negra Romilda era aquella recia y dura, entrada en carnes y años que hacía añares para probar el gusto de la bondad había elegido un hombre y como consecuencia perdió virginidad y reputación.

La cuestión amorosa había sucedido un atardecer cuando venía de las toscas a orillas del río donde lavaban la ropa y transmitían chismes las negritas mientras blanqueaban las prendas de los ricos. Por algo el coplista las había inmortalizado: eran importantes en la ciudad:

> *Quien quiera saber de vidas ajenas*
> *que vaya a las toscas de las lavanderas*
> *que allí se murmura de la enamorada,*
> *de la que es soltera, de la que es casada,*
> *que si tiene mantas y tiene colchón*
> *o cuja labrada con su pabellón.*

A esa negra Romilda, del servicio incondicional de Manuelita, apela María Patria Sosa porque, además de que nadie sospechará de ningún mensaje enviado a ella, es amiga de María Rosa quien, a su vez, era íntima de la ex cautiva María Patria. Ambas se habían conocido en Palermo· de San Benito cuando la muchacha pasó al servicio de la Edecanita por disposición materna y benevolencia de los Rosas, que permitieron la entrada de las dos a la Quinta. Se hicieron amigas después. ¿Después de qué? De los azotes.

A María Patria Sosa duro la había castigado la ley del Gobernador por aquella cuestión de sus amores a destiempo. A la negra María Rosa también la habían fajado por federal decreto, pero las razones eran distintas, aunque los azotes dolieron igual. A María Rosa la castigó la ira gubernamental por motivaciones gastronómicas, podría decirse. Un mediodía le presentó a Su Excelencia un pato y un pollo que no fueron del agrado patronal.

—¿Qué receta es ésta? —había preguntado el señor Restaurador con cara de pocas pulgas.

—Receta de mi invención, señor —contestó la negra bajando la mirada porque se la vio venir, mientras los demás comensales de la gran mesa observaban con el rabillo del ojo, todos asustadísimos.

Para nada conmovido benéficamente por la creación culinaria, de acentuada inspiración personal, S.E. dictaminó:

—Por invenciones menores mando a la gente a la cárcel.

El almuerzo a todos se les quedó atragantado.

— Tatita... —quiso intervenir la Niña.

—Tatita un carajo —respondió el Restaurador en tono de Júpiter tonante.

El pato y el pollo aderezados inconvenientemente, según opinión gubernamental, fueron a parar a los perros. La negra María Rosa a la Cárcel Pública. Tenía entonces treinta y ocho años. Hacía como veinticinco *que servía a S.E. Era esclava y ser cocinera su exercicio.* Cuando la llevaron presa por el estropicio de las aves, *iba vestida de póllera coco punzó, con pañuelo de seda punzó en el cuello, con zapatos de hombre, sin medias, en su pelo la divisa federal.*

Dos semanas después del castigo, entre la baraúnda de legajos, partes militares, penas de muerte, denuncias sobre unitarios salvajones, menudas reglamentaciones y otras yerbas jurídicas, Su Excelencia dio por concluido el castigo. Con su lindísima letra escribió al pie del legajo policial: *Póngase en libertad.* Y salió en libertad la negra María Rosa para volver a lucir su pollera de coco punzó, sus pañuelos de seda, su divisa federal, toda ella personal sinfonía en rojo para aclamar la fidelidad al régimen. Pero el corazón de esa mujercita esclava y analfabeta, quedó desde entonces al rescoldo una llama: la del resentimiento.

El resentimiento la acercó a María Patria Sosa. Cuando María

Rosa vio regresar a la muchacha, pálida, amedrentada, pura ojera su cara, costurones alrededor del cuerpo, sintió lástima. La que no había alcanzado a tener por ella misma. La ex cautiva apenas llegaba a los veinte años. Le acercó su consuelo: *esas cosas pasan; ya te vas a olvidar.* Pero también fomentó su rabia junto a la suya. Las dos tenían un origen común: la injusticia de que habían sido víctimas. Una y otra. Difícil es borrar el resentimiento nacido en tales condiciones; aunque nadie advierta el subterráneo crecimiento del odio, primero, la supervivencia del rencor, después, quedan manchas casi indelebles en el alma. Quedó en María Patria Sosa y en la negra María Rosa. La sombra de ese pasado común las unió. La del sufrimiento similar, las hizo inseparables.

Cuando se reunían repasaban detalles de aquellos días, como quien hojea las páginas de un viejo álbum o abre un cofre para repasar... ¿qué? Ellas repasan las duras horas que no podían olvidar. Después cerraban el álbum, clausuraban el cofre. La vida seguía. El sedimento, también.

Cuando la ex cautiva pasó al servicio de Clara la Inglesa, María Rosa se dio maña para seguir viéndola. La visitaba. Tenían largas pláticas, a veces hechas de parloteos infinitos. A veces de silencios. La aconsejaba, también. Cosas de mujeres que se ayudan.

Cuando Romilda recibió el mensaje se lo transmitió a María Rosa. Le dijo, además:

—Yo no me puedo separar de la Niña Manuelita, con lo nerviosa que anda por lo que está pasando. Además ¿para qué quiero probarme el rebozo? Andá vos, que a vos te tiene que sacar las medidas. Eso sí, hacéme el favor de traerme mi encargo; el rebozo, digo.

Fue un favor del destino esa decisión de Romilda, porque María pudo ir derecho al grano. Es decir: enviar el mensaje que le interesaba a Juanita.

Porque los mensajes encadenados funcionaron como aceitado engranaje, al otro día apareció Juanita Sosa. Ha venido a visitar a su antigua criada. Trae unas telas y un modelito copiado de cierto folletín recibido de París por Agustinita Rosas, la bella de Mansilla. ¿En estos tiempos con vestidos de gala? preguntó Manuelita, amoscada, cuando le dijo a dónde iba. *Para festejar la victoria cuando llegue, mi amor,* le contestó su Edecanita. *Siempre en frivolidades,* le rezongó la Niña que andaba con cara de Viernes Santo. *Es por cábala,* falsamente se sinceró Juanita: *para que volvamos a estar muycont.*

231

En su escondrijo, Javier Insiarte, alerta, aguarda. ¿Cuántos días lleva ya? Ha perdido la cuenta en ese silencio de muerte.
Le había preguntado a María:
—¿Por qué este cuarto está tan, pero tan adentro?
—Para que de afuera no se oigan los ruidos que puedan hacerse —le contestó la muchacha. Pero no le dijo lo demás: la señora previó la desesperación.
Cada tanto aparece María Patria Sosa. Trae los elementos necesarios para su sobrevivencia: pan, agua, comida, ánimo. Algunas noticias. Pocas. Nada se puede aventurar. Sabe que los demás complotados murieron. La muchacha ha tenido que decírselo para promover su prudencia. Oh, dijo Javier cuando lo supo y quedó derrumbado por la pena. Sabe también que el joven de los Martelli logró escapar. Se ignora donde está. No con su familia, puesto que allanaron la casa y no lo han encontrado. En la ciudad, todo va igual: en la espera. Un ejército sigue avanzando. El otro aguarda. Se están construyendo trincheras. Los que pueden huir, huyen. Pero ¿quién puede huir? La jauría rosina está desatada. Por lo demás, María Patria Sosa ha averiguado: el coronel Lazcano fue el de la cruenta arremetida. Y los delatores ¿quiénes? Todos resultan sospechosos. Por eso María Patria Sosa vela. Las tardes enteras se pasa, el bordado o la costura en la mano, tras los visillos de la ventana enrejada que da a la calle. Por esa calle pueden venir un día. A veces deja el tejido o el bordado, se pone de pie, va hacia la gran cómoda, se mira en el espejo. Cuánto ha cambiado en esos días. ¿Lo notarán los otros? Después de mirarse un rato, vuelve a la ventana. A seguir contemplando esa calle por donde pueden venir. Sospecha que el cerco se está cerrando. Un hombrecito desgreñado ha aparecido y lo vislumbra a toda hora. No lo conoce. Pero cree que él sí la conoce a ella. Pero no la tomarán de sorpresa. Ha conseguido un arma. Aguarda con el arma a los que deben llegar. Por eso quiere que alguien sepa el secreto: dónde está Javier Insiarte. Para cuando llegue el ejército. Para cuando Buenos Aires se libre del tirano. A Juanita, ya le envió el mensaje. Tratará de hacérselo saber a Juan Carlos Moretti, el que se fue a *Las Toninas*. El que hace apresurar su corazón.

* * *

De modo que al otro día de su encuentro con María Rosa, por la ventana enrejada y a través de los visillos ve llegar a las dos: a María

Rosa y a la Niña Juanita. Cargadas de paquetes. Uno cae al suelo y se abre. Saltan las telas a la vereda. Un moreno que pasa se las ayuda a levantar. Otro se ofrece, solícito. Ambos reciben la correspondiente propina. Ese día, más de uno en el barrio se entera de que en Palermo están de costura. La situación política, entonces, no ha de estar tan mal si las mujeres andan en cuestiones de pilchas.

Juanita y María Patria Sosa hacen el trayecto que sólo la criada conoce. Javier escucha el aleteo del silencio y se pone de pie. Está tan delgado que parece más alto. Pálido está, con palidez de muerto. La barba le ha crecido. Los ojos siguen siendo dos brasas. Todavía. Pero está quebrado, como el animal que después de haber eludido una trampa vive con el miedo de caer en otra.

La sensibilidad exacerbada de Javier por los días de encierro le permite percibir la más leve alteración en el silencio. El rumor del silencio, podría decirse. Eso ha aprendido Javier: el silencio tiene voces. Hay veces que son espantosas.

La puerta se abre y Juanita aparece, levemente iluminada por la luz que trae María. Javier ve a la muchacha, ve su rebozo rojo y su falda amplia y el pelo recogido, como suele usarlo, y la tez pálida ajada por la pena y los ojos intensos. Llenos de lágrimas. Falta su risa. ¿Dónde ha dejado su risa la Edecanita? ¿Y dónde ese indefinible matiz luminoso que aureolaba su presencia?

Juanita se precipita hacia Javier. Cae en sus brazos, decidida. Pero una vez decidida, no sabe qué hacer. Si separarse para mirar ese rostro devastado por la oscuridad y la angustia o si acurrucarse en el pecho del hombre amado y apoyar la cabeza y apretarlo fuerte, así, así, con toda la fuerza del mundo que sea capaz de convocar.

En igual disyuntiva está Javier. De manera que se aprietan y se separan y se miran y se vuelven a tocar y vuelven a separarse en juego intermitente y alternado. Al fin, se sientan ambos al borde del camastro y comienzan a hablar.

María Patria Sosa los ha dejado solos. Está en la cochera, vigilando. La negra María Rosa, por su parte, detrás de la enrejada ventana, custodia la callecita a esa hora con un calor insoportable. Porque es enero y porque el verano se ha venido con todo. En el cuarto hay desparramo de sedas y de cintas. Cosas de mujeres. Mira por la ventana a la calle. Allí está el viejo mugroso. Hace como que dormita, echado en un zaguán. Cada tanto se rasca con denuedo. Se rasca las rodillas y las piernas. Las partes, sobre todo, se rasca desaforadamente: ladillas, dictamina la negra. Y lo mira mirar esa ventana tras cuyos visillos ella mira al que mira. Ojalá que las muchachas se apuren, suspira y toca la medallita que cuelga de su opulento pecho. Al alcance de la morena mano, una campanilla. La que Clara la Inglesa usaba para llamar a María. Previsoras, estas mujercitas.

ESTATUA XIII

Soy un soldado federal

SIN MANUELITA, *sin don Juan Manuel, sin Palermo y sobre todo sin el hombre cuyo nombre no puedo decir ¿qué quieren que fuera sino una pobre desnortada? Dicen los que se acuerdan que cuando cayó Palermo fue cuando empecé a hacer cosas raras (visajes en la cara y babas que se me escurrían, ideas volátiles y a destiempo) y a pasarme de cuerda a loca sin mayor trámite, desorientada para adentro y para afuera, sin saber por dónde andaba ni para dónde iba, alma en pena siempre rumbeando por rumbos oscuros, yo que había sido pura castañuela, pero a mí se me hace que mi desquicio empezó antes, cuando vi lo que vi con el hombre de nombre que no puedo pronunciar. Los demás agregan que por entonces se me había puesto verlo al entrerriano para hacerle una de mis estatuas, aquella que al Gobernador le gustaba tanto, la del soldado federal, porque al fin de cuentas Urquiza era federal y a Palermo entró vencedor pero con divisa roja y me recuerdan que me aparecí con atuendo completo federal de caballería, el chiripá rojo sangre, punzó la camiseta, nazarenas las espuelas, brillante la lanza (pura lata), corvo el sable (también de mentirillas), la tercerola terciada a la espalda, y di la voltereta con que acostumbro a ponerme en trance y después quedé en posición de batalla, que es posición de matar o morir y así permanecí cinco minutos, diez, media hora, cuánto, desto nadie se acuerda, pero corrió mucho tiempo, hasta que apareció el general de la caballería entrerriana y preguntó ¿y ésta quién es? Juanita Sosa le contestó uno que había co-*

nocido mis días de gloria, pero al de San José (que ya era de Palermo) no le hizo ninguna gracia ni nombre ni estatua y dijo simplemente como quien da parte de guerra, sáquenla de aquí, pero yo les dije que es difícil deshacerme de una estatua cuando estoy posesionada y en ese momento lo estaba porque después de la estatua tenía previsto tren de peticionar: por la Niña, por don Juan Manuel, por el hombre del nombre que no debo pronunciar, así que no me pudieron mover, me tuvieron que levantar entre varios, tiesa, pero siempre en estatua de federal de caballería en trance de matar o morir, y me llevaron afuera y me tiraron como a un perro y yo en mi mudez junté ánimos para mandarlos a donde correspondía y cuando pude deshacer mi estatua les dije desgraciados y me cagué en la madre del entrerriano y esas cosas pero después de ese desahogo ya no fui yo sino que me fui volviendo cada vez más pobre de palabra, pobrísima de sonrisa, desquiciada de ánimo, atolondrada de espíritu y así por años de años hasta hoy, cuando vuelvo a hacer la estatua de aquel soldado federal con el cual quise conquistar la benevolencia del vencedor, pero ahora ya sabiendo que esta desgraciada que soy yo no es capaz de conquistar nada más que la penumbra de un desánimo que me está durando por demás.

Veintidós

LA BATALLA DE MONTE CASEROS

AMANECE. El Ejército Grande se ha partido como una manzana. En dos. Una parte permanece cerca del río de Las Conchas. La otra por las adyacencias de Luján. La partidas volantes anduvieron espiando al enemigo y trajeron noticias: hay como cuatro mil jinetes merodeando por el lado del río. Son los del coronel Lagos. Otros tantos se han replegado para Santos Lugares, los de Pacheco, general de alto perfil pero en descenso después de una entrevista con el Gobernador en la panadería de Rodriguez, entre el villorrio de Merlo y el de Morón. No se pusieron de acuerdo. Desconfianzas del Gobernador. Antes de marcharse el General le dijo:

—Si en el momento del peligro cree que puede necesitar de un amigo, sepa que la espada del general Pacheco está todavía a su servicio.

Urquiza se entera del desguace del General y se alegra. Cuánta desmoralización en el cardumen rosín. Basta ver la estrategia implementada. Manda entonces enfrentar a las fuerzas que se pusieran a tiro. Con airecito sobrador ordena:

—Ataquen de inmediato a ese enemigo. A mil hombres, con quinientos. Y a dos mil, con sólo la mitad.

Vencieron holgadamente.

No se ha apagado el humo de la pólvora ni se han borrado los rastros de la carnicería que dejó más de cien muertos, cuando desprende a un grupo de sus entrerrianos para hacer prisioneros.

—A los jefes —ordenó.

Los de las boleadoras regresan con once oficiales y más de doscientos soldados. Con cuatro mil caballos. Con un montón de tercerolas, de lanzas y de sables. Hay festejos y se aplaude el desbande enemigo. Suenan los clarines argentinos y orientales. Los brasileños se pliegan al jolgorio. Todo es fiesta y aún no ha pasado el mediodía.

En el campamento oficial, ceños fruncidos y caras largas. Esa noche, la del dos de febrero, con el enemigo encima y el ánimo por el suelo, los jefes de reunieron con el Restaurador. El mandamás ha elegido el lugar de la batalla: Caseros. Pero el Coronel Chilavert protesta.

—La posición de Caseros es falsa, tanto para el ataque como para la defensa.

Nervioso se mueve el héroe de Obligado. De aquí para allá cruza la habitación a grandes pasos. El matiz de su voz adquiere tonos altos: quiere convencer porque está convencido.

—El Ejército está arrinconado —dice—. Ha quedado sin libertad de maniobra. Por un lado, el estuario, bloqueado por la escuadra enemiga y el río de Las Conchas: sus bañados dificultarán una posible retirada.

Abunda en detalles adversos Chilavert mientras prosigue su nervioso desplazamiento.

—Por la derecha está la Cañada de Morón. ¿Quién podrá sortearla? Por la noche debe retirarse el Ejército —dictaminó—. Hay que llevar artillería e infantería a los arrabales de la ciudad, utilizar la profusión de cercos de pita y tuna de chacras y quintas para facilitar la defensa. La masa de caballería tiene que cruzar el río Las Conchas. Maniobrar a espaldas del Ejército de Urquiza. Llamar en auxilio a los indios amigos y sus milicias. Retirar caballadas y ganados del otro lado del río Salado...

Habla sin parar Chilavert. Habla a calzón quitado. Pero el Gobernador hace oídos sordos.

—Hasta aquí se ha llegado y no se debe retroceder. Hay que jugar el todo por el todo —dictamina el Gobernador.

La soberbia todo lo complica.

Ya que no puede con el plan mayor, Chilavert insiste:

—Entonces será mejor ocupar las alturas paralelas del arroyo Morón entre la casa de Fiorini y la chacra de Perdriel. Así queda expedito el camino para un posible urgente regreso a la ciudad. Además, así se podrá sacar ventajas de las dificultades que el río ofrece al atacante —habla con convicción que desea transmitir, aunque el calor lo tiene mal.

Pero otra vez Rosas, en quien la canícula parecía no hacer mella decide:

—La batalla se dará en el Palomar y en Caseros. Los artillados muros de esos edificios serán el eje de la batalla. No hay nada que agregar.

¿Qué es Caseros, lugar destinado a la masacre por presuntas razones estratégicas? Una prestigiosa casona edificada a fines de mil setecientos por un señor así llamado. La belleza del lugar había hecho que los habitantes de Buenos Aires lo eligieran como punto de reunión para sus cabalgatas y paseos. Manuelita Rosas solía ir hasta allí.

La casa era vasta y bien facturada, tenía más de veinte habitaciones, sus ventanales enrejados se abrían sobre anchos corredores en ambos frentes y una escalera interior comunicaba con la torre del mirador, que era cuadrangular y remataba en una cruz de hierro forjada a martillo, con flecha y banderola.

Al lado de la casa principal estaba el Palomar. Sólido, asentado sobre tirantería de lapacho, con tres cuerpos concéntricos y circulares. Entre el Palomar y la casona había una especie de torreón. Detrás del torreón, un pozo bebedero de hacienda. Junto a la casa, un aljibe: bebedero de hombres. Todo el conjunto estaba rodeado de grandes árboles y un tupido monte de durazno. Por esa arboleda el lugar se llamaba Monte Caseros.

Había llegado la noche y una luna en el cuarto día de su cuarto creciente. Sólo tres más y sería plenilunio. El cielo estaba lejos de la locura de los hombres.

Rosas y sus jefes recorren las líneas de infantería y artillería. Al regresar, desde el mirador de la casa observa el campamento enemigo, que se podía descubrir por el disperso fuego de algunas hogueras que brillaban, titilando en la oscuridad. El Gobernador ordenó el cambio del santo y seña. Hay que ser precavidos. Conversó con el doctor Claudio Cuenca, médico del Ejército que ha instalado el hospital de sangre en la casa. A eso de las diez, Antonino Reyes, su fiel servidor durante añares, lo encuentra recostado en su apero, cerca de la casa. El coloso rubio y mandón tiene el caballo de la rienda. A Reyes lo hace sentar enfrente y le comenta la conversación mantenida con los altos jefes de su Ejército. Se justifica.

—No puedo hacer venir a los indios. Yo *no soy amigo de mez-*

clar esos elementos entre nosotros. Si triunfamos ¿quién contiene a los indios? Si somos derrotados ¿quién contiene a los indios?
—Sacude una ramita sobre sus botas una y otra vez.— *No se puede esquivar la batalla. Es preciso jugar el todo. Hemos llegado aquí y no se puede retroceder.*

Antonino Reyes sigue las volutas del pensamiento restaurador sin mover su mirada de la cara del otro. Estuvo a punto de decirle: usted es quién quiso llegar hasta aquí. Sus generales querían otra cosa: enfrentarlos antes. No dejarlos consolidar. Impedirles acercarse a la ciudad.

Pero Antonino Reyes no dijo nada. Se muerde los labios.

Rosas sigue su vigilia. Toda la noche la pasa en vigilia.

Un miembro de la Junta de Representantes se ha costeado hasta allí para darle apoyo moral y desearle suerte. Conversaron algunos minutos y después de despedirse con buenos augurios, va a tomar el rumbo del campamento de Pacheco pero Rosas lo detiene:

—*No amigo, no vaya usted. Pacheco está loco.*

El amigo de la Junta de Representantes suspiró y se fue al trote de su cabalgadura:

—Este hombre va al muere —se dijo.

* * *

Tampoco la ciudad colorada duerme esa noche. La milicia en armas, a las órdenes del general Mansilla, vela. Ha ubicado la línea de cantones en los templos y barricadas, y trincheras en las principales vías de acceso a la ciudad. En las calles no hay nadie. Circulan sólo los relevos y las patrullas de vigilancia. Las mujeres, en sus casas, rezan. Los hombres afilan o limpian las armas que encuentran. Se teme lo peor: los rosines han hecho circular la noticia de que si vence Urquiza hará degollar a todos, según costumbre. Los pocos unitarios, por su parte, temen represalias como las del año cuarenta. Un asustado se suicidó. ¿Cómo? De cabeza se tiró a un aljibe. Algunos bajaron a sótanos secretos. Otros subieron a las azoteas. Una mujer se escondió en cierto armario. Otra, hizo un paquete con su hijo y lo puso en el altillo. Las muchachas de la uruguaya Fabiana esa noche se acostaron entre ellas. No tenían hombres y tenían miedo: se acariciaban las unas a las otras en esa vigilia del fin del mundo. Cundió la locura. Pero ¿acaso hay mayor locura que la de esos dos ejércitos que preparan premeditado Apocalipsis?

Del otro lado del arroyo está el Ejército Grande. Las tropas vivaquean en los lugares alcanzados durante el día. A las nueve de la noche hay toque de queda. Se apagan las hogueras, los labios se cierran, desciende el silencio. Separados por el arroyo Morón, cincuenta mil combatientes esperan el alba. Con el Jesús en la boca, lo esperan. Con las manos en las armas.

Urquiza se levanta antes que el sol. Mientras se va vistiendo, dicta a su secretario la Proclama.

—*¡Soldados! Hoy hace cuarenta días que en el Diamante cruzabais las corrientes del Paraná y ya estáis cerca de la ciudad de Buenos Aires y al frente de vuestros enemigos, donde combatiréis por la libertad y la gloria.*

Toma el mate que le sirve su asistente. Rasura su cara. Se empilcha a lo grande. La batalla será su mejor baile. El, consumado bailarín, demostrará al mundo lo que es capaz de hacer cuando está en forma. Se siente en forma y prosigue.

—*¡Soldados! Si el tirano y sus esclavos os esperan, enseñad al mundo que sois invencibles; y si la victoria por un momento es ingrata con algunos de vosotros, buscad a vuestro general en el campo de batalla, porque el campo de batalla es el punto de reunión de los soldados del ejército aliado donde debemos todos vencer o morir. Este es el deber que os impone a nombre de la Patria vuestro general y amigo.*

Entonces, el ejército aliado comenzó el cruce del Morón.

El arroyo era de cauce angosto pero cenagoso y obstruía todo el frente. La caballería rodeó los obstáculos por sus nacientes utilizando vados reconocidos en la víspera. Un caballo cayó al fango y no hubo tiempo para sacarlo. Lo dejaron pataleando. La infantería y artillería sólo podían cruzar utilizando el puente y 'se armó el desfiladero. Un cuello de botella. Pero lo pasaron. Urquiza contaba con la pasividad del enemigo dispuesto a arrinconarse antes que a maniobrar. Y contaba también con una cortina de guerrillas.

Desde el mirador de Caseros, Rosas observaba el paso de la larga columna, enorme gusano, hormiguitas preñadas de muerte. ¿A quién estará destinada la mortífera carga que traen?

A las siete y media de la mañana el ejército aliado ya estaba del otro lado. Urquiza, catalejo en mano, observa a los tiradores apostados en la azotea de la casa. Los ve en el alto torreón. En los pretiles de la Rotonda del Palomar los ve. Y recortados en la loma. Hasta donde la vista se perdía en el horizonte, distinguía la vasta formación rosista. Roja. Un delirante horizonte colorado bajo el sol de febrero. Por algo él había hecho agregar al uniforme de los suyos un peto de bramante blanco. Pero, al fin de cuentas, todos eran federales.

Aún en medio de tanto desatino, los tiempos son de caballerescas costumbres: las tropas de ambos ejércitos visten uniformes de gala para el combate. Es *una exposición silenciosa, teatral, poética y pintoresca.* Así la vio Sarmiento. Y Urquiza ¿qué está viendo?

Ve el foso que rodea a la casa de Caseros. Ve el grupo de carretas puestas como obstáculos. Y los cercos de tunas. Y las máquinas hacedoras de muerte. Y los lanceros, heraldos de la sangre. Pero sobre todo, ve la victoria cercana. De lo contrario ¿aguantaría?

Urquiza analiza las posiciones; su catalejo va y viene. observa, aprecia, evalúa. Su ojo táctico decide. Operan las señales de su intuición. Los códigos de tanta experiencia. Y a eso de las ocho de la mañana se comunica con los jefes. Transmite sus intenciones y sus órdenes. Luego, jinete en su caballo oscuro, enjaezado de plata, cubierto con su poncho de vicuña blanco, recorre a la cabeza de su estado Mayor la larga linea de batalla. Frente a la formación del Brigadier Manuel Marquez de Souza, vitorea a la confederación del Brasil y al Emperador. Frente a la división oriental, arenga a los hermanos de la otra banda. Frente a la argentina dice:

—¡*Soldados del Ejército Grande! ¡Detrás de aquella línea se halla la Constitución de la República y la libertad de la patria!*

Entre vivas y vítores, envuelto en su poncho blanco, con su sombrero de copa, bien montado en su pingo, extiende el brazo y ante la cruz de la espada eleva una oración, se persigna, avanza a la pelea.

Son las diez de la mañana.

Rosas, por su parte, está en lo mismo. Montado en su caballo recorría las líneas, entre las aclamaciones de los soldados. Al llegar al centro de la posición, ordenó a Chilavert:

—Coronel, sea usted el primero que rompa el fuego contra los imperiales que tiene a su frente— y marchó hacia el centro de la tormenta.

Un cañón tronó. Y setenta piezas más.

Entonces fue el polvo, el espanto y la guerra.

Quince mil lanceros se precipitaron sobre la caballería de Lagos. La primera carga la dirigió el legendario Anacleto Medina, una de las primeras lanzas americanas. Analfabeto, hijo de una época cruel, nunca supo hacer otra cosa que pelear. Con noventa años a cuestas, ya casi ciego, en sus últimos años debía hacerse montar a caballo antes de entrar en lucha. Lo acorralaron años después, en Los Manantiales: *Aquí está Anacleto Medina*, anunció. Pero lo lancearon nomás. Otra carga la dirigió Fausto Aguilar, oriental y valiente como él solo. En India Muerta, antes de entrar en batalla dijo a sus hombres: *Dejen sus ponchos, muchachos, que en el otro mundo no hace frío.*

En medio del entrevero está también el general Galarza, formado junto a Pancho Ramírez, a cuya amante, la Delfina, salvó de la muerte. De rostro atezado, cenceño de cuerpo, le decían *el Tuerto* porque en un encontronazo le habían hundido un ojo. Y Aráoz de Lamadrid, a quien el Restaurador llamaba *ese niño grande de mi compadre*, porque en las batallas comía puñados de alfeñiques, glotonamente y le tenía miedo a los truenos y a las ánimas. Pero era valiente y atropellador, tanto que ese día se bandeó en su ímpetu. Atropelló en la carga y fue a parar una legua y media más allá de los límites, de modo tal que casi hace trastabillar las operaciones que para ese lado se cumplían. Pero lo sacaron del mal trance los orientales.

En medio del crepitar de la fusilería, un soldadito bisoño hizo pucheros y llamó a su mamá. Un veterano de la caballería entrerriana sintió que se le escurrían los intestinos por un boquete abierto en la panza. Los recogió con una mano y siguió avanzando, en la otra mano el naranjero pronto. Había olor a pólvora y olor a sudor y olor a caca. Más de uno aflojó los efínteres, de puro miedo y, muchos otros, por el llamado de la muerte: no hay quien aguante su arremetida sin ensuciar sus prendas.

La batalla duró unas cuatro horas, antes de que el Ejército Federal se desbarrancara en el desbande. Cuando quisieron acordar, los de Urquiza estaban adentro de Caseros y adentro del Palomar y adentro del Torreón. Entraron a fuego y bayoneta. En la vorágine cayó el doctor Claudio Cuenca que estaba al frente del hospital rosista por razones profesionales. En sus ropas se encontraron, travesura del destino, unos versos subversivos:

Y esto ni más ni menos es lo que ahora
Te está, perverso Rosas, sucediendo:
Estás en tu expiación y ya la hora
de purgar tu maldad está corriendo.

Más suerte que el doctor Cuenca tuvo el doctor Julián Díaz de Vivar. Lo están por acuchillar y pide, en guaraní, que no lo maten. Un correntino entiende la lengua y entiende el pedido y detiene la bayoneta pronta para mandarlo al otro mundo.

El general Pacheco se hallaba detrás de la posición rosista con su escolta. De gala, también listo para sacarle a Rosas las castañas del fuego. Había mandado mensajeros al Gobernador, sin recibir respuesta, pero no quiso retirarse. Promediada la mañana, advirtió el descalabro de las fuerzas que debía haber comandado. Siguió esperando, no obstante, que, a último momento, quizás Rosas recordaría sus palabras: *Si en el momento del peligro cree que puede contar con su amigo, la espada del general Pacheco está todavía a su servicio.* Pero no llegó ningún mensaje. Comenzaron a llegar heridos. Los ayudaron. Comenzaron a llegar dispersos. Ordenó que sus ayudantes los juntaran. Volvieron a dispersarse. Cundió el pánico. Pacheco dice:

—Esto se acabó.

Y se retiró con su escolta. Atrás dejó el campo de batalla. Se fue con pena en el alma y sudor y cansancio inútil en el cuerpo. En Mercedes lo alcanzó una carta de Urquiza en la cual le recordaba que siempre habían sido amigos. Sin duda le estaba agradecido. Pero más agradecido, a propia artimaña.

A las dos de la tarde la batalla había terminado. También la tiranía rosista.

Jinetes raudos, chasquis ligeros, parten entonces hacia los cuatro puntos cardinales del país llevando la buena nueva. Gauchos mustios se desbandan sin poder entender lo que acaba de pasar. Contingentes de las provincias regresan, cabizbajos, a sus pagos. Los indios del cacique Mariano Rosas se alejan rápidamente de la ciudad, camino a sus cobijos en la pampa. La incredulidad anida en los corazones. ¿Qué ha pasado? ¿Qué? Veinte años se vinieron abajo de golpe. Nadie podía creerlo.

* * *

Pero ¿quién es ese jinete que a todo galope marcha dando un rodeo, hacia los arrabales del sur, entre nubes de polvo, bajo el sol crepitante? ¿Quién? El Gobernador.

Curtido y acalorado, huye. A eso del mediodía tuvo certeza de su derrota y, herido en una mano por una bala perdida, se tomó las de villadiego. Alguien le oyó murmurar ¿*Acaso la victoria basta para confirmar la razón?* Bajo el pelo alborotado seguían brillando sus ojos de fanático. A toda brida marcha. Con él va Máximo Terrero. Lo escolta el batallón de veteranos sublevado en El Espinillo, que había dado muerte al coronel Aquino. Su última orden fue incendiar el polvorín de Santos Lugares. Junto con el polvorín volaron los depósitos de vestuarios y los equipos del campamento de mala fama en que murió de injusta muerte Camila O'Gorman. Humo de batalla y explosión ocultan la huida. Después, avanzan entre los maizales. En los bañados de Flores bajan. No hay enemigos a la vista, descansan. Don Juan Manuel despide a sus hombres, después de agradecerles. A Terrero le informa:

—Marcho hacia la casa del caballero Gore. Que Manuela me alcance allí.

El caballero Gore es el encargado de negocios de Inglaterra. Hacia allí lo acompañará su ordenanza.

Llegaron ambos al hueco de los Sauces, donde un árbol promete descanso. Bajan de las cabalgaduras. Rosas mira los caseríos cercanos con tristeza. Pero no hay tiempo para perder. Cambia sus ropas con el ordenanza. Afuera deja la guerrera de su uniforme. Afuera el oropel militar. Cubre pecho y espalda con el poncho colorado del servidor. Cubre su cabeza con la gorra del soldado. Extiende un papel sobre la silla de su cabalgadura y escribe, a lápiz y con trabajosa letra, su renuncia: *Febrero 3 de l852. Señores Representantes: es llegado el caso de devolveros la investidura de Gobernador de la provincia y la suma del poder público con que os dignasteis honrarme. Creo haber llenado mi deber... Si más no hemos hecho en el sostén sagrado de nuestra independencia, de nuestra integridad y de nuestro honor, es porque más no hemos podido.*

Parte el mensajero. El ex Gobernador se queda solo. ¿Abrumado de pesadumbre? ¿Liberado de cargas? Las decisiones personales que afectan a un país entero ¿cuánto pesan en el alma de un hombre? ¿Pesaron en ese hombre? ¿Puede caso dudarse? Por entonces el hombre sacude sus ideas como quien tira al aire el poncho, se encasqueta la gorra del asistente que ha partido llevando su renuncia y avanza, sola su alma, a la ciudad. A la casa de Mister Gore.

Allí lo aguardaban los diez y nueve cajones de su archivo que Manuela y Juanita, sin saber con qué destino, habían estado ordenando.

El campo de Monte Caseros quedó empapado en sangre. Cuántas señales obscenas del odio de los hombres. Cuerpos derrengados, miembros mutilados, clamores de heridos, jadeos de moribundos. Cuánto escándalo a la luz del sol, primero, del ojo vívido de la luna, después. Abandonados sobre el campo de batalla, todos los cuerpos parecen iguales. ¿Qué amigo o pariente que así los viera podría volver a recordarlos con el rostro de antaño? Habían entrado intactos, bisoños o veteranos, pero vivos. ¿Y ahora? Carroña que ya estaba siendo picoteada por aves de rapiña. Se recogen cadáveres, verdad. El viento y el sol resecan tanta sangre. El aire aventa olores. La pira consume muchos cuerpos. Dicen que la pira se hizo humo y el humo llegó hasta los cielos y dicen que los ángeles salieron a ver qué era esa humareda que llegaba hasta la diestra del Padre y dicen que el Padre frunció el ceño y dijo cuándo estos rioplatenses entenderán. Pero esos son decires. Con todo ¿podrá dormir tranquilo el general Urquiza? ¿Podrá el ex Gobernador?

Todo huele a excremento, a sangre. ¿Y la gloria?

Quedaron siete mil prisioneros. Acollarados como animales en redada, quedaron. A muchos fusilaron. Al valiente coronel Chilavert lo fusilaron sus propios guardias. El hombre se batió hasta el final. Cuando vio que el final llegaba, lo esperó, apoyado en el cañón que ya no podía hacer nada. El general Pinado murió en una rodada. Otros dicen que fue una insolación. La división íntegra sublevada en El Espinillo fue pasada por las armas. A medida que se los iba identificando, al otro mundo.

La ciudad quedó desmantelada de ánimos y pertrechos. Las milicias de Mansilla escaparon. Las trincheras se abandonaron sin que nadie diera la orden. Entonces apareció gente de mala catadura, con ánimo de revancha y atropello. Primero se hizo ver por los barrios. Pronto avanzó.

—Son los del Restaurador —decía mucha gente.

—Son del Entrerriano —opinaban otros.

Pero ni unos ni otros podían alegrarse. No se sabía quién era el vencedor. Todas las noticias eran de segunda mano. Y de mano interesada. Por lo demás, la situación que se estaba viviendo no era para alegrarse. Los matones entran en negocios, saquean comercios, penetran en casas, se levantan con joyas y bienes, violan mujeres. Avanzan los depredadores y avanza el terror. El general Mansilla, a quien sus tropas se le han desbandado, permite que comandantes de barcos apostados en el puerto mirando el nativo aquelarre desembarquen con fuerzas propias para poner algo de orden. Custodia a la Aduana, el Banco, la Casa de la Moneda. ¿Y los vecinos? Ya que nadie los ampara, buscan el propio amparo. Se arman con lo que pueden: pistolas, puñales, chuzos. Y se inicia la cacería. En vez de jabalíes o perdices se cazan bandoleros.

No tarda en llega el general Virasoro con hombres y órdenes. Se fusila en el acto a quienes se sorprende cometiendo delito. Los árboles quedan llenos de cadáveres. La Alameda que conduce a Palermo está repleta de muertos que cuelgan como frutos.

Urquiza llega a Palermo. Desde allí da parte de la victoria a su viejo compañero Crispín Velázquez. Le bailotea al corazón al entrerriano y ensaya una chanza: *Tengo la satisfacción de escribir a Usted desde el palacio del Gefe Supremo Salvaje Unitario Juan Manuel de Rosas...*

En la ciudad se comienza a cantar:

Ya se ha ido la Mazorca
ya la fueron a enterrar
por poca tierra que le echen
ya no se ha de levantar.

Algunos, más desprejuiciados, se animan a pullas mayores:

¡Adiós pueblo! —dijo Rosas
Cuando vídeo mal la cosa...

Veintitrés

"CENTINELA, ¿QUE SABES DE LA NOCHE?"

LA PEOR RESIGNACIÓN es resignarse al propio grito. Javier Insiarte se resigna a él. Grita. Recurso de desesperados. Javier lo está. ¿Cuántos días hace que no sabe nada de María Patria Sosa? ¿Cuántos? Ha perdido la cuenta. En la oscuridad, el tiempo no corre. No hay rumor que te altere. Ni mirada que te inquiete. Ni aliento furtivo que te roce. Todo es hueco de nada. Ausencia de vida. No hay confrontación. Pero, mientras el afuera queda en suspenso, el adentro multiplica sus angustias. Trabaja a dos puntas la propia alma. Por el lado del corazón y por el del raciocinio. Si estás en un agujero ¿qué se te muere antes? ¿La piel o la cabeza?

Esperar es tener sin tener. Hasta entonces, Javier había esperado. Pero ya llegó al límite. Sigue sufriendo por los otros, por los de afuera, por Juanita Sosa. ¿Qué hará la Edecanita de la cintura frágil y la risa pronta? ¿Qué la dicharachera de la que está enamorado? La mira en sus ensueños, fluyendo de sus amplios vestidos, la carita enmarcada en dos *bandeaux* que a veces resultan negros y en ocasiones color cobre, la boca en esa forma constante dada por la risa. Juanita mira la vida, en tales ensoñaciones, como quien la ve desde lo alto de un patíbulo. Cuánta desazón, por Dios. Y los otros, los embarcados en la aventura loca pero imprescindible de salvar al país para poder seguir viviendo.

En su mente se perfila la figura del padre, conocedor de vinos y de hombres, soñador de utopías, tan severo y humano, tan esperanzado en la gestión que el hijo cumpliría en la ciudad sureña y colorada. Piensa en su madre, Javier y la ve, inclinada sobre imágenes de santos, implorando la ayuda que los hombres mezquinan, no alcanzan a dar. Ahí está: blanca, serena, con su claro vestido de siempre y sus adornos sobrios (¿acaso no afirmaba que abstenerse de modas transitorias permitía ahorrarse errores?), jugueteando ya con su collar de perlas, ya con su oscuro rosario, madura y sensata, con ingenuidades de niña.

En la hermanita, piensa. Adolescente, con la leve insolencia de sus años mozos, juntadora de litografías, modalidad de la cual él se valió para ocultar claves de trámites políticos en una cobertura feliz que le permitió, y de qué modo, avanzar en su tarea loca: ser espía de Rosas en sus propias narices. Por cierto, tarea nada fácil. Al comenzar se había dicho: debo ser actor. Después, le escribió a Pedro Ortiz: estoy aprendiendo a ser acróbata, todo el día sobre la cuerda floja, le escribió, entre bromas y veras. Y para qué. Para, al final, llegar a semejante derrumbe. El lo entiende: era el juego y en el juego se arriesga. Pero ¡perder así! ¿Cómo pudo haber caído en semejante trampa? Se enfurece contra María Patria Sosa que lo ha encerrado en semejante agujero. Pero pronto repara en su injusticia: sin ella, sería ya hombre muerto. Como los otros, los de aquella noche. Y Juanita ha sido terminante: el sabueso de Lazcano sigue tras sus pasos. A ella la hace espiar constantemente. Ni siquiera la cercanía de Manuelita es reaseguro, porque se ha enterado de que le ha ido con averiguaciones: que dónde estaba Insiarte, le requería. Que se había hecho humo, le decía. Que seguro andaría en cuestión de traiciones, *Niña, usted debe averiguar porque esto es grave.* Cuando Manuela le preguntó a Juanita, la Edecanita se jugó el todo por el todo: *está en misión secreta del señor Gobernador,* contestó muy decidida. *Nadie debe saberlo, mi querida, ni nosotras.* La Niña, desnortada como andaba por barullo de guerra, aceptó la respuesta. Se olvidó del asunto. Pero Lazcano, no, Lazcano tenía un pleito personal con el escribiente Insiarte. Juanita lo sabía. Javier lo tomó en cuenta.

—Pero ¿y salir por la noche? —insistió.

—Por la noche es peor, mi amor —fue la respuesta—, la ciudad está en ascuas y Lazcano está loco.

—Entonces ¿no hay manera?

—No hay manera: tan sólo esperar.

—Pero ¿esperar qué?

—Que llegue Urquiza.

Y Javier espera. Camina para estirar las piernas. Hace flexiones para ablandar la cintura. Da vuelta la cabeza para aligerar los nervios. Corre por el agujero como quien se prepara para un competición. Salta como quien tiene una cuerda en sus manos. Moviliza pantorrillas, brazos, cuerpo. Cuenta los días. Los días en que María no ha venido. Cuenta con los dedos: uno, dos, tres. Pierde la cuenta. Hace rayitas en los ladrillos con las uñas: no logra horadar el ladrillo pero se rompe las uñas y también los dedos. Conversa para no enloquecer. Conversa despacito, con él mismo. Con Juanita conversa. Con Juan Carlos Moretti. A Moretti le hace discursos patrióticos, como antes. Le escribe cartas al doctor Pedro Ortiz. Señor y amigo de mi alma: le escribo desde este campamento detenido en la casa de la difunta Clara la Inglesa, desde donde estoy marchando hacia el centro de mi mismo para no enloquecer mientras el señor Rosas aguarda su derrota cierta y yo, mi incierta liberación. Le escribe al Campamento en Marcha que del Entrerríos viene a la ciudad colorada a orillas del río teñido de sangre. Le escribe cada vez con menos ansias, porque su esperanza amengua como amenguan sus fuerzas. Entonces, comienza a llorar. Después se cansa de llorar. Entonces grita. Enfila sus gritos hacia la mínima mirilla que apenas se descubre en lo alto. Da a un recoveco del jardín, le había explicado María Patria Sosa. Por allí entra el aire. ¿Cómo llegar allí? Lo había intentado. Imposible. Ni subiéndose a la mesa. Ni trepándose a la silla subida a la mesa. El brazo estirado a más no poder ni llega a los bordes de esa mínima abertura cubierta por una rejilla de hierro. Si alguien de afuera la viera, cosa imposible porque la maraña la ha de ocultar, parecerá un desagüe. ¿Quién podrá suponer la rata humana agazapada en el centro de la tierra, que gracias a ese mínimo agujero sobrevive? ¿Quién? Si por allí anduviera el manco coronel Lazcano lo supondría enseguida. Pero ese día el coronel Lazcano, el que le arrancó a puro tarascón los pezones a la Mica, su mujer, no anda por allí. ¿Por dónde anda? Anda averiguando. Y porque eso lo sabe Javier Insiarte aguanta ese infierno del escondrijo. Pero ya basta: demasiado preanuncia silencio de tumba ese hueco. Basta ya. Javier grita. Si ha de morir, que sea, decide. Grita y grita. Cada grito es una pregunta sin respuesta. Por qué amé a Dios y amé la patria. Por qué a una mujer y a una familia y a los amigos, si todo acaba así. Por qué. Por qué.

La vela se apagó. Era la última. Sobre la escudilla ya nadie puede ver los restos de la comida traída por María al refugiado ¿cuánto hace ya? Nada queda en el silencio y en la oscuridad. Sólo esos alaridos que acuchillan el cerrado recinto bajo tierra. ¿Alguien, afuera, logrará escucharlo? Nadie responde. Tanto grito en vano. Por fin, el sueño apaga los fuegos de la desesperación.

* * *

Al viejo que controla entradas y salidas de la casa de María Patria Sosa le dicen Ricachón. No es viejo pero lo parece. Es criatura deteriorada. Y rico en pulgas, abundante en mugre, potentado en miserias, sobreabundante en vicios. Tiene los ojos legañosos y las manos comidas por la sarna. ¿Quién puede fijar su atención en él? Cada noche duerme en lugar distinto. El se queja de eso como se queja de todo: es malo para el alma tener que cambiar de querencia, dice. Por eso agradece al señor coronel Lazcano que lo ha contratado para esa tarea. Facilón el trabajo. Su ojo lagañudo mira la puerta y anota en su mente todo lo que pasa. Soy analfabeto de mano pero no de cabeza, dice. Después todo lo que pasó y anotó en su cabeza se lo transmite al momentáneo jefe, cuando va a informar. Esas son las horas en que queda de custodia la parda Bibiana, que es un poco echada para atrás y otro poco tirada para adelante, además de tener unas ínfulas que no se sabe de dónde las saca y un culo que hace cruc-cruc al andar. Y ese cruc-cruc se te hace agua en la boca, que la parda Bibiana es mujer tirando a hembra caliente y no lánguida como algunas. Otras cosas interesantes posee la parda; algunas se le presienten bastante como las tetas o el mentado cruc-cruc; pero mejor ha de ser lo que tiene debajo de sus pollerones. Todos pensamientos del viejo que no es viejo sino deteriorado.

Pero la parda Bibiana no le da calce. Apenas si el mínimo intercambio de saludos como cuadra a dos que están en lo mismo. La parda viene a eso de la media mañana, que es cuando las mujeres pueden quedarse en la calle, y se desparrama con sus yuyitos. Porque la doña es yuyera y esa la mercancía ofrecida. Y ése el oficio que le permite estar allí, mironeando para el lado de la casa en vigilancia por orden del señor coronel Lazcano.

Fama de ser alegre y complaciente tiene la parda Bibiana. Fama de saber dar el gusto a quien se lo pida con buenos modales. Y con platita en la mano, que sin contante y sonante la parda no se abre de piernas, como buena del oficio. El Ricachón, por su parte, es sensible al mujererío, pero como por la pinta que tiene no hay quién le de calce, se las arregla solo. Que para eso tiene una mano y también dos, se consuela. Y se consuela también por lo otro: él no es pajero por nacimiento sino por necesidad. Pero con esa situación de guerra y espionaje, los dos están en otra cosa. En el servicio activo están. Por eso, cuando el Jefe le dijo: *esta noche hay atropello, a ver si abrís bien los ojos por si alguna rata se escapa*, se dispuso a cumplir con su deber.

Los hombres venían en tren de atropello. Eso se veía de lejos. Pero no atropello al tun tun, en todas las casas del barrio, como decían que había acontecido por Monserrat y en otras zonas. No. Esta partida vino con una fija. La fija era la casa de María Patria Sosa. Allí desmontaron casi todos y no faltó quien entró con cabalgadura y todo.

De modo que así estaban las cosas. El viejo Ricachón y la parda Bibiana mira que te mira y los demás que entran, invaden, arrasan. Vuelan por la puertas y ventanas enrejadas tapices y lámparas y almohadones y cajas de quién sabe qué. De pertenencias ajenas, sin duda. Los dos testigos oyen el estruendo de la vajilla hecha añicos, de los muebles destrozados. Los alaridos, también. Alaridos de mujer. Después, un grito final. De mujer, también.

María Patria Sosa ha defendido su casa con inútil desesperación. ¿Qué más defiende? El manco coronel Lazcano, el picado de viruelas, anda en medio de la tropelía. Su ojo zahorí busca rastros que los demás ignoran. Deja que los de mala catadura roben lo que quieran. El se inclina sobre el cuerpo de la mujer que ha sido asesinada. Hurga en sus ropas deshechas, encuentra las llaves, sonríe como quien ha ganado la mitad de la partida. Pero ¿dónde está la cerradura correspondiente esa llave encontrada en el pecho destrozado de la antigua cautiva?

Vaga por la casa el coronel Lazcano. Esgrime la llave como quien enarbola la clave de una consigna secreta. La gente se está marchando, pero él sigue, con su llave en alto. Prueba en el altillo, en los armarios, prueba, en el sótano. Descubre el pasadizo secreto con la otra casa, que ya ha sido asaltada y vaciada también. Comprende que está sobre la buena pista pero no consigue dar con la cerradura que tiene que existir. Sigue buscando. En algún lugar secreto tiene que estar ese hombre. Pero ¿dónde? Los fuegos del delirio descienden a los ojos del coronel Lazcano. Y no se apagan.

Promediada la tarde, llegan las fuerzas del orden llamadas por los vecinos espantados en medio del espanto. El coronel Virasoro llegó. Comenzó a fusilar bandoleros y a colgarlos indistintamente. Donde los encuentra. Al manco coronel Lazcano, fiel servidor del Restaurador, lo cuelga del limonero donde una noche buscó vano cobijo un compañero de Javier. Cuando dio su última boqueada, el coronel Lazcano se hizo pis en su uniforme. En la misma honorable vestidura, también se hizo caca. De su mano cayó una llave.

* * *

Juanita Sosa ayuda a la Niña a disfrazarse de marinerito. Le pone la casaca blanca de los marinos de Su Majestad Británica. Esconde los tupidos y negros cabellos de Manuela debajo de náutica gorra. Ubica en la mano de la Rosas y Ezcurra un mísero atadito con ropa. La mira enternecida. Traje de marinero para ocultar la personalidad de una reina. Traje de marinerito inglés para tapar tanta cepa rioplatense y rosina. Traje de las fuerzas de Su Majestad para emboscar un secreto.

Juanita la acompaña hasta la puerta. Qué momentánea confusión de lealtades para su corazón. Abrazándola, llora sobre su hombro. Después, la mira con mirada que da pena y busca la sonrisa que no encuentra.

—¿*Muytris*? —le pregunta, apenas un murmullo su voz.

—*Muytris* —responde la Niña, pura lágrima.

Las dos se miran: las alegrías han huído como pájaros asustados.

—Ya volveremos a estar *muycont* —suspira Juanita, sabiendo que miente.

—Si, Edecanita —Manuela se une a la mentira. Las dos saben que no volverán a jugar ese juego.

Juanita Sosa ve partir a la amiga del alma calle abajo, marinero camino a Tatita, al muelle, al exilio.

Ya sola, Juanita Sosa vuela hacia la casa de María Patria Sosa. Pero ¿quién puede llegar a algún lado en esa ciudad enloquecida? No la Edecanita.

La ciudad era un pandemonium y el pandemonium la atrapó, la succionó, la trituró. ¿Qué provocaba semejante confusión? Se daban dos versiones encontradas. Unos decían que los rosines, agraviados por la derrota, buscaban resarcirse antes de escapar. Otros aseguraban que eran los vencedores quienes habían entrado a sangre y fuego y robo en la ciudad vencida. Heridos en su sensibilidad y en su miedo, los ciudadanos se escondieron en sus casas. Nadie ayuda a nadie. Se oye el bochinche externo como quien escucha el fragor de una tormenta contra la cual nada se puede hacer.

Hoja llevada por el vendaval, Juanita ya está en el centro de la turba bandolera, ya en la represora. En medio de la histeria colectiva cayó una vez y otra vez. Su decisión era clara: ir a la casa de María Patria Sosa para liberar a Javier. Pero su cuerpo era solo marioneta girando y girando a impulsos de la turba. Horas así. Incomprensiblemente, no la alcanzaron ni balas ni cuchillos. Pero la está alcanzando la locura.

De pronto, amainado en algo el vendaval, alguien dice:
—Pero si esa es la Edecanita, la amiga de Manuela Rosas.
Quien lo dice es de las fuerzas que intentan restablecer el orden. Cunde la voz. Llega a un jefe.
—¿Juanita Sosa? Llévensela. Tenerla a ella es casi como tener a Manuela Rosas.

Desgreñada, con las ropas destrozadas, los ojos desorbitados, Juanita Sosa fue a parar a la cárcel. Pasa a integrar una banda de mujeres enloquecidas y presas. Las mira. Mira tras las rejas. Mira la mínima ventanita en lo alto. Un solo grito brota una vez y otra vez de su voz enronquecida:
—Hay que salvar a Javier Insiarte. Está en la casa de María Patria Sosa. Hay que salvarlo...

Pero ¿alguien puede hacer caso a alguien en ese loquero? No a Juanita Sosa, una entre tantas. De manera que pasa ese día y llega la noche, y después pasa otro día y otro. ¿Y cuántos?

Un día llegó el doctor Pedro Ortiz. Con el hijo mayor de Flor de Mburucuyá llegó. El muchacho, que se metía en todos lados, lo había puesto sobre la pista. Llevaba aún escondido en su rebenque trenzado la carta que no le había podido entregar a Javier Insiarte. El doctor Pedro Ortiz, aunque con muy mal pálpito, y quizá por cábala, le dice:
—A mí no me la devolvés. Cuando aparezca Javier Insiarte se la entregás. Esa carta es para él.
Por eso el hijo de Flor de Mburucuyá seguía buscando.

Manos vecinas y piadosas habían cerrado la puerta de la casa desmantelada de María Patria Sosa. Primero, se habían hecho cargo del cadáver. Al del coronel Lazcano ni lo habían visto, debajo de los crecidos pastos del jardín, razón por la cual el olor a muerto que percibieron al trasponer el umbral, casi los voltea. Pero ellos siguieron adelante. Juanita Sosa, delgadísima, demudada, con ojos afiebrados, la primera. Detrás, el doctor Pedro Ortiz, el hijo mayor de Flor de Mburucuyá. Varios soldados los acompañan.

Juanita es quien conoce la casa y la desesperación de su corazón fue conocida enseguida por los otros. Como loca comienza a recorrer habitaciones, abrir cajones, tantear armarios, escudriñar escondrijos. Un solo lamento-pregunta-súplica se agolpa en sus labios:

—La llave, por Dios ¿dónde está la llave?

La llave estaba al lado de la maloliente carroña que por entonces era el coronel Lazcano, tirada en el suelo donde cayó de la difunta mano rosina. Habría que haber sido adivino para distinguirla.

Agotada esa instancia de busca inútil y febril, Juanita rumbea para el patio, para la cochera, para el rincón donde está la camuflada puerta, una sola palabra en sus labios:

—Javier. Javier.

Pedro Ortiz da la orden y la orden se cumple enseguida. Cuesta bastante esfuerzo pero se consigue hacer caer la pesada puerta. Descienden todos tras la muchacha, puro vértigo. Cruzan el pasillo que lleva al centro de la tierra. Enfrentan la otra puerta y se cumple igual trámite. Entran. Entonces ven lo que ven a la titilante luz de una lámpara que alguien, previsor, acaba de encender.

La silla y la mesa, derribadas. El cuerpo, extendido sobre el piso. Sin duda, Javier había querido, una vez más, llegar hasta el alto buraco. Pero de esa batalla última nadie podría dar jamás noticia alguna. Delgadísimo, la barba muy crecida, los ojos entornados, yace Javier. Más que un cadáver, parece una momia.

¿Alguien gritó? ¿Se desmayó alguno? Nadie comentará nunca, nada. En medio del silencio, el hijo mayor de Flor de Mburucuyá se delanta y deposita al lado del cuerpo su rebenque. Adentro va la carta. Su misión está cumplida.

El doctor Ortiz sostiene a la Edecanita. La Edecanita mira sin entender. Sólo alcanza a distinguir una hilera de hormigas que sube por la frente de Javier y se interna en el pelo del amado.

ESTATUA XIV
Soy un alma a punto de arrancar

AYER HABÍA SOL y yo me quedé en la ventana enrejada mirando los rayitos trepadores que bañaban con su luz y calor cuanto encontraban a su paso y, como a su paso me encontraron a mí, puesta ex profeso a tiro, la pegué. Cómo me gustó el calorcito y cómo me acordé de Palermo en esos días en que era una gloria salir a pastorear, según decía el Gobernador, o a pasear por la glorieta de madreselvas, o por la avenida de magnolias, de acuerdo al gusto y a la ocasión, todas en bandadas, como los pájaros. Recuerdo aquella tarde cuando estaba con la Petronila Villegas y su sombrerito lleno de plumas y mi broma: se puso las plumas en el sombrero porque en la cabeza ya las tiene, y su fingido enojo y mi oportuna huida para que no me mantearan según acostumbraban a hacer las muchachas cuando estaban en tren de jarana. Buena la Petronila Villegas: bastó un mensaje de Manuelita por conducto de ultramar, desde allá donde está, en Londres, para que me tendiera una mano cuando supo de mi desgracia. Me llevó a su casa, la Petronila y allí me tuvo y mantuvo; pero cuando comprendió que yo, después de lo pasado, me había vuelto huraña a más no poder, cambió el rumbo de su generosidad y me prestó una casa donde estuve mientras pude, o mientras los demás pudieron aguantarme, que viene a ser lo mismo, hasta que me trajeron a este Hospicio de Mujeres, que viene a ser lugar de mujeres como esta servidora, con las entendederas alteradas.

Al principio me venían a ver las amigas de Palermo pero pronto *fueron espaciando sus visitas, que yo mucho ánimo no les daba con mi destrato y mis silencios. Entre las que vino primero estuvo la hija de la tía Eloísa, linda muchacha, la prima en cuya casa vivía el hombre cuyo nombre no puedo decir. Por Dios, cómo lloraba y lloraba mientras estrujaba en sus manos el pañuelito empapado, y yo no entendía nada, hasta que alcancé a pescar que todo el duelo era por el primo, al que vi cuánto había querido, y como yo por aquél entonces todavía no había perdido la gracia de las lágrimas, en cuanto entendí la situación dejé nomás que me viniera el llanto y lo compartimos, yo sin hablar, porque nada me salía y ella recordando al hombre cuyo nombre no puedo decir pero que ella repetía a cada rato. Después me contó que se había casado con aquel pariente de Alberdi que estaba en el Uruguay y que había venido a despedirse porque se iban a París y porque sabía cuánto me había querido el hombre que había sido su primo y mientras ella hablaba y hablaba yo iba pensando: así son las disposiciones de la vida, lo que uno no alcanza otro lo consigue, como ser, vivir con el hombre del que uno se ha enamorado, ella pudo, me decía, yo no y así es la cosa. Cuando se fue me abrazó y lloró, se veía cuánta lástima le había nacido por esta desgraciada que se quedó sin su primo y sin raciocinio. Ah, y sin la risa porque, eso sí, ya ni me acuerdo cómo era aquello de sonreír.*

Otras que venían eran las Castro, siempre buena la Eugenia, siempre trayéndome noticias de los Rosas, siempre dándomelas como si buscara con esas pláticas prolongar algo ya acabado no sé para qué, si al fin y al cabo la Eugenia estaba acollarada con otro y tenía un par de críos con el nuevo hombre. Un día me preguntó ¿es cierto lo que se decía? ¿qué se decía? le pregunté: que usted era la amante del Gobernador y yo su barragana dijo y yo me quedé muda y no supe qué decirle porque la verdad que no lo sabía, porque sólo sabía lo que me vino después, sola, sin el hombre cuyo nombre no puedo decir y sin Manuela y sin las amigas y con sólo hilachas de pensamiento puro estorbo.

Retazos de noticias me llegaban, al principio, cuando todo estaba como en ebullición todavía: que Manuelita se había casado, que perdió un hijo y después tuvo dos, que el Gobernador estaba ágil y fuerte pero que le había dado por una nueva: desmayarse cada vez que veía sangre. Cuando escuché eso, pensé: la pucha, habrá sido del empacho que se dio en los años cuarenta cuando, como decía Corvalán, la Mazorca tenía que pasarse los días violinando. *Después me* contaron que uno de los Anchorena lo fue a visitar y cuando vino ese Anchorena dijo: el Brigadier no pierde sus manías de decir que lo hace todo: doma animales y cuida su chacra (*que allá se dice* farm) y ordeña vacas y cría pollos y hasta se le ha dado por escribir libros, *pero no sólo sus Memorias, con las que tanto jodía sino tres libros: uno sobre religión, y otro sobre medicina y otro sobre política ¿qué tal? Pero en realidad, por lo que pude enterarme, después de asociar varias noticias de procedencias variadas, en lo que andaba era de putas, como ya Alberdi lo había comentado y lo escribió su mismísimo hijo Juan:* las potras lo han jodido pues lo han coceado y tiene unas morrocotudas llagas *y, según parece, en esa ocasión tuvo que estar como quince días en cama y con abstinencia. Habráse visto, viejo de mierda, como le decían sus bastarditos, meterse en ésas a su edad. Yo, la verdad sea dicha, no pude menos que alegrarme de que aquellas veces, cuando tuve la desgracia de que se me metiera en la cama, no me dejara preñada de algún rosita, y miren qué cosa, venir a alegrarme ahora, cuando soy loca en actividad, como me dicen, de aquella gambeteada que le hice a la desgracia que tuve, en razón de semejante circunstancia errática y siestera allá lejos, en Palermo.*

Pero en ocasiones me da cómo lástima y me digo, pobre Gobernador, tener que manejarse con un pañuelito de tierra y un parcito de animales en Southampton, él que supo tener leguas y leguas a su disposición. Siempre decía: la victoria la dan los caballos, razón por la cual la campaña de Buenos Aires tenía las mejores cabalgadas de la Federación. Dicen que siguiendo los consejos de su amigo y socio Terrero, había escalonado en la provincia invernadas que eran un primor y baqueanos para el arreo y la selección, que era de primera: de cogote duro, gordos, a los cuales no se les debían ver las costillas y si cortajearlos en una oreja (que esto era como ponerles una rúbrica: Estado). Y los animales flacos, al potrero. Y los bichocos, descartados. Coludos, todos. Y ojo con los vasos: recortados y engrasados. Un primor, como dije, la caballada federal del Gobernador pero igual, con caballada y todo el de Entrerríos lo mandó a la mierda y a Southampton, tierra de extranjería donde está ahora, viejo y reviejo, intercambiando, me lo imagino, palabras y toses y carrasperas y quejas con sus vecinos ingleses, recordando los tiempos de ayer y de antiayer, manteniendo charlas en las que deslizará sus quejas de siempre: contra la hija que lo abandonó por el Terrero, contra los nietos que le han resultado gringos, contra el gobierno que no le devuelve sus bienes, contra el general Urquiza que le ha enviado migajas y contra Juanita Sosa que... ¿qué le hizo Juanita Sosa como para que la llame ingrata? ¿Qué? El sí que sabe qué me hizo, desgraciado. Diga que uno no está para revanchas. Ahora, según escuché, ha hecho ir a un tal Martínez para que le sirva de acuerdo a las modalidades criollas a las que está acostumbrado; yo presente lo tengo al tal Martínez: un tipo flaco y tirando a alto, grande de nariz y calvo de pelos, razón esta última por la cual se peinaba de modo estrafalario para no parecerlo, pero lo parecía igual. Como lo conozco al Gobernador puedo imaginarme lo que vendrá: seguro que con el gaucho importado del Río de la Plata hace lo que hacía con el Biguá y el Eusebio: puras salvajadas, como las que ha de hacer con su ama de llaves, porque estoy segura de que por las noches (o las siestas, que conozco en carne propia sus gustos) ha de enredar sus piernas en las de la Miss ésa, que más de una vez ha de salir a atender la puerta con las supérstites ropas desgarradas.

Pero yo me pregunto ¿qué gano con repasar estas cosas? Qué gano, sino ahondar la pena por lo que pudo ser y no fue, sobre todo ahora, cuando ya siento tanto desgano de vivir y estoy entrando como en un desánimo que me asustaría si ya no estuviera amortiguada para los sustos después de los que tuve en mi vida. Los médicos vienen y me palmean y me dicen va bien Juanita, desta saldremos adelante ; y les pregunto ¿adelante de qué? ellos se quedan mirándome, seguro que piensan: pero entonces esta loca no es tan loca y me embarcan en conversaciones más serias, que siempre son cosas de aquellos años que quieren saber: cómo era Manuelita, un suponer, si es verdad que era tortillera y le gustaban las chicas en lugar de los hombres; o si era cierto que su primer novio había sido el Antonino Reyes; o si yo me acordaba cuando al Gobernador se le había dado por comprar alhajas, porque eran la mejor inversión, por si debía escaparse. Algunas preguntas contesto y con algunas me quedo muda y cuando no me gusta nada el rumbo de la conversa zas, doy una voltereta y hago una estatua y se acabó la conversación y horas me quedo quietita y como los médicos lo saben se van a joder a otro lado.

Pero desde hace un tiempo ya ni se me da por las estatuas; sólo busco la intimidad conmigo y con el hombre que no puedo nombrar y entonces levanto castillos en el aire que nadie ve porque son para adentro, y converso con él y escucho sus arrumacos y hacemos las cosas que hacen los enamorados y que nosotros no pudimos porque *nos llegó la desgracia que eran los tiempos y las intemperancias y el maldito coronel Lazcano que la puta que lo parió. Cuántos fuegos apagados, cuánta caricia perdida, cuánto amor sofocado, pensé siempre ; pero ahora ya no lo pienso porque ni fuerzas tengo, aunque tengo otra cosa: como una gran lucidez tengo para ver las etapas superpuestas de mi vida, como una comprensión de que todo tuvo que ser así nomás; vida se llama esta amalgama extraña que mezcla penas y alegrías, dolores y gozos, luces y sombras. Pero debajo de tanta nada y de semejante caos algo ha de haber, me digo, y de tanto decírmelo lo estoy entendiendo cada vez más clarito, que cuando la noche es oscura mayor intensidad tienen las estrellas, y así sigo, en el transcurrir de estos pensamientos, sosegada en mi espíritu, acalladas tristezas y fanfarronerías, parcos mis sueños y presagios, para la muerte me estoy preparando, hacia la muerte me encamino, lo presiento, y por eso, en esta tarde, empobrecida de anhelos mundanos, sin deseos inútiles de sondear el pasado, adormidas en la memoria tantas noticias y apagados muchos incendios en el corazón, doy la vueltita de siempre, tomo impulso, levanto la cabeza, los ojos hacia arriba, extiendo los brazos en trance de vuelo y espero el empujón para esta estatua que es la estatua de un alma a punto de arrancar.*

INDICE

Estatua I. Soy un degollado		9
I	Chocolateada con difunto	13
II	El Gobernador se tira un lance	21
Estatua II. Soy Manuelita		30
III	El partido ha comenzado	33
IV	Escándalo en Palermo	40
Estatua III. Soy la sorpresa		47
V	Un corte de manga para el Gobernador	50
VI	Happy birthday para Clara la inglesa	58
Estatua IV. Soy el Soldadito		71
VII	El Brigadier tiene quien le escriba	75
VIII	Las damiselas se aburren	81
Estatua V. Soy una muchacha violada		88
IX	Un puntano en Buenos Aires	92
Estatua VI. Soy una estatua de nada		98
X	Amores clandestinos en Palermo	102

	Estatua VII. Soy Clara la inglesa	113
XI	La Princesa de las Pampas y su Edecanita	117
	Estatua VIII. Soy un bufón	126
XII	Noches de teatro	129
XIII	Oficio de difuntos y otros prolegómenos	137
	Estatua IX. Soy un alma en pena	148
XIV	La subversión se divierte	151
XV	Una siesta en Palermo	159
	Estatua X. Soy la desolación	170
XVI	Noticias de la otra Banda	174
	Estatua XI. Sigo siendo un bufón	182
XVII	Campamento en marcha	184
XVIII	La traición del espinillo	189
	Estatua XII. Soy la estatua que no se hizo	202
XIX	Donde comienza el acabóse	205
XX	El madrugón de Urquiza	220
XXI	La oscuridad no es otro sol	226
	Estatua XIII. Soy un soldado federal	235
XXII	La batalla de Monte Caseros	237
XXIII	"Centinela, ¿qué sabes de la noche?"	248
	Estatua XIV. Soy un alma a punto de arrancar	256

Esta edición
se terminó de imprimir en
Talleres Gráficos EDIGRAF S.A.,
Delgado 834, Buenos Aires,
en el mes de mayo de 1997.